DRAGON ORDER OF FLAME
Eriche Meidalla & Darrkan

폭염의 용제

Dragon order
of FLAME

FANTASY FRONTIER SPIRIT
김재한 판타지 장편 소설

폭염의 용제 14

김재한 판타지 장편소설

초판 1쇄 찍은 날 § 2012년 5월 4일
초판 1쇄 펴낸 날 § 2012년 5월 11일

지은이 § 김재한
펴낸이 § 서경석

편집부장 § 권태완
편집책임 § 박우진

펴낸곳 § 도서출판 청어람
등록번호 § 제1081-1-89호
등록일자 § 1999. 5. 31
어람번호 § 제1-1380호

주소 § 경기도 부천시 원미구 심곡2동 163-2 서경B/D 3F (우) 420-822
전화 § 032-656-4452 팩스 § 032-656-4453
http://www.chungeoram.com
E-mail § chungeoram@chungeoram.com

ⓒ 김재한, 2011

ISBN 978-89-251-2859-7 04810
ISBN 978-89-251-2419-3 (세트)

14

시간과 공간과

폭염의 용제

김재한 판타지 장편 소설

FANTASY FRONTIER SPIRIT

Dragon order
of FLAME

Dragon order of FLAME

CHAPTER 60
어째서 인간이었나?

폭염의 용제

1

  넘실거리는 불의 장벽을 배경으로 긴 붉은 머리칼이 휘날렸다. 이질적일 정도로 선명한 붉은색을 띤 그 머리카락 아래로 홍옥 같은 눈동자가 이쪽을 응시하고 있었다.

  "아무리 황당한 가능성이라도, 그것 외에는 다른 가능성이 존재하지 않는다면 그게 바로 답이다. 그 사실을 알았다. 인간의 육신을 입은 또 다른 나, 볼카르."

  차가운 미소를 지은 채 자신을 바라보는 붐카누스의 말에 루그는 심장이 얼어붙는 것 같았다. 굳어 있던 루그가 겨우 입을 열었다.

  "…어떻게 알았지?"

"말했지 않은가? 루그라는 인간의 존재를 설명할 수 있는 방법은 그것 말고는 존재하지 않는다. 어떤 가설을 들이대도 어긋남이 존재하지. 그렇다면 아무리 말도 안 되는 것 같아도, 그게 답일 수밖에 없겠지."

〈그냥 찔러보는 게 아니라 확신하고 있군. 하긴, 생각해 보면 참 오랫동안 감췄다고 해야겠지. 아무리 기억을 봉인당한 바보라도 육체는 나의 것, 쓸모없는 기억이라도 차곡차곡 누적되고 마법사로서의 역량을 회복해 나간다면 언젠가는 진실에 도달할 수밖에 없었다.〉

볼카르가 못마땅한 어조로 투덜거렸다.

그 말에 불카누스가 눈살을 찌푸렸다.

"이건… 잠깐, 지금 그 목소리는 뭐지? 그게 '볼카르'의 것인가?"

진실을 깨달은 현재, 그에게는 또 다른 자신인 볼카르의 존재가 뚜렷하게 느껴졌다. 지금까지는 들리지 않았던 그의 목소리도 들려온다. 루그와는 명확히 구분되는 존재감을 동반한 채.

"응?"

루그가 의아해하며 불카누스를 바라보았다.

불카누스가 물었다.

"설마 인간 루그와 드래곤 볼카르의 의식이 분리되어서 공존하고 있는 건가?"

"아니, 그럼 너는 우리가 뭐라고 생각한 건데?"

"……."

루그가 어이없어하며 묻자 불카누스가 침묵했다. 대신 볼카르가 실소하며 말했다.

〈아무래도 저놈, 인간인 루그는 존재하지 않고 드래곤 볼카르만이 인간의 육신을 입고 있다고 생각한 모양이군.〉

"엥?"

〈나도 실수했다. 가만히 입 다물고 있을 것을, 괜히 정보를 줬군. 너무 의미심장하게 다 알았다는 분위기로 떠들어서 속았어. 쯧.〉

"……."

정곡을 찔린 듯 불카누스의 표정이 일그러졌다. 루그가 혀를 찼다.

"너 설마… 우리 반응을 유도하려고 허세를 부린 게 아니고 진짜 잘못 짚은 거였냐? 그래서 부끄러워하고 있는 거야?"

"시끄럽다!"

화아아아악!

방금 전까지의 어유는 온데간데없이 사라진 불카누스가 분노했다. 강렬한 불꽃이 분출되면서 주변을 압도했지만 루그는 코웃음을 쳤다.

"좀 놀라긴 했지만… 네놈이 바보라는 것만큼은 절대불변인 것 같군. 혼신의 힘을 다해서 웃겨줘서 고맙다. 의외로 귀여운 구석도 있는데?"

"인간 주제에 감히 나를 모욕하다니!"

"정곡을 찔리니까 발끈하기는. 그런 점은 볼카르랑 꼭 닮았구만. 누가 같은 몸 쓰는 다른 인격 아니랄까 봐."

그 말에 볼카르와 불카누스가 동시에 발끈했다.

〈누가 저딴 멍청한 놈이랑 닮았다는 거냐!〉

"누가 그 머저리 같은 놈과 닮았다는 거냐!"

"……."

루그는 어처구니가 없어서 불카누스를 바라보았다.

볼카르와 불카누스가 다시 발끈했다.

〈자기가 누구인지도 모르는 반푼이가 누구한테 감히!〉

"멍청함의 화신 같은 멍청이가 누구한테 감히!"

볼카르는 당연히 불카누스에게 안 좋은 감정이 많았다. 자기 몸을 차지한 채 마족한테 휘둘려서 말도 안 되는 짓거리를 벌이고 있는 불카누스가 한심해서 견딜 수가 없었다.

불카누스는 꿈을 통해 볼카르의 삶을 엿보면 엿볼수록 그가 싫어졌다. 자신이 그의 다른 인격이라는 사실조차 참을 수 없을 정도였다.

루그가 멍청하니 중얼거렸다.

"…어, 왠지 너희 되게 친해 보인다."

〈농담으로라도 그런 소린 하지 마라, 루그. 저딴 놈이랑 친

해지느니 자살하겠다.〉

"저놈을 죽이는 것 자체가 일종의 자살이잖아?"

〈그래서 이렇게 열심히 노력 중이지 않은가?〉

"…이걸 동족혐오(同族嫌惡)라고 해야 해, 아니면 동체혐오(同體嫌惡)라고 해야 해?"

루그가 중얼거리는 동안 불카누스가 씩씩거리던 호흡을 가라앉혔다. 그의 홍옥 같은 눈동자가 살의를 품고 루그를 노려보았다. 물론 처음부터 그를 죽일 의지로 충만했던 루그는 조금도 움츠러들지 않았다.

"루그님! 뒤로 뛰세요!"

문득 에리체의 다급한 외침이 들려왔다.

루그는 반사적으로 그 말에 따랐다. 땅을 박차고 뒤로 뛰어드는 순간, 섬광이 눈앞을 관통했다.

쫘아아아앙!

너무 빨라서 빛의 선으로밖에 보이지 않는 뭔가가 눈앞을 통과한 직후, 수십 미터 떨어진 곳에서 빛기둥이 치솟았다. 루그가 놀라서 중얼거렸다.

"이, 이건 뭐야?"

〈저격? 그것도 내 감지 범위 밖에서? 어떻게 이럴 수가 있지?〉

볼카르도 놀라서 중얼거렸다.

루그의 몸에 갇혀 있는 볼카르의 마법 감지 범위는 드래곤

일 때와는 비교도 안 될 정도로 좁다. 하지만 그래도 반경 수 킬로미터를 커버하는데 지금 공격은 그 바깥쪽에서 날아온 것이다.

〈에너지를 집약시켜 만든 마탄을 음속의 일곱 배 이상의 속도로, 그것도 공간 이동 마법진을 이용해서 날리다니.〉

아무리 볼카르의 감지 범위 밖에서 공격하더라도, 그 안쪽으로 들어오는 순간 존재가 드러날 수밖에 없다. 그리고 볼카르의 감지 범위는 설령 음속으로 날아오더라도 7, 8초는 걸리는 거리를 커버한다.

하지만 상대의 저격은 음속의 일곱 배 이상의 속도였고, 게다가 중간에 사전에 설치해 둔 공간 이동 마법진을 경유하기까지 했다. 중간 거리를 뛰어넘는 데다가 궤도가 한 번 바뀌기까지 하니 아무리 볼카르라고 해도 루그에게 경고할 시간이 확보되지 않는다.

〈루그, 정신장벽을 풀어라. 감응을 높이지 않으면 감지 직후에 경고하는 게 불가능하다.〉

—어쩔 수 없군. 어차피 이놈하고 싸우려면 풀어야 했으니……

루그는 눈살을 찌푸리면서 정신장벽을 해제했다. 평소 루그와 볼카르의 의사소통은 인간이 대화를 나누는 것과 거의 비슷한 속도로 이루어진다. 그러나 정신 감응도가 높아진 상태에서는 그야말로 찰나에 수많은 의념을 주고받을 수 있었다.

"에리체 양, 고맙습니다."

루그가 그새 이곳까지 온 에리체에게 감사했다. 그녀가 아니었다면 한 방에 끝장날 뻔했다.

"아이 참. 루그님의 도움이 될 수 있다니 기뻐요."

"그러고 있을 때야?"

에리체가 몸을 배배 꼬며 말하자 바리엔이 혀를 찼다.

그때 부서진 건물들 사이로 한 사람이 모습을 드러냈다.

"호오. 한 방에 보낼 수 있을 줄 알았는데 피하다니 놀랍군? 정말로 '볼카르'인 거요?"

그는 마왕 지아볼이었다. 마력이 충만한 기다란 금속막대를 들고 있는 그는 검은 머리칼에 붉은 눈동자, 그리고 검은 뿔과 날개와 꼬리를 가진 드래코니안 청년의 모습을 하고 있었다.

그를 본 에리체가 폴짝폴짝 뛰면서 손가락질했다.

"앗, 저 사람이에요! 저 사람이 하나이면서 여럿이에요!"

"아."

그 말에 루그는 에리체가 순간 예지 능력을 전개했을 때 했던, 의미를 알 수 없었던 말이 무엇을 가리키는지 알 수 있었다.

"외유의 비술로 다수의 육체를 한 번에 조종하고 있는 거였군. 불카누스가 못하는 짓거리를 하다니, 역시 마왕이라고 불릴 만한데?"

"이 아가씨는 또 누구신데 나에 대해서 그렇게 잘 아시는지 모르겠구려. 이거 밑천이 너무 쉽게 읽히는데?"

지아볼이 쓴웃음을 지었다. 그가 루그를 빤히 바라보며 물었다.

"그런데 정말 볼카르 당신이오? 당신이 그 인간 안에 있는 거요?"

"그렇게 본다고 볼카르가 보이긴 하냐? 목소리도 못 듣는 주제에."

루그가 비아냥거렸다. 지아볼이 아쉬워했다.

"흐음. 슬픈 일이구려. 이토록 운명적인 만남의 순간에 서로 말 한마디 나눌 수 없다니. 수천 년을 차원의 균열을 사이에 둔 채로 싸워오던 우리가 마침내 이 세계 속에서 다시 만났거늘."

〈지아볼 본인도 아니고 복제인 주제에 잘도 말하는군.〉

"…라고 하는데."

루그가 그 말을 전하자 지아볼이 가슴을 붙잡더니 마치 희극배우처럼 과장된 몸짓으로 휘청거렸다.

"아아, 나는 슬프오. 인간의 자아를 규정짓는 것이 무엇이겠소? 과거의 기억과 그것을 토대로 형성된 인격 아니겠소?"

〈그런 관점에서 네가 스스로를 오리지널이라고 주장한다면, 지아볼이라는 존재는 참으로 싸구려겠군. 스스로의 유일성을 부정하고, 자신이 복제라는 것을 인정한 순간부터 너는 이미 내가 아는 지아볼이 아니다. '지아볼의 복제'일 뿐.〉

"…이라는군."

"나 스스로도 인정하는 사실이긴 하지만, 지금의 나를 이루는 데 많은 비중을 차지하는 당신이 그렇게 말하니 비수로 가슴을 찔린 듯하구려. 하지만……."

"그만."

그때 잠자코 있던 불카누스가 끼어들었다. 그가 눈살을 찌푸리며 루그를, 아니, 정확히는 볼카르를 노려보았다.

"또 다른 나, 볼카르여. 한 가지 묻겠다."

불카누스는 스스로의 손을 들어 바라보며 물었다.

"어째서 인간이었나?"

2

밑도 끝도 없이 던져진 질문이었다. 그러나 루그와 볼카르는 그 의미를 명확하게 알아들었다.

어째서 인간이었나?

모든 것이 시작된 그 순간, 볼가르기 스스로의 육체와 불카누스의 인격에 걸어둔 장대하고 강력한 봉인.

그 봉인은 어째서 불카누스로 하여금 오로지 인간 형태만을 선택할 수 있게 하였는가?

불카누스는 그 의미에 대해서 죽 고민해 왔다. 그는 인간을 증오한다. 아니, 정확히는 용족 외의 모든 지성체를 증오한다. 그런 그에게 용족의 형상을 금하고 인간의 형상을 강요한 것에는 무슨 의미가 있었을까?

"글쎄? 왜였지, 볼카르?"

루그도 궁금해하며 물어보았다. 지금까지 딱히 그 이유를 생각해 본 적이 없었던 것이다.

불카누스가 말했다.

"말해라, 또 다른 나, 볼카르여. 너는 어째서 내게 인간의 형상을 강요했나? 인간에 대한 나의 증오를 알고 모멸감을 주기 위해서였나?"

〈그게 그런 식으로도 해석이 가능하다니 놀랍군?〉

볼카르는 당혹스러워하고 있었다. 루그가 물었다.

"어째서였는데?"

〈대단한 의미 따윈 없다. 뭔가 심오하고 철학적인 의미를 바란다면 실망할 텐데…….〉

"저놈이라면 모를까, 난 딱히 그런 건 기대 안 하거든? 다른 놈도 아니고 네가 한 일이잖아? 네가 그렇게 깊게 생각하고 조치를 취했을 리가 없지."

〈…홍. 그렇다고 의도가 없었던 건 아니다.〉

"무슨 의도였는데?"

루그가 묻자 볼카르가 구시렁거리는 말투로 말했다.

〈인간이 가장 약하기 때문이었다.〉

"역시 그건가. 뭐 대충 그런 이유일 것 같았어."

루그가 피식 웃었다.

"너의 판단 기준은 어디까지나 마법이니, 저놈이 취할 수 있는 형상이 인간으로 제약된다면 그건 인간이 마법적으로 가장 취약한 존재이기 때문이겠지. 그 의도가 주효했던 것도 사실이야. 그것만은 인정한다, 나도."

불카누스의 인격에게 주도권을 빼앗기기 직전, 기억과 육체를 봉인하면서 볼카르는 한 가지 장치를 해두었다. 불카누스가 아무리 발악해도 오로지 인간의 형상만을, 그리고 외유 시에도 인간의 육체만을 그릇으로 선택할 수 있도록 제약한 것이다.

그 이유는 인간이 약하기 때문이다. 볼카르의 기준에서 인간은 한없이 나약한 존재였다. 지금에야 생각이 달라졌지만, 모든 것의 판단 기준이 마법이었던 예전에는 그야말로 하찮게 보였다.

어쨌든 그 조치는 주효했다. 예를 들어 예전, 아네르 왕국의 왕도 아라로스에서 그와 처음으로 싸웠을 당시를 생각해 보면 불카누스가 인간이 아닌 다른 종족의 육체를 가졌다면 더 위험했을 것이다. 드래곤에게 있어 외유용 그릇은 본체의 단말에 불과하긴 하나, 불카누스의 마법은 미숙하며 외유 역시 불완전하기에 외유용 그릇의 성능에 많은 영향을 받았다.

"저놈이 너와 달리 마법 이외의 가능성을 탐구할 융통성이 있었다면 모르겠지만… 누가 드래곤 아니랄까 봐 마법 지상주의에 빠져서 마법 말고는 아무것도 떠올리지 못하는 점은 정말 똑같군."

〈큭…….〉

볼카르가 불쾌한 듯 신음했다. 불카누스와 똑같다는 점을 부정하고 싶지만 이 건에 대해서만은 그럴 수가 없었다.

불카누스는 아무 말 없이 루그를 바라보고 있었다. 그러다 문득 피식 웃었다.

"역시 그랬나."

"뭐야, 예상하고 있었던 거냐?"

"그래."

의아해하는 루그의 물음에 불카누스는 후련한 표정을 지었다.

"나는 꿈을 통해 네 삶을 보았다, 볼카르. 봉인이 제약하는 것은 어디까지나 마법에 관련된 것뿐이더군. 덕분에 원치도 않는 과거를 잔뜩 보았지. 하나같이 바보 같고 한심해서 네가 나와 같은 존재라는 게 수치스러웠다. 그런 네가 어떤 심오막측한 이유로 내게 인간 형상을 강요한 거였다면, 그건 오히려 납득하기 어려웠을 거다."

〈자기 본질조차 잊고 세상에서 가장 멍청한 짓만 골라서

하고 있는 놈한테 그런 소린 듣고 싶지 않다만?〉

"그 본질이 신들이 가한 구속이라면 엿이나 먹으라고 하고 싶군. 너는 그 본질을 사랑하는가, 볼카르?"

〈…….〉

"나는 내가 너와 달라서 정말 다행이라고 생각한다. 너와 같은 존재가 되느니 차라리 죽는 게 낫지."

〈나도 마찬가지다.〉

"그것만큼은 서로 의견이 일치하는군. 분명히 말하겠다. 나야말로 신들이 강제한 맹약에서 자유로운 진정한 자아다."

〈자신이 누구인지도 모르면서 말인가?〉

"그건 너도 마찬가지. 진짜 자신이 누구인지 모르는 기억 상실증 환자인 주제에, 남의 기억을 강제로 빼앗아놓고 자기가 더 우월하다고 좋아하는 건가? 참으로 멍청하고 저열하군."

〈…….〉

"아무것도 모르는 채 감정과 충동에 따라 움직여온 것은 너나 나나 마찬가지. 적어도 너는 나를 부정할 자격이 없다, 또 다른 나, 볼카르여."

불카누스가 냉소하며 볼카르를 비웃었다. 가만히 듣고 있던 루그가 혀를 내둘렀다.

"우와, 저놈 엄청 말발 좋아졌다? 볼카르, 벌써 할 말 떨어졌어?"

《끄응.》

루그의 한마디에 볼카르가 신음했다.

불카누스가 코웃음을 쳤다.

"하지만 수천 년의 기억과 지고의 마법을 가졌던 존재가 이토록 초라해지다니 눈물이 날 것 같군. 인간의 육신을 입고 움직이는 것도 아니고 인간의 몸에 깃들어서 겨우 자아를 보존하고 있을 뿐이었단 말인가? '가장 약하다'는 이유로 내게 그 형상을 강제한 인간 따위에게 기댈 수밖에 없을 정도라니 가련하구나, 볼카르여."

《잠자코 들어주니까 아주 신났군. 내가 이런 신세가 아니고 인간의 육신을 입기라도 했다면 네가 지금 그렇게 잘난 척하고 있을 수 있었을 것 같나?》

볼카르가 발끈했다. 루그가 피식 웃었다.

"확실히 그게 가능했으면 이렇게 고생할 필요도 없긴 하겠지."

볼카르가 인간의 육신을 입는다?

그게 가능했으면 불카누스는 이미 끝장나고 블레이즈 원은 세상에서 사라졌을 것이다.

비록 루그의 육체에 얹혀사는 처지이긴 해도 볼카르의 기억, 그리고 사고 능력은 여전히 드래곤의 육체에 기인하고 있으니까. 전에 시도했던 볼카르 독립 계획이 성공했다면 이미 루그는 복수를 완료하고 행복한 삶을 만끽하고 있었을지도 모를 일이다.

"하지만 그럴 수 없으니 결국 내 주먹으로 해결해야지. 자기가 누군지도 모르는 놈들을 때려서 정신 차리게 해준다, 이거만큼 확실한 게 어디 있어?"

〈정신을 차리게 하는 게 아니라 죽이는 거 아닌가?〉

"한 몸에 두 정신, 한 놈은 죽고 한 놈은 정신 차리면 딱이잖아? 안 그래?"

〈난 딱히 정신 차릴 이유가 없다만?〉

"그건 네 생각이고."

둘이 그렇게 대화를 나누고 있을 때 문득 불카누스가 씩 웃었다. 그가 손가락을 들자 불길이 몸을 휘감고 타오른다. 그가 손가락 끝에 맺힌 불꽃으로 목을 긋는 시늉을 하자 불꽃의 궤적이 그 뒤를 따라 넘실거렸다.

"웃기는 녀석들이군. 그래, 알고 싶은 것도 다 알았으니 이제 더 이상 볼일이 없다. 지긋지긋하니 끝내자."

"나도 마찬가지이긴 한데, 이거 참 열 받네. 이놈이나 저놈이나 여기서 죽여봤자 보람이 없잖아?"

루그가 살기를 뿜어내며 받아쳤다.

불카누스도, 지아볼도 여기서 죽여봤자 외유용 그릇을 파괴하는 것에 불과하다. 금방 다시 새로운 그릇을 이용해서 찾아올 것이다.

─볼카르, 그걸 시험해 볼 때가 왔다. 저놈 보니까 지난번

하곤 많이 달라졌는데 통할까?

〈걱정 마라.〉

볼카르는 자세하게 설명하지 않고 그렇게만 대답했다. 이제는 불카누스가 그의 말을 들을 수 있기 때문에 구체적인 정보를 전달하는 수단을 신중하게 골라야만 했다.

루그와 볼카르는 이 순간, 불카누스와 다시 만나는 때를 위해 많은 준비를 해왔다. 이제 그 효용성을 시험해 볼 때다.

불카누스가 차갑게 웃었다.

"차라리 볼카르가 인간의 육신을 입었다면 두려워할 가치가 있었다. 설령 버러지를 그릇으로 삼았다고 하나 수천 년을 살아오며 지고의 마법을 터득한 존재라면, 내가 예측할 수 없는 진화를 이룰 수 있을 테니까. 하지만 무력해진 채 인간에게 얹혀산다니, 그런 꼴로 나를 어떻게 해볼 수 있다고 생각하는 거냐?"

"이미 한 번 쓰러뜨렸다만? 넌 기억력이 나쁘군? 지난번에 얻어터진 거 벌써 잊어먹었어?"

"내가 그때와 똑같다고 생각하지 마라. 네가 볼카르의 지도를 받고 인간의 규격을 초월한 마법을 손에 넣었다는 것은 안다. 하지만 지금의 나를 고작 인간을 초월한 정도로 어쩔 수 있다고 생각하면 착각이다."

"글쎄, 과연 그럴까?"

불카누스의 오만한 말에도 루그는 동요하지 않았다. 루그가 자세를 낮추며 말했다.

"아무리 입씨름을 벌여봤자 의미없지. 불카누스, 너에게 진정한 두려움이라는 걸 알려주마."

"얼마든지 허세를 부리도록 해라. 여기가 너와 볼카르를 위한 무덤이 될 테니."

화르르르륵!

루그도, 불카누스도 동시에 불의 속성력을 전개했다. 양쪽에서 폭염이 치솟는 것과 동시에 루그가 땅을 박차고 돌진했다.

3

루그가 땅을 박차는 순간, 불카누스는 이미 마법 구현을 시작하고 있었다. 서로간의 거리는 불과 20미터 가량. 루그의 돌진력으로 이 거리를 좁히는 것은 그야말로 찰나다.

그러나 불카누스의 마법 구현 속도는 상식을 초월했다. 루그가 땅을 박차고 한 번 발을 딛는 순간까지 항시 걸어두고 있는 방어 마법에 한 가지를 더했고, 재차 땅을 박차고 코앞으로 쇄도해 오는 순간에는 그 앞에 한 가지 함정 마법과 요격을 위한 마법을 구현하고 있었다.

파아아아아앙!

새하얀 섬광 두 줄기가 뻗어나갔다.

서로 다른 방향으로 뻗어나간 섬광은 하나는 밤하늘 저편으로, 또 하나는 무너진 집의 잔해를 때렸다. 순간 엄청난 열기가 폭발하면서 주변 공기가 후끈 달아올랐다.

쿠구구구구······.

루그는 섬뜩함을 느끼며 불카누스를 바라보았다. 달려드는 순간, 아슬아슬한 타이밍으로 함정 마법이 구현되어서 기세가 주춤했다. 그것을 우격다짐으로 해제하는 순간에 불카누스의 마법이 발동, 첫 번째 섬광을 피하자 곧바로 루그의 위치를 추적하며 두 번째 섬광이 날아드는 바람에 위험한 고비를 넘겼다.

'이 자식, 전하고는 차원이 다르잖아?'

전에도 마법을 구현하는 속도는 비상식적으로 빠르기는 했다. 그 빠르기만은 이미 샤디카와 필적했을 정도로.

그러나 지금은 그때보다 두 배 이상 빨라졌다. 게다가 마법의 수준 자체가 비교할 수 없을 정도로 높아졌다.

"잘도 피했군. 빠른 놈을 포착해서 요격하기 위한 것이었는데 아직 연구가 필요한 모양이야. 내 마법이 따라갈 수 없을 정도로 빠르다니, 얕본 것은 사과하지."

불카누스가 계속해서 자신이 운용하는 마법을 추가하면서 말했다. 마법 구현 속도가 빠른 것만이 아니라 다수의 마법을 한꺼번에 관리하는 능력도 어마어마한 것 같다.

기기기기깅!

그의 뒤쪽에서 아공간이 열리면서 은색의 구체 아홉 개가 튀어나왔다. 크기가 사람 주먹만 하고 표면에 붉은빛으로 복잡하고 아름다운 문양들이 그려져 있는 그것은…….

〈샤디카의 헌드레드 아이즈를 기본으로 개조한 물건이군. 수는 적지만 정보 수집력 면에서는 좀 더 뛰어나고, 공격 기능도 탑재하고 있다. 기본적으로는 열선 마법을 탑재하고 있지만 불카누스의 제어에 따라서는 다른 마법의 보조 도구로도 변모하니 주의해라.〉

볼카르가 한눈에 그 도구의 정체를 파악했다. 샤디카가 강력한 강체술사와 싸우기 위해 만든 정보 수집 도구, 헌드레드 아이즈. 불카누스는 그것을 기반으로 독자적인 마법 도구를 만들었던 것이다.

"지난번에는 확실히 내가 인간에 대해서 너무 몰랐다. 위대한 마법에 비하면 보잘 것 없지만, 강체술이라는 기술은 눈여겨볼 가치가 있다는 걸 인정하지. 내가 그 존재를 숙지하고 '나인즈 비홀더'를 만들어낸 이상, 네가 이용할 만한 사각은 존재하지 않는다."

불카누스의 말과 함께 '나인즈 비홀더'라 불리는 아홉 개의 구체가 허공으로 녹아들듯이 모습을 감추었다.

불카누스는 블레이즈 원 상위 용족 간부들의 마법 지식을 눈부신 속도로 흡수하고 그 경지를 초월했다. 샤디카가 강체술사에 대해서 연구해 온 성과 역시 이미 자기 것으로 만든지 오래였다.

루그가 투덜거렸다.

"그것참… 어디의 누가 하던 소리랑 엄청 비슷하네. 누가 같은 몸 쓰는 놈 아니랄까 봐."

〈끄응. 찔리는군.〉

볼카르가 신음했다. 과거 자신이 했던 말들이 불카누스의 입에서 그대로 나오고 있지 않은가?

"나칼라즈티."

후우우우우……!

루그가 리루를 소환하자 돌풍이 휘몰아치기 시작했다. 루그는 연이어 정령들을 소환했다.

"이프리트, 운디네, 프로스티아, 젠다라!"

불의 정령과 물의 정령, 눈과 얼음의 정령, 마지막으로 뇌격의 정령이 모습을 드러내더니 볼카르의 인격이 투영되었다. 그동안 루그가 소환해서 부리는 정령도 하나 더 늘어나 있었고 그로 인해 볼카르가 사용하는 유사 마법은 보다 다양하고 강력해졌다.

그것을 본 불카누스의 눈이 이채를 띠었다.

"그건 또 무슨 재주지? 특별한 마법도 없이 인간이 다양한 속성의 정령을 소환해서 지배하다니."

"주절주절 설명해 줄 생각 없어."

"스스로 명을 단축시키는군. 내 물음에 답하는 시간 동안

만큼이라도 생명을 연장시킬 수 있을 것을."

"전혀 필요없는 배려거든? 리루, 또 이런 상황이다. 부탁해."

「네. 왠지 매번 이러니까 익숙해져 버리네요. 이런 일 아닐 때도 좀 자주 불러주세요.」

"윽."

리루의 말에 루그가 뜨끔했다. 매번 중요한 전투 때마다 불러대다 보니 리루는 이제 전투 경험도 장난이 아니었다.

그때 뒤쪽에서 메이즈의 목소리가 들려왔다.

"주인님, 혼자서 다 해결하려고 하지 마. 우리가 와 있는 걸 잊으면 섭섭해."

메이즈와 다르칸, 그리고 에리체 셋이 주변에 자리를 잡고 섰다. 셋 다 이미 각자의 장비를 소환해서 완전무장한 상태였고, 주변에는 다르칸의 실드 콜로니가 전개되어 무수한 방패들이 입체적인 포위망을 이루고 있었다.

메이즈가 암호화된 통신 마법으로 말했다.

—주인님. 나머지 사람들은 바리엔 양을 따라서 피신했어. 마빈 씨도.

—잘했어.

루그가 고개를 끄덕였다.

마빈은 남아서 같이 싸우고 싶어했지만, 메이즈는 냉정하게 판단해서 그를 '왕자 일행을 호위하라'고 설득했다. 마빈이 많이 강해진 것은 사실이지만 이 전투에 끼어들기에는 아직 부족하다.

불카누스는 그들을 보며 코웃음을 쳤다.

"떨거지들이 모이면 뭐가 달라질 것 같나? 게다가 하나는 인간 여자라니, 희생을 전제로 한 싸움이라도 벌여볼 셈인가? 버러지의 목숨을 아끼는 너희들답지 않은데?"

"우와, 저 이렇게 무시 받아보는 거 오랜만이에요. 불카누스라고 했죠?"

에리체가 물었다. 당돌한 그녀의 태도에 불카누스가 의아해하며 바라보았다.

"생긴 건 멀쩡한데 머리가… 음, 아니, 잘 생각해 보니까 머리도 똑똑하긴 하네요. 으, 이런 경우엔 뭐라고 해야 하지? 칼리아라면 한 번에 정리를 잘할 것 같은데……."

"응?"

맥락을 알 수 없는 소리에 불카누스가 눈을 크게 떴다. 에리체가 말이 꼬여서 혼자 답답해하다가 말했다.

"그러니까! 당신은 똑똑하긴 한데 참 바보 같아요."

"……."

불카누스는 눈살을 찌푸렸다. 그동안 제법 인간을 많이 접해왔는데 이런 여자는 처음이다. 화가 난다기보다는 신기한 기분이 들었다.

"지아볼, 궁금한 게 있다만."

"뭐요?"

"인간들은 혹시 저런 걸 두고… 미친년이라고 하는 건가?"

"풋."

불카누스가 진지하게 던진 물음에 지아볼이 웃음을 터뜨렸다.

"푸하하하핫! 이거이거, 불카누스, 그건 숙녀 분을 앞에 두고 할 만한 소리가 아닌 것 같소만."

"나보고 인간의 예의 따월 염두에 두고 행동하라는 건가?"

"그런 건 아니고. 내가 보기에 저 아가씨는 미친 건 아니고 다소 엉뚱할 뿐인 것 같소만. 어쨌든 재미있는 분이시구려."

"우, 당신들 진짜 엄청 무례하네요. 어디……."

우우우우웅!

에리체가 볼을 부풀리며 푸른 언월도를 들어 올렸다. 그러자 빛의 속성력이 발동, 새하얀 빛이 그녀의 몸을 휘감고 타오르더니 언월도 끝에 집중되었다.

기다란 언월도에 집중된 빛이 허공에 거대한 허상을 투영했다. 그것은 수십 배로 확대된 거대한 언월도의 형상이었다.

"숙녀에게 무례한 사람에겐 철퇴를 내려야지요! 섬룡도(閃龍刀)!"

외침과 함께 에리체가 언월도를 내려쳤다. 환영의 언월도가 정확히 그녀의 동작에 따라서 불카누스와 지아볼이 있는 지점을 한 번에 후려갈겼다.

쫘아아아아앙!

날카로운 섬광이 치솟으며 지축이 뒤흔들렸다.

4

섬룡도.

그것은 에리체가 강체술과 빛의 속성력을 융합해서 만들어낸 기술이었다. 수십 배로 확대된 언월도가 닿는 범위를 일거에 쓸어버리는 이 기술의 사정거리는 50미터가 넘는다.

격렬하게 치솟는 흙먼지를 보던 에리체가 슥 옆으로 한 걸음 이동했다. 그와 동시에 정확히 그녀의 머리가 있던 지점을 보이지 않는 뭔가가 관통했다.

콰과과광!

직후 뒤쪽에서 섬광이 폭발했다.

"이크크, 이거 얕봐도 되는 아가씨가 아니구려. 이 한 수만으로 판단하긴 뭐하지만 전투력만으로 보면 상위 용족과 필적하겠군?"

마법으로 일으킨 바람으로 흙먼지를 걷어내며 모습을 드러낸 지아볼이 너스레를 떤다. 에리체가 코웃음을 쳤다.

"숙녀를 저격하다니 음험한 분이시네요? 예의범절을 가르쳐 드릴 필요가 있겠군요?"

"예의범절 두 번만 가르쳤다간 왕도가 초토화되겠소."

지아볼이 어깨를 으쓱했다.

방금 전, 그는 손에 들고 있는 지팡이를 이용해서 에리체를 저격했다. 마법을 걸어서 보이지 않게 만든 마탄을 초음속으로 쏘아내는 기술은 보통 인간은 도저히 대처할 수 없는 기술이다.

하지만 에리체는 마치 마탄의 존재가 언제, 어느 지점을 통과할지 정확히 알고 있는 것처럼 자연스럽게 한 걸음을 옮기는 것만으로 피해 버렸다. 전투 시에 절대적인 이점을 제공하는 순간예지력의 힘이었다.

"걱정 마세요. 그 전에 당신들을 박살 낼 테니까요."

에리체는 언월도를 횡횡 돌리더니 그대로 횡으로 그었다. 그러자 다시금 섬룡도가 발동, 거대한 언월도의 환영이 흙먼지를 쓸어버리면서 지아볼을 베어갔다.

"어이쿠!"

지아볼이 재빨리 허공으로 날아올라서 그것을 피했다. 그리고…….

파아아아아아!

흙먼지 한복판에서 거대한 언월도의 진격이 멈추었다. 충격파가 사방을 휩쓸면서 흙먼지가 살가리 찢어지고, 그 속에서 붉은 머리칼을 휘날리는 청년의 모습이 드러난다. 불카누스는 흥미로운 기색으로 자신의 방어막에 막혀 있는 섬룡도를 바라보았다.

"쓸 만한 능력이군. 한 방 제대로 맞으면 와이번이나 히드라도 일격에 참살할 수 있겠어. 하지만 빛의 속성력을 기반으로 해서 그런가, 마력 외의 힘으로 응집력과 물리력을 부여했다고는 해도 근본적으로 빛이 산란되는 환경에는 약하군."

불카누스는 섬룡도의 정체를 정확하게 파악하고 있었다. 그래서 방어막의 속성을 변화, 마치 얼음처럼 빛을 산란시키는 구조로 만들어서 섬룡도의 위력을 죽인 뒤 나머지 충격을 쉽게 받아냈다.

섬룡도가 소멸하는 것을 바라보던 그의 눈이 에리체에게 향했다. 그의 홍옥색 눈동자를 마주하는 순간, 에리체는 왠지 모르게 오싹한 감정을 느끼며 한 발짝 물러났다.

'이상하네?'

그저 시선을 마주했을 뿐인데도 전신의 털이 곤두서는 것 같다.

그녀의 본능이 경고하고 있었다. 눈앞의 존재가 위험하다고. 그것도 그저 강하거나 사악해서 위험한 것이 아니라, 그녀의 존재 자체를 위협할 무언가를 가졌다고!

잠시 그녀를 바라보던 불카누스가 미소 지었다.

"그렇군. 봉인의 조각을 가졌군."

"……."

"그래서 고작 인간 여자면서 그런 마력을 가졌나? 하지만 이상하군. 다른 인간들과는 다른데… 그게 뭔지 모르겠어. 이것도 봉인의 조각 때문인가?"

불카누스는 외유를 이용해 활동하기 시작한 이후, 부하들에게만 맡겨두지 않고 그 스스로도 봉인의 조각을 찾아다녔다. 그 과정에서 봉인의 조각을 가진 자들을 찾아내 그들의 목숨과 봉인의 조각을 취하기도 했다.

그들은 하나같이 마법으로도 설명하기 어려운 특수한 능력의 소유자였다. 하지만 에리체 같은 경우는 처음이다. 다른 인간들과 근본적으로 다르다는 걸 알겠는데 뭐가 다른지 전혀 알 수가 없다.

"아니면… 네 짓인가, 볼카르?"

불카누스가 물었다. 만약 볼카르가 불카누스에게 봉인의 조각을 넘기지 않기 위해 에리체에게 특수한 조치를 취해놨다면 그녀의 기이함도 납득할 수 있다.

〈글쎄? 그것조차 몰라서 물어보는 놈에게 이러쿵저러쿵 설명해 주고 싶지 않군. 내 몸을 쓰고 있는 주제에 아직까지 그걸 알아볼 수준에도 오르지 못했다니.〉

"루그나 너나 나를 화나게 하는 재주가 특출 나구나."

불카누스가 눈살을 찌푸렸다. 그는 지아볼을 보며 말했다.

"떨거지들은 네가 맡도록 해라. 저 여자가 가진 봉인의 조각도 회수하고. 그 정도는 할 수 있겠지?"

"적을 너무 무시하는 것 아니오?"

"마왕이라는 자가 그 정도로 엄살을 떨 셈인가?"

"그렇게 말하면 또 물러날 수가 없군. 조직을 배신한 선배들의 실력도 궁금하고 하니."

"우릴 너무 무시하네."

보이드 아머를 입은 메이즈가 코웃음을 쳤다. 하지만 다음 순간, 에리체가 갑자기 그녀에게 뛰어들더니 확 밀쳐 버렸다.

"앗!"

보이드 아머를 입은 메이즈는 200킬로그램이 넘는다. 하지만 괴력을 가진 에리체가 밀치자 그녀는 몇 미터나 날아가서 땅에 처박혔다.

콰당탕!

"이게 무슨 짓……!"

쫘아아아앙!

하지만 그녀는 미처 불만을 토로하지 못했다. 직후 옆쪽에서 섬광이 폭발하는 게 아닌가?

'저격? 어떻게?'

지아볼은 분명히 여기에 있다. 그런데 어떻게 자신을 저격한단 말인가? 게다가 방금 전의 공격은 처음 루그에게 날아들었던 것과 거의 동일한 위력이다.

에리체가 말했다.

"저 사람, 하나가 아니에요. 이제는 알겠어요. 아까는 셋이 었고, 지금은 둘이에요. 저 사람 자체는 그보다 더 여럿이지 만, 여기 있는 건 둘뿐이에요."

"아가씨 능력이 대체 뭔지 궁금하구려."

도무지 의미를 알 수 없는 뜬구름 잡는 소리였지만, 지아볼 은 핵심을 찔린 듯 쓴웃음을 지었다.

그는 마치 드래곤들처럼 외유의 비술을 이용해서 다수의 육체를 한꺼번에 조종하고 있다. 그러나 지금 왕도에 있는 것 은 두 개의 육체뿐이었다. 원래는 세 개였지만 그중 하나는 루그에게 파괴되었다.

메이즈가 투구 안에서 눈을 휘둥그레 떴다.

"외유의 비술로 두 개의 몸을 조종하고 있단 말이야? 그것 도 이런 마력을 가진 몸을? 도대체 정체가……."

"마왕이야."

루그가 말했다. 시선은 여전히 볼카누스에게 둔 채였다.

"마왕 지아볼. 알겠지?"

"아……."

더 설명이 필요없었다. 레비아탄 기즈누가 지아볼에 대해 서 알려줬을 때, 루그는 볼카르에게 들은 지아볼의 정보를 메 이즈와 다르칸에게도 말해줬기 때문이다.

에리체만이 그 말을 못 알아듣고 루그와 메이즈를 번갈아 바라보았다. 답답해하는 그 표정에 메이즈는 묘하게 기분이 좋아져서 힘차게 몸을 일으켰다.

"설명은 나중에! 어쨌든 에리체 양, 고마워요. 하지만 다음부터는 그냥 경고를 해줘요."

메이즈는 그렇게 말하며 전투용 마법 통신망을 전개했다. 그것은 일일이 통신 마법으로 의사를 전달할 것도 없이 서로의 정신을 연결함으로써 고속으로 의사소통을 가능케 하는 마법이다.

—이건?

—받아들이세요. 전투 시 의사 전달을 위해 필요한 마법이니까.

메이즈의 말에 에리체는 순순히 마법 통신망에 연결되는 것을 받아들였다. 그러나 그녀가 연결되는 순간, 예상치 못한 사태가 벌어졌다.

찌이이잉!

"윽!"

"으음!"

메이즈와 다르칸은 머릿속을 후벼파는 듯한 두통을 느끼며 비틀거렸다. 그리고 곧 그 이유를 깨닫고는 경악했다.

'이, 이 정보량은 대체 뭐야?'

정신을 연결하자마자 감당이 안 될 정도로 무지막지한 양의 정보가 쏟아져 들어오는 게 아닌가?

상위 용족인 메이즈와 다르칸은 인간과는 비교도 안 되는 정보 처리 능력을 갖고 있다. 게다가 애당초 감각의 성능 자체가 다르기 때문에 받아들이는 정보량의 차원이 다르기도 하다.

강체술사들은 후천적으로 기감을 손에 넣고, 감각을 강화하여 상위 용족과 같은 수준에 도달할 수 있지만 그렇다고 해도 정보 처리 능력만은 따라갈 수 없다. 강체술로 감각을 상위 용족 수준으로 끌어올린다고 해도 그것을 통해 받아들인 정보 대부분을 무의식의 영역으로 흘려 버린다. 하지만 상위 용족들은 인간보다 훨씬 많은 양의 정보를 의식적으로 소화해 내는 게 가능하다.

그런데 지금 에리체가 흘려내고 있는 정보량은 그런 그들조차도 받아들일 수 없을 정도로 압도적이었다. 이 마법 통신망이 연결된 이의 정신 모두를 공유시키는 것도 아니고 전하고자 하는 것, 강하게 발산하는 것만을 전한다는 걸 생각하면 말도 안 되는 일이었다.

"왜 그러세요?"

두 사람을 본 에리체가 눈을 동그랗게 뜨고 묻는다. 볼카르가 말했다. 물론 그의 목소리는 에리체에게는 들리지 않았지만.

〈에리체 메이달라가 순간예지력으로 수집해서 무의식중에 처리하는 정보는 너희들도 감당이 안 된다. 통신망의 권한을 조절해서 그녀와 나누는 정보를 제약해라.〉

"그, 그래야겠… 꺄악!"

퍼어어엉!

순간, 메이즈의 바로 앞쪽에서 섬광이 폭발했다. 어디서 날아왔는지 모를 지아볼의 초장거리 저격이 그녀를 노린 것이다.

지아볼이 혀를 찼다.

"쯧. 역시 얕볼 수 없는 상대로고. 그걸 막다니. 되도록 초반에 처리해 두고 싶은 상대였는데……."

"별로 마음에 드는 전투 방식은 아니군."

다르칸이 으르렁거렸다. 방금 전, 메이즈에게 가해진 저격을 막아낸 것은 그였다.

지아볼이 허공을 올려다보며 말했다.

"샤디카, 그 양반 참 마무리가 형편없구려. 비장의 무기를 적에게 넘겨주다니."

그 말에 다르칸이 눈썹을 꿈틀거렸다.

다르칸이 지아볼의 저격을 막아낸 것은 그의 실력만으로 한 일이 아니다. 그의 탐지 능력으로도 거의 도시의 반대쪽 끝에서 극초음속으로, 그것도 중간에 공간을 도약하며 궤도를 바꾸기까지 하는 보이지 않는 마탄의 저격에 반응할 수는 없었다.

그에게 그것을 가능케 하는 것은 바로 얼마 전에 손에 넣은 마법 도구였다.

헌드레드 아이즈.

죽은 샤디카가 남긴 관측용 마법 도구는 지금 다르칸의 손에 들어와 있었다. 그것은 볼카르에 의해 분석되고 개량안이 제시되었다. 그렇게 개량한 헌드레드 아이즈와 실드 콜로니의 조합은 다르칸의 광범위한 마법 전개 능력을 한층 강화해 주었다.

"원본과 개량된 복제품, 두 가지가 다 이 자리에 있군. 무수한 눈들이 이 자리를 보고 있는데 둘의 목적이 서로 다르다니 재미있는 일이오. 이건 아마 볼카르가 손을 댄 거겠지?"

놀랍게도 지아볼은 완벽하게 은닉된 헌드레드 아이즈의 존재를 간파하고 있었다. 다르칸은 등줄기를 타고 한기가 퍼져 나가는 것을 느꼈다.

─레비아탄 코어 동조 개시!

기기기기깅!

아공간이 열리면서, 그 안쪽에 있는 강대한 마력의 원천이 다르칸과 메이즈와 연결되었다. 갑자기 다르칸과 메이즈의 마력이 급상승하는 것을 감지한 지아볼이 눈을 크게 떴다.

"호오? 우리와 거의 같은 방식을 쓰고 있군? 과연 용족이 볼카르의 지도를 받으면 이런 수준까진 쉽게 도달한단 말인가?"

"당신의 명성은 익히 들었지, 몸 사리는 데는 도가 튼 마왕! 어디 한번 그 실력이 마왕이라는 소리를 듣기에 합당한지 구경해 보겠어!"

메이즈가 외침과 함께 땅을 박찼다. 중장갑옷을 입어서 200킬로그램 이상이라고는 믿을 수 없는 도약력으로 지아볼에게 쇄도한다.

지아볼이 기다란 지팡이에 마력을 불어넣어 빛을 발하면서 대꾸했다.

"뭐, 이 몸은 어차피 막 굴릴 셈으로 들고 나온 거니 아낌없이 보여주리다."

섬광을 두른 지팡이가 메이즈를 겨누는 것과 동시에, 다르칸과 에리체도 움직이면서 전투가 시작되었다.

5

바리엔이 세이람 일행을 왕도 밖으로 탈출시킨 후, 실시간 통신기로 상황을 보고 받은 알더튼은 잠시 고민에 빠졌다. 그리고 잠시 후, 그녀가 생각지도 못한 제안을 했다.

"이건 좀 위험한 일이긴 한데… 바리엔 양, 미안한데 혹시 이 틈에 왕관을 탈취할 수 없겠소?"

"네?"

"일단 세이람 왕자님을 탈취한 것만으로도 충분한 성과라고 할 수 있소. 하지만 이 틈에 드린자드 왕자에게서 왕관까지 빼앗아온다면 그 나라의 상황을 훨씬 쉽게 정리할 수 있을 거요. 불카누스와 상위 용족 간부가 마스터와 싸우고 있는 지금이라면 충분히 가능할 것 같은데……."

"……."

바리엔은 할 말을 잃고 알더튼을 바라보았다.

이런 때에 냉정하게 상황을 분석해서 이런 작전을 제안하다니, 무서운 남자다. 과연 그 불온한 과거에도 불구하고 칼리아가 아쿠아 비타의 2인자로 앉힐 만하다는 생각이 들었다.

잠시 생각하던 바리엔이 물었다.

"하지만 문제가 있어요. 그 왕관이 어디 있는지 모르잖아요?"

"아, 그건 문제없소. 혹시 기회가 오지 않을까 해서 준비는 해놨거든. 제이언 공을 통해서… 말이지."

제이언을 언급하는 알더튼의 표정이 흐려졌다.

세이람 왕자의 신병을 확보했을 때, 알더튼은 이미 몇 가지 계획을 세워두고 있었다. 세이람을 왕위에 올리면서 탈린 왕국의 혼란을 정리할 방안들을.

그 중에는 왕관을 탈취하는 것도 있었다. 현재 탈린 왕국의 왕좌를 걸고 싸우는 두 세력, 드린자드 왕자 진영과 베사드 공작 진영은 각각 한 가지씩의 왕보를 갖고 있었다. 드린자드 왕자에게는 왕관이, 그리고 베사드 공작에게는 옥새가 있는 것이다.

만약 드린자드 왕자가 왕관을 잃게 된다면 그가 왕좌에 오르고자 하는 설득력은 그만큼 약해진다. 하물며 사생아가 아니라 정실의 자식인 세이람이 그것을 가진다면 그 파급력은 말할 것도 없다.

할스가 한 가지 조건을 알려준 덕분에 왕관의 위치를 찾는 방법은 쉽게 준비할 수 있었다.

'왕관과 옥새는 오로지 왕족의 혈통을 이은 자만이 쥘 수 있다.'

탈린 왕국의 왕보에는 그러한 마법적 조치가 행해져 있었다.

제이언은 오히려 그 사실을 역이용해서 왕관의 위치를 찾아내는 마법 도구를 만들었다. 그리고 그것을 아쿠아 비타의 조직원들에게 맡겼다.

바리엔은 잠시 생각에 잠겼다가 말했다.

"좋아요. 할게요. 에리체도 열심히 싸우고 있는데 저만 가만히 있을 수는 없죠."

"좋소. 그럼 우리쪽 사람들에게 연락해서 준비시켜 두지. 그리고……."

알더튼은 바리엔의 뒤쪽에서 멀뚱멀뚱한 표정을 짓고 있는 다른 이들을 바라보았다. 둘이 나샤 삼국어로 이야기를 나눴기 때문에 그들은 전혀 내막을 모르고 있었다. 알더튼이 이쪽의 언어로 사정을 설명했다.

"…그래서 바리엔 양을 도와주실 분이 계시다면 좋겠습니다만."

"그거라면 제가 가죠."

마빈이 주저없이 나섰다. 부당한 자의 손에 있는 왕관을 탈취해서 정당한 왕위 계승자를 돕는다. 생각만 해도 흥분되는 일이다. 그리고……

'루그 그 녀석이 목숨 걸고 싸우고 있는데 나도 이 정도는 해야지.'

분하지만 마빈은 아직 약해서 루그의 싸움에 도움이 될 수 없다. 그렇다면 그가 지금 할 수 없는 일을 해내고 싶었다.

문득 세이람이 물었다.

"하지만 그걸 어떻게 들고 나올 생각이죠? 왕족이 아니면 들 수도 없는 물건인데……"

"그건……"

과연 그 지적에는 알더튼도 난감한 듯 닭 벼슬 같은 털을 쓸었다. 사실 제이언이 있었다면 전혀 문제되지 않을 사태다. 그러면 아예 왕관에 걸린 마법을 해제할 수도 있었을 테니까.

"끄응. 그런 문제가 있었군요. 여기에는 마법사가 없군."

지금 이곳에 있는 이들 중에는 마법사가 없다. 강력한 마법사들은 모두 불카누스, 지아볼과 싸우는 중이었으니……

"어쩔 수 없군. 아쉽지만 이 계획은 포기를……"

"내가 따라가겠습니다."

세이람이 말했다. 그러자 다들 깜짝 놀라서 그를 바라보았다.

할스가 세이람을 만류하고 나섰다.

"아니, 왕자님! 무슨 말씀을 하시는 겁니까? 절대 안 됩니다!"

"이건 나만이 할 수 있는 일이잖아요?"

"차라리 안 하는 편이 낫습니다! 왕궁에 침입한다니, 무모한 것도 정도가 있지요! 왕자님께 문제가 생기면 모든 게 끝장입니다!"

"할스, 사실 난 왕이 되고 싶지 않아요."

세이람은 언성을 높이는 할스에게 차분하게 말했다. 그러자 할스가 잠시 할 말을 잃고 주춤거렸다. 세이람이 말을 이었다.

"그저 예전처럼 평온하게 살아가고 싶습니다. 그게 내가 바라는 전부에요. 하지만 이제 그럴 수 없다는 걸 알죠. 할스 경, 당신마저도 내가 왕위에 오르는 걸 당연시하고 있잖아요? 지금까지 내게 왕위를 원하냐고, 왕이 되겠냐고 의견을 물어보는 이는 아무도 없었어요."

"와, 왕자님……."

할스는 할 말을 잃고 세이람을 바라보았다. 아이나도 마찬가지였다.

어렸을 때, 눈이 멀었다는 이유로 왕궁에서 추방당한 세이람은 왕위에 대한 갈망이 없었다. 오히려 그는 자기 대신 왕위를 계승할 자가 있다면 기꺼이 양보하고 싶었다.

하지만 누구도 그의 마음을 물어보지 않았다. 곁에서 그를 보필해 온 할스도, 그리고 아이나조차도 정명한 왕위 계승자인 그가 왕위에 올라야 한다고, 그래야만 이 모든 혼란이 끝나고 희망찬 내일이 찾아올 것이라고 믿어 의심치 않았다.

"아니, 딱 한 사람이 있었군요. 이제는 없지만……."

세이람이 쓴웃음을 지었다.

그렇다. 단 한 사람, 그와는 상관없는 세계에서 살아온 이만이 그의 마음을 궁금해했다. 자이르의 은신처에 머무르던 때, 제이언은 세이람에게 물었다.

"왕자님께서는 어떤 왕이 되고 싶으십니까?"

세이람은 그 질문에 대답할 수 없었다. 왜냐하면 왕이 되고 싶지 않았기 때문이다. 그때까지도 세이람은 왕이 된 자신을 한 번도 상상해 본 적이 없었다. 그저 주변 상황에 떠밀려서 거기에 있었을 뿐이다.

"모르겠어요."

"모르겠다?"

"어떤 왕이 되고 싶은가… 그런 걸 생각해 본 적이 없어요. 난 왕이 되고 싶지 않으니까. 이런 내가 왕이 된다는 게 말이 된다고 생각하세요, 제이언 공?"

"사람이 숙명을 이야기하는 이유가 뭐라고 생각하십니까, 왕자님?"

제이언은 세이람의 물음에 답하는 대신 수수께끼 같은 물음을 던졌다. 세이람이 당혹스러워하자 제이언은 답을 말해주었다.

"그건 세상에 자신이 선택할 수 없는 게 너무 많기 때문입니다. 태어나는 그 순간부터 생명은 부모, 그리고 종족이라는 운명을 지게 되지요. 아무리 현명한 이라도, 아니, 오히려 현명한 이일수록 선택을 제약받게 마련입니다."

"왕이 되는 게 내 운명이라는 건가요?"

"그런 이야기는 아닙니다. 다만 누구나 때로는 싫은 선택을 강요당하는 때가 있다는 거지요. 도망치는 것조차 허용되지 않는. 왕자님이 처한 상황이 바로 그렇지 않을까 합니다."

"왕이 되거나, 아니면 죽거나 둘 중 하나뿐일까요?"

"도망치는 길도 있습니다. 왕자님께서 진정 바라신다면, 모든 것을 잊고 먼 곳으로 도망칠 수도 있겠지요. 하지만 그러실 수 있겠습니까? 왕자님, 제 생각에 당신은 우둔한 사람이 아닙니다. 자신이 어떤 상황에 처해 있는지, 그리고 자신의 선택이 어떤 의미를 갖는지 누구보다도 잘 알고 있지요. 그래서 힘들어하시는 것 아닙니까?"

"……."

제이언의 말은 정곡을 찌르고 있었다.

세이람은 자신이 어떤 의미를 갖는지 잘 알고 있었다. 평소라면 왕위 후보로 거론되지도 못했을 자격 미달자들이 아닌 유일하게 남은 정통 왕위 계승자. 그것은 그가 왕위에 올라야만 국내의 혼란이 깔끔하게 정리될 것이라는 의미다.

그렇기에 모두가 세이람에게 기대를 걸고 있다. 그가 왕위에 올라서 이 끔찍한 혼란이 종결되고 평화와 안정이 찾아오기를 바라며 목숨마저 던졌다.

자신을 위해 희생한 자들이 너무 많아서, 그 희생의 의미를 너무 잘 알아서 세이람은 아무 말도 하지 못한 채 여기까지 떠밀려왔다.

"왕자님, 당신은 잘 알고 있습니다. 그리고 자신이 아는 것을 외면할 성품의 소유자가 아니시지요. 그렇다면 차라리 스스로의 의지로 앞으로 나아가십시오."

"스스로의 의지로……."

"운명을 인정한다면, 그것을 짊어진 자가 할 수 있는 것은 최선을 다해 싸우는 것뿐. 목숨을 건 전장에 나서야 할 때 어쩔 수 없다며 남에게 떠밀려서 가는 것과, 스스로 어깨를 펴고 당당하게 가는 것은 전혀 다릅니다. 마음껏 번민하셔도 좋습니다. 그것이 왕자님의 의지에 무게를 더해줄 테니. 저는 왕자님이 어떤 결정을 내리시든 도와드리겠습니다."

제이언은 스스로의 맹세를 지켰다.

목숨마저 내던져서 세이람의 미래를 열어주었다.

이제는 세이람이 그 마음에 보답할 차례다.

"난 왕이 될 겁니다."

누구에게 떠밀려서 내린 결정이 아니다. 스스로의 의지로 왕이 되겠다. 왕이 되어 이 혼란을 잠재우고 평화를 되찾고야 말겠다.

"그렇게 결심한 이상, 언제까지 남들의 희생만을 강요하며 도망칠 수만은 없잖아요? 이건 나만이 할 수 있는 일입니다. 내가 써야 할 왕관이라면, 내 손으로 되찾겠습니다."

세이람은 단호한 의지를 담아 말했다. 보이지 않는 눈으로 밤하늘을 우러르며 말하는 세이람의 모습에 마빈은 가슴이 두근거렸다. 마빈은 그의 앞에 한쪽 무릎을 꿇으며 말했다.

"왕자님은 제가 지키겠습니다."

"이, 이 애송이가 어디서 감히! 왕자님의 뜻이 확고하다면 이 할스가 목숨을 바쳐서라도 지킬 것입니다."

할스도 한쪽 무릎을 꿇으며 말했다.

지금까지 왕의 그릇다운 모습을 보이지 않았던 세이람이 자신의 의지를 피력했을 때, 그를 오랫동안 보필해 온 할스는 감동하고 있었다. 자신과 동료들이 목숨을 바쳐서 그를 지킨 것이 옳은 일이었다고, 비록 눈은 보이지 않을지라도 세이람이 왕위에 오르는 것이 이 나라에 평화를 가져올 거라고 확신했다.

마빈이 삐딱한 눈으로 그를 바라보았다.

"거 참, 뒤늦게 남 따라하면서 신경질내기는. 아저씨는 날 언제 봤다고 애송이니 뭐니 말 함부로 하는 거예요?"

"아저씨라니! 기사라는 놈이 어디서 그런 말버릇을 쓰는 거냐! 게다가 어디서 굴러먹다 온지도 모르는 녀석이 감히!"

"제가 세련된 도시 기사의 예절 따윈 모르는 차가운 시골 기사거든요? 게다가 감히가 뭐야, 감히가? 아저씨 무슨 높은 사람이라도 돼요? 그냥 일개 기사 같은데 그럼 아저씨나 나나 동급이지, 뭐."

"이, 이익… 이 무례한 녀석이!"

"하하하."

둘의 말다툼을 듣고 있던 세이람은 웃음을 터뜨렸다. 마빈과 할스가 찔끔해서 입을 다물자 세이람이 말했다.

"둘 다 고맙습니다. 믿겠어요."

"맡겨만 주세요."

마빈이 씩 웃으며 말했다. 할스는 못마땅한 눈으로 마빈을 노려보았지만, 세이람 앞이라서 감히 더 신경질을 내진 못했다.

6

세이람, 바리엔, 마빈, 할스 네 사람은 왕궁에 잠입했다. 바리엔의 공간 이동은 침입과 이탈에는 무적을 자랑하는 능력이라서 왕궁에 겹겹이 둘러쳐진 지아볼의 결계조차도 막을 수가 없었다.

일단 안으로 잠입하자 바리엔은 왕관의 위치를 탐지하는 나침반 형태의 도구를 든 채로 앞장섰다. 그녀의 뒤를 따르며 할스가 불편한 표정으로 투덜거렸다.

"정말 괜찮을지 모르겠군."

"아, 도대체 언제까지 그럴 겁니까? 정 무서우면 아저씬 그냥 돌아가시든지."

아까부터 시도 때도 없이 투덜거리는 할스에게 마빈이 짜증을 냈다. 할스가 눈을 부릅뜨고 마빈을 노려보았다.

"아저씨라고 부르지 말랬지!"

"그럼 뭐라고 불러요? 설마 자기가 아저씨가 아니고 소년이나 청년이라도 된다고 생각하는 건 아니죠? 아니면 할아버지라고 불러 드려요?"

"이 녀석이 진짜!"

"아, 진짜. 안 돌아갈 거면 좀 닥쳐 주실래요? 아저씨가 떠들면 떠들수록 왕자님이 위험해지니까!"

할스가 눈을 부라리자 박력이 보통이 아니었지만 마빈은 조금도 기죽지 않았고 으르렁거리면서 면박을 주었다. 요즘 루그와 볼카르에게 시달리다 보니 할스가 부라리는 것 정도는 코웃음을 치며 받아넘길 수 있었다.

"아, 저기 두 사람… 싸우지 말았으면 좋겠는데요."

할스의 손을 잡고 걷고 있던 세이람이 난처해하며 말했다. 그러자 마빈과 할스가 즉시 사과했다.

"죄송합니다. 신경이 예민해져서 그만."

"죄송합니다."

"그나저나 내가 왕궁에 다시 들어오는 날이 오다니, 믿어지질 않는군요. 눈이 보이지 않으니 전혀 실감이 안 가지만."

세이람이 보이지 않는 눈으로 주변을 두리번거렸다.

마빈 역시 흥분하고 있었다.

'내 평생 왕궁에 들어와 보는 일이 생길 줄이야. 그것도 무려 왕자님이랑 같이 숨어 들어오다니!'

사실 루그를 따라서 집을 나올 때부터 목숨을 건 전투와 모험을 기대하며 오긴 했다. 일의 중대성을 모르는 건 아니지만 평생 시골구석의 아스탈 영지에서만 살다 보니 바깥 세상에 대한, 그리고 무려 왕위에 관련된 사건에 대한 낭만적인 기대감이 생기는 건 어쩔 수 없는 일이다. 겉으로는 의젓한 청년으로 보여도 마빈은 아직 열여섯 살의 소년인 것이다.

'아무리 그래도 그 도마뱀 아저씨는 진짜 자기가 실행하는 거 아니라고 사람 막 굴리는데.'

알더튼이 들었다면 '그게 관리직이 누리는 유일한 특권이다!' 라고 대답했을 것이다.

"음."

앞장서서 걷고 있던 바리엔이 문득 발걸음을 멈추고 뒤를 돌아보았다.

"저 앞, 인명… 아니, 사, 싸람?"

너무 어설퍼서 의미를 알아들을 수 없는 이곳 말로 설명하려던 바리엔은 결국 한숨을 쉬며 포기했다. 대신 마빈에게 손짓을 해서 복도의 모퉁이 저편에 있는 인원들을 보여주었다.

"둘 다 강체술사 같네요."

마빈이 눈살을 찌푸리며 말했다. 할스가 눈썹을 치켜떴다.

"어떻게 확신하느냐? 아무리 왕궁 내 경비병이라고 해도……."

"그냥 알아요."

"그냥이라니……."

"그거 이러쿵저러쿵 설명하고 있을 때가 아니잖아요."

마빈이 퉁명스럽게 대답했다.

혼돈의 비약을 섭취한 이후, 4단계와 5단계의 중간에 걸쳐진 마빈의 감각은 놀랍도록 발달해 있었다. 서로 마주해서 주시하지 않고 이렇게 멀리서 저들의 존재를 더듬는 것만으로도 미약하게 흘려내는 강체력의 파동이 느껴졌다.

마빈이 벽을 가리킨 다음 손으로 그걸 뛰어넘는 제스처를 보여주면서 물었다.

"그런데 왜요? 그냥 공간 이동해서 피해가면 되잖아요?"

"저기… 으음."

워낙 알기 쉬운 손짓이라서 바리엔도 마빈이 하고자 하는 말을 알아들었다.

문제는 어떻게 대답을 하느냐다. 머뭇거리던 바리엔은 결국 벽을 툭툭 두드리며 몸짓으로 뭔가를 전하려고 했다. 키도 큰 처자가 손짓 발짓을 해서 어떻게든 뜻을 전하려고 노력하는 모습에 마빈은 자기도 모르게 피식 웃어버렸다.

'이 누나 은근히 귀엽네.'

겉모습을 보면 미인이긴 해도 여성적이라고 할 수는 없는데, 하는 짓이 묘하게 귀여워 보였다. 말이 안 통해서 그럴 뿐인지도 모르겠지만.

"혹시 여기가 목적지예요?"

마빈이 넘겨짚어서 묻자 바리엔이 반색하며 고개를 끄덕였다. 마빈이 소리가 나지 않도록 조심스럽게 검을 뽑아 들었다.

"그럼 저들을 제압해야겠군요. 혹시 그냥 안으로 들어갈 수는 없나요?"

바리엔이 고개를 저었다.

사실 불가능하진 않다. 그녀의 공간 지각 능력은 가로막는 것이 있든 없든 안쪽의 구조를 입체적으로 파악하고, 공간 이동이 가능한 지점을 찾아낼 수 있었으니까.

하지만 저 안에는 분명히 마법적인 방비가 되어 있을 것이다. 들어가자마자 경보가 울리거나, 좀 더 악의적인 마법이 발동하기라도 하면 난감하다.

말을 못해서 그런 사정을 전달할 수는 없었지만, 마빈은 이유를 궁금해하는 대신 그냥 안 되나 하고 말았다. 공간을 자유자재로 넘나들고, 눈을 감고도 왕궁 전체의 구조를 입체적으로 파악한 바리엔이다. 그녀가 안 된다고 하면 안 되는 이유가 있으리라.

"그럼 일단 경비를 제압해야겠군요. 여기가 확실해요?"

그 말에 바리엔이 주춤했다. 도무지 알아듣질 못하겠다.

'마법의 통역 도구 같은 게 있었으면 좋았을걸!'

서로 다른 언어만을 사용할 수 있는 자들 사이에 의사소통이 가능하게 만들어주는 마법도, 그런 기능을 가진 마법 도구도 존재한다. 하지만 지금 이 순간 바리엔에겐 그런 도구가 없었다.

둘은 결국 한참 동안 손짓 발짓을 한 후에야 서로 원하는 것을 확인할 수 있었다. 마빈이 머리를 긁적이며 말했다.

"으음. 실력이 어느 정도인지는 모르겠지만 강체술사를 소리도 없이 제압하기는 어려울 것 같은데……."

마빈은 자신의 실력에 어느 정도 자신이 있었다. 하지만 모퉁이를 돌아서 경비들이 지키고 있는 문까지는 20미터 이상의 거리가 있다. 즉, 무조건 존재를 들키게 되어 있는 데다가 잠시만 틈을 줘도 다른 경비들을 불러들이게 될 것이다.

그때 바리엔이 마빈에게 손짓했다. 마빈이 바라보자 바리엔이 마빈을 가리킨 다음 뒤에서 끌어안는 시늉을 한다. 그리고 모퉁이 저편을 가리키고는 검으로 팍 내려치는 시늉을 했다.

이 제스처는 좀 알아듣기가 쉬웠다. 마빈이 고개를 끄덕였다.

잠시 후, 철통같이 문을 지키고 있는 경비들의 눈앞에 마빈과 할스, 그리고 바리엔의 모습이 나타났다.

"헉!"

세 사람이 환상처럼 갑자기 출연하자 경비들이 기겁했다. 그리고 미리 검을 뽑아 들고 공격 태세에 들어가 있던 마빈과 할스는 그들이 미처 반응할 새도 없이 검을 휘둘렀다.

파학!

마빈이 친 경비의 목이 깨끗하게 잘려서 허공으로 날아올랐다. 목을 잃은 몸뚱이가 흐느적거리면서 무너져 내린다.

그 광경을 본 할스가 좀 놀랐다.

'애송이 주제에 실력이 대단하군.'

단번에 목을 날려 버린 마빈의 검격은 소름이 끼칠 정도로 빠르고 정확했다. 탁월한 강체력과 그것을 제어하기 위한 아득할 정도의 훈련을 거쳤기에 가능한 공격이다.

그에 비해 할스는 보다 안전한 방법을 선택했다. 당황한 경비를 덮쳐서 입을 틀어막으면서 심장을 꿰뚫어 버렸다.

마빈이 혀를 내둘렀다.

"이거 진짜 일대일에서는 반칙이군요. 적이 벽을 등지고 있는 상황이 아니면 아예 뒤를 잡고 바로 쳐 버릴 수도 있으니……."

공간 이동은 전술적으로는 악몽 같은 능력이었다. 제법 실력 있는 전사라도 이런 기습에는 반응조차 하지 못하고 쓰러지리라.

"열쇠가 없는데요?"

경비들의 시체를 뒤져 본 마빈이 눈살을 찌푸렸다. 아무래도 경비들은 문을 지킬 뿐, 문의 열쇠는 다른 곳에 보관되고 있는 모양이다.

할스가 말했다.

"부술 수밖에 없군."

"그래도 될까요?"

"다른 방법이 없지 않나?"

"하긴."

마빈이 동의하자 할스가 곧바로 검격을 날렸다. 둘의 대화를 못 알아들은 바리엔은 뒤늦게 할스가 하려는 짓을 깨닫고 당황했다.

"잠깐……!"

스컥!

하지만 할스의 검격은 이미 문을 가르고 지나간 후였다. 강검의 힘이 실린 검격 앞에서 이런 문 따윈 푸딩이나 마찬가지다. 그리고…….

띠리리리리리리리!

요란한 경보음이 울리기 시작했다.

마빈과 할스가 당황한 표정으로 서로를 바라보았다.

"이런."

복도 저편에서 다수의 인간들이 우르르 달려오는 소리가 울려 퍼졌다.

CHAPTER 61
시간과 공간과

폭염의 용제

1

　먼 곳에서 울리는 굉음을 들으면서 루그는 불카누스와 대
치하고 있었다.

　불길을 휘감은 채, 불카누스가 루그를 바라보며 천천히 몸
을 돌려 걷기 시작한다. 루그 역시 마찬가지다. 불길을 휘감
은 채 그와 반대편으로 걷는다.

　서로를 노려보는 둘이 둥글게 원을 그리며 걸었다. 걸을 때
마다 그곳에는 발자국과 함께 불꽃이 남는다. 그것들이 하나
로 이어지며 긴 불의 원을 형성한다.

　그리고 정확히 서로가 출발한 지점에 도달하여 원이 완성
되는 순간, 둘은 몸을 돌리며 공격을 날렸다.

화아아아아악!

첫 일격은 폭염과 폭염의 응수였다. 강렬한 폭염이 서로 맞부딪치며 열파가 퍼져 나간다.

그 속으로 루그와 불카누스가 서로를 향해 돌진한다. 퍼져 나가는 폭염 따윈 개의치 않고 뛰어든다.

루그가 거리를 좁히기 전, 불카누스의 마법이 발동했다. 공간 절단의 힘을 발하는 붉은 섬광의 칼날이 루그를 향해 날아들었다.

"이까짓 거!"

퍼어엉!

루그는 공간의 복원력을 강화, 가뿐하게 그 공격을 쳐내고 돌진했다. 하지만 그 순간 허공에서 아홉 줄기의 광선이 발생해서 루그를 노렸다. 은닉된 나인즈 비홀더의 공격이었다.

"큭!"

루그는 마치 춤을 추듯 현란한 움직임으로 그것을 모조리 피해내면서 이탈했다.

그것을 본 불카누스의 눈이 이채를 띠었다.

'내 마법을 사전에 다 읽고 있군! 볼카르인가!'

불카누스의 마법 구현 속도는 루그가 따라갈 수 없을 정도로 빠르다. 그러나 루그에게는 볼카르가 있었다. 불카누스가 사용할 마법을 결정하고 마력 구성을 시작하는 순간, 볼카르는 그것을 읽고 루그에게 경고해 주었다. 정신장벽을 해제한 지금, 둘의 의사 전달 속도는 그야말로 섬광 같아서 불카누스의 마법 구현 속도에도 충분히 따라갈 수 있었다.

불카누스가 볼카르를 마법 구성으로 속여 넘기는 것은 불가능하다. 화가 나지만 그 사실은 인정할 수밖에 없다.

"흥! 썩어도 준치라고 제법 하는군! 하지만 아무리 내 마법 구성을 읽어낸다고 해도 그걸 해결해야 하는 건 인간의 몫! 어디까지 따라올 수 있을까?"

퍼버버버버벙!

섬광이 비처럼 쏟아지면서 루그를 노렸다. 섬광 한줄기 한줄기가 작렬할 때마다 열파가 퍼져 나가면서 주변을 초토화시킨다. 섬광의 규모가 압도적인데다 연사 속도가 너무 빨라서 인간은 도저히 피해낼 수 없을 것 같았다.

게다가 불카누스는 그것으로 만족하지 않고 그 사이사이에 공간 절단의 힘을 발하는 빛의 칼날들을 끼워넣었다. 섬광의 소나기 속에서 아음속으로 나는 공간 절단의 칼날을 피하는 건 불가능하다!

하지만 루그는 코웃음을 쳤다.

"발전이 없구나! 언제까지 화력으로만 밀어붙이는 방법이 통할 것 같아? 와라, 혼돈의 안개!"

외침과 함께 루그의 손가락이 허공의 한 지점을 찍었다.

화아아아아아악!

그러자 그 지점으로부터 자욱한 안개가 생성되어 사방으로 퍼져 나갔다. 강한 마력을 띤 안개 때문에 섬광의 소나기가 산란되어 힘을 잃어버린다.

"제법이군."

단순히 흙먼지를 일으키거나, 수증기를 이용했다면 불카누스는 쉽게 그것을 치워 버릴 수 있었다. 하지만 지금 루그가 일으킨 것은 아예 그런 대응을 차단해 버리는 에너지체다. 시험 삼아서 바람을 일으켜 보았지만 이 연기는 전혀 영향을 받지 않는다.

섬광의 비를 무력화시킨 루그가 공간 절단의 칼날들을 쳐내면서 접근해 온다.

촤촤촤촤촤촤!

동시에 허공의 수분이 집결하더니 강렬한 물줄기들이 불카누스를 덮쳤다. 무쇠조차 잘라 버릴 초수압의 칼날이다.

"나에게 물을? 마력도 쥐꼬리만 한 주제에 아까운 줄 모르는구나!"

불카누스는 몸에 두른 화염을 이용, 화염 결계를 형성했다.

하지만 뭔가 이상하다. 초수압 칼날 중에 불카누스에게 닿은 것은 거의 없었다. 나머지는 이상하게도 불카누스의 주변에 흩뿌려지면서 주변을 적시고, 그리고…….

퍼어어어엉! 퍼버버버벙!

강렬한 폭발이 일어나면서 불카누스를 두들겼다.

"크억!"

상당량의 물이 한곳에 모인 뒤에 급속도로 기화하면서 폭발한 것이다. 연속적으로 수증기 폭발이 일어나면서 방어막을 두른 불카누스가 공처럼 튀어다닌다.

쿠구구구구구……!

새하얀 수증기 폭발이 폐허 위를 휩쓸고 덥고 습한 공기를 사방으로 흩뿌린다. 규모만으로 본다면 아까 전, 제이언이 사용했던 분진폭발에 필적하는 위력이다. 전혀 예기치 못한 공격에 불카누스는 혼란에 빠졌다.

'루, 루그 놈은 아무런 마법도 안 썼는데?'

루그의 마법은 전혀 다른 체계로 이루어져 있어서 불카누스도 그 구성이 무엇을 의미하는지 읽을 수 없다. 하지만 마법을 사용한다는 사실, 그리고 마력 구성 직후에 일어나는 현상을 통해 추측할 수는 있다. 불카누스는 이미 초스피드의 공방 속에서 그것을 해낼 수 있을 정도의 경지에 올랐다.

그런데 방금 전에는 아무것도 읽을 수가 없었다. 루그가 한 일은 공기 중의 수분을 모아서 초수압 칼날을 날린 것뿐, 수증기 폭발은 아무런 조짐도 없이 일어난 일이다.

〈하찮은 실력으로 자만하니 그런 꼴을 당하는 거다.〉

그것은 볼카르의 유사 마법이었다. 그것은 정령을 이용, 일반적인 마법보다 훨씬 멀리 돌아가는 방법으로 구현되지만 그럼에도 루그의 마법 시전 속도보다도 더 빠르다. 게다가 루그의 마법에만 집중하고 있으면 그 조짐을 읽을 수가 없다.

"크윽, 이놈! 또 알 수 없는 짓을 하다니!"

당황하는 불카누스에게 루그가 쇄도해 왔다. 그리고 미처 반응할 새도 없이 기격이 발동하면서 사방에서 충격이 가해진다.

파바바바바밧!

공간을 초월하는 비기, 격공이 연속적으로 발동하면서 불카누스를 뒤흔들었다. 불카누스는 나인즈 비홀더를 이용해서 기격의 움직임을 파악했지만 지금은 그저 받아내는 게 고작이었다.

그 앞까지 접근해 온 루그가 폭염을 휘감은 주먹을 날렸다.

'스톰 브링거!'

초음속으로 뻗어나간 주먹이 불카누스에게 작렬한다.

콰아아앙!

폭음이 울리며 불카누스의 몸이 뒤로 날아갔다. 섬광이 허공에 빛의 파문을 그리며 퍼져 나간다. 수십 미터나 날아간 불카누스의 몸이 폐허 한복판에 처박히더니 몇 번이나 공처럼 튀어오르며 멀어져 갔다.

"방어가 장난 아닌데."

기껏 접근했지만 방금 전의 일격은 불카누스에게 통용되지 않았다. 불카누스가 겹겹이 둘러친 방어막은 완전히 접근전에서 일격을 먹는 상황에 대비하고 있었다.

주먹이 닿는 순간, 열과 충격을 강제로 빛으로 변환시켜서 흩어뜨린다.

그렇게 반쯤 위력을 죽인 주먹을 받은 방어막에는 탄성이 부여되어 있다. 단단하게 고정된 것은 쉽게 부서지지만, 유연하게 흔들리는 것은 충격을 갈대처럼 흘려 버릴 수 있다.

또한 결계의 안쪽에는 외부의 충격에 반응, 충격 에너지를 발생시키는 마법이 내장되어 있었다. 방어막 안쪽에서 폭발한 충격이 루그의 주먹이 가한 충격과 부딪쳐서 위력을 상쇄한다.

이렇게 공격의 위력이 최소화되니 불카누스는 그저 뒤로 날아갔을 뿐, 육체에는 아무런 충격도 받지 않았다.

"마법 수준이 짜증날 정도로 진보했군! 수증기 폭발로 방어막이 충분히 상쇄됐을 줄 알았더니 아예 접근전에서만 반응하는 조건의 방어막을 따로 설정해 두다니. 저런 구조의 방어막이라면 패싱 임펄스로 관통할 수도 없겠어."

패싱 임펄스는 장애물도, 그리고 에너지로 구성된 방어막조차도 충격을 전달하는 매질로 삼아서 그 너머에 있는 표적을 치는 기술이다. 그러나 내부에서 폭발을 일으켜서 충격을 상쇄하는 저 방어막에는 통용되지 않는다.

〈저놈의 육체가 누구의 것이라고 생각하지? 하지만 아무리 마법사로서 진보가 빠르다고 해도, 마법에 응용하기 위한 기술적 개념은 쉽게 갖출 수 있는 게 아닌데… 지아볼이 개입한 결과겠군.〉

문명이 극도로 발달한 세계에서 온 지아볼은 이곳의 존재들은 상상도 못하는 기술 개념을 갖고 있었다. 그것을 응용하는 것만으로도 마법의 위력은 급상승하게 된다. 인간이 불을 피우는 방법을 알고서야 진정한 문명이 시작되었듯이, 바퀴의 개발이 인간의 운송 효율에 극적인 발전을 가져다주었듯이.

좀 더 세부적으로 마법에 응용되는 개념을 보면 기압과 온도의 상관관계, 그리고 열에 의해 물질의 상태가 어떻게 변화하는지를 알아내는 것만으로도 마법은 진일보했다. 그저 마력으로 불을 일으켜 태우기만 하던 시절의 마법과, 열을 제어해서 물의 상태를 고체, 액체, 기체로 자유자재로 바꿔서 환경을 제어하는 지금의 마법은 비교할 수 없을 정도의 격차가 있다. 지금의 인간 마법사조차도 그 시절의 상위 용족 마법사를 압도할 수 있을 정도로.

원래대로라면 인간이 수 세기에 걸쳐서 연구하고 시행착오를 거치면서, 그리고 거기에 기적적인 확률의 우연이 더해져야만 손에 넣을 수 있는 것이 새로운 기술 개념이다. 하지만 그 과정을 전부 거친 세계에서 넘어온 지아볼은 마법을 진일보시킬 수 있는 무서운 존재였다.

　—하지만 아까 전에 지아볼은 저런 마법 안 썼는데?

　〈의도적으로 감췄을 거다. 초반에 크게 한 방 맞아서 승산이 없는 상태였으니 전력을 다 노출하기보다는 적당한 수준에서 너를 시험해 보고자 했겠지. 그런 탐색이야말로 놈의 전문 분야다.〉

　—영악한 놈이군. 하긴 거대한 군세를 이끄는 사령관이니 당연한가?

　파파파파파파!

　그때 자세를 회복한 불카누스가 닥치는 대로 공격을 가하기 시작했다. 루그가 광범위하게 흩뿌려둔 마법의 안개 때문에 섬광이 산란되어 버리기에 응축시킨 폭염과 뇌격, 그리고 온갖 저주를 응축시킨 마탄으로 융단폭격을 가하고 있었다.

　쫘과과과과광!

　"역시 화력 하나는 장난 아닌데! 볼카르! 저 마력 서버라는 거 연결 끊어버릴 수 없나?"

　〈우리 쪽 레비아탄 코어와 마찬가지로 마력을 정보화, 아공간을 이용해서 초공간 도약시키는 방법을 쓰고 있어서 네 실력으로 간섭하긴 힘들다.〉

　"젠장! 보안 시스템까지 똑같은 건가? 열 받네!"

　루그가 현란한 움직임으로 마법의 폭격 속을 누비면서 불카누스에게 접근해 갔다. 그때 불카누스의 주변에 아홉 개의 광점이 나타나더니 맹렬한 불꽃을 분사했다.

"어?"

동시에 불카누스의 몸이 무시무시한 속도로 날았다. 포화를 뚫으면서 접근, 곧바로 방향을 틀어서 따라잡으려고 했지만 안 된다. 불꽃을 분사하면서 날고 있는 불카누스의 속도가 너무 빠르다!

화아아악!

불카누스는 아홉 개의 분사점을 자유자재로 조절해서 고속기동했다. 최고속도가 아음속에 달하는 데다가 정지 상태에서 최고속도에 도달할 때까지는 불과 5초! 루그도 고속비행 마법을 이용해서 날고 있는데도 도저히 따라갈 수가 없다!

현란한 공중기동으로 루그를 따돌린 불카누스가 뒤쪽에 나타났다. 그의 기동 방식은 가속과 최고속도 양쪽 다 빠르지만 급격한 방향 전환이 힘들다. 하지만 불카누스는 방향 전환 시에는 아예 필요한 방향으로 집중시킨 충격파를 터뜨리는 무식한 방법으로 직각기동해서 루그의 뒤를 잡았다.

'빨라……!'

아무리 마법으로 강화했어도 강체술조차 익히지 않은 인간의 육체일 텐데 저런 무식한 고속기동의 중압을 버텨낼 수 있단 말인가? 루그는 경악하면서 뒤를 돌아보며 기격을 날렸다.

퍼버버버벙!

격공이 발동 직후 빛이 파문으로 변환되어 흩어지고, 그에 이어진 불과 뇌격과 섬광이 죄다 대응하는 방어 마법으로 상쇄된다. 그리고……!

콰과과과광!

"크악!"

폭염이 작렬, 일부가 청백색 섬광으로 화하면서 루그의 몸이 지상으로 튕겨 나갔다. 뒤를 잡은 상태에서 루그의 속성 기격을 압도하는 속도의 고속 마법 운용으로 유효타를 때린 것이다.

쿠우우우웅!

루그는 지상에 충돌하기 직전, 가까스로 자세를 바로잡고 착지했다. 하지만 충격을 완전히 상쇄하지 못해서 거의 직각으로 떨어지는 바람에 폭발이 일어났다.

〈루그, 후속타가 온다!〉

"빌어머어어어억으으으으을!"

루그는 후들거리는 다리로 땅을 박차고 뒤로 몸을 날렸다. 그 직후 하늘에서 발생한 뇌격이 그 자리에 직격한다.

꽈르르르르릉!

그것을 본 루그는 모골이 송연해졌다.

조금 전, 불카누스에게 뒤를 잡혔을 때 루그는 완전히 대응이 늦었다. 불카누스가 루그를 튕겨낼 때 가한 폭염은 무려 13연타! 인간의 육체를 일격에 탄화시킬 수 있는 고열, 고압의 폭염이 연달아 작렬하면서 일순간 온도가 암석조차 승화시킬 수 있을 정도로 높아졌다.

원래대로라면 루그는 거기서 치명상을 입었을 것이다. 하지만 볼카르가 재빨리 유사 마법으로 대응해 준 덕분에 약간 화상을 입은 정도로 끝날 수 있었다.

〈용권풍이 온다! 저주의 힘이 깃든 땅의 정령들이 일어날 거다!〉

"아주 마력을 펑펑 써대는구나! 제기랄!"

볼카르의 경고와 동시에 주변의 기류가 가속하면서 용권풍이 형성되었다. 그것도 좌우에서 하나씩 형성되어서 루그의 몸을 격하게 끌어당기는 데다가 바닥에서는 저주의 힘이 깃들어 검게 물든 땅의 정령 랜다들이 일어나서 루그의 발목을 붙잡으려고 했다.

'라이징 블레이드!'

루그는 허공으로 날아오르면서 좌우로 날개를 펼치듯이 손날을 그었다. 그러자 그 궤적을 따라서 거대한 진공파가 일어나서 주변을 휩쓸었다.

파아아아아아!

리루의 힘이 더해진 라이징 블레이드에 검게 물든 땅의 정령들의 손이 일거에 휩쓸렸다. 그러나 용권풍은 와해되지 않

고 더욱더 규모를 키워가면서, 동시에 기온이 급속도로 강하
하기 시작했다.

쉬이이이이이!

한순간에 극지방 저리 가라 할 정도로 온도가 급강하, 공기
중의 수분들이 얼어붙어서 눈보라가 휘몰아친다. 인간을 한
순간에 얼음 기둥으로 바꿔 버릴 수 있는 블리자드들이 집결
하면서 눈의 정령 프로스티아들이 죽음의 노래를 부른다.

아아아아아아아!

"극한의 얼음 지옥 속에서 죽어라, 루그. 그리고 볼카르."

스스로 일으킨 국지적인 재난을 하늘에서 굽어보던 불카
누스가 마지막 주문을 읊조렸다.

"니플하임의 군무(群舞)."

필요한 조각은 모두 갖춰졌다. 절대영도에 가까운 한기, 그
리고 얼음 조각만으로도 모든 것을 박살 낼 수 있는 압력, 그
리고… 그 사이로 배치된 특수한 얼음 조각들을 따라 섬광의
띠가 변화무쌍하게 달리면서 고도의 입체 마법진을 그려낸
다. 빛의 마법진이 완성되는 순간, 블리자드 사이에서 얼음이
폭발하듯이 터져 나왔다.

콰콰콰콰콰콰!

일순간에 모든 것이 얼어붙으면서 거대한 얼음의 산이 그
자리를 뒤덮었다.

　메이즈, 다르칸, 에리체와 지아볼은 루그와 멀리 떨어진 지점으로 전장을 옮겼다.

　이것은 다르칸의 판단이었다. 전장을 둘로 나눠서 지아볼의 초장거리 저격을 한쪽으로만 유도한다. 그로써 루그가 마음 놓고 불카누스와 싸울 수 있도록 한다는 의도였다.

　셋과 지아볼의 싸움은 화력전으로 흘러가고 있었다. 지아볼은 막강한 마력을 기반으로 다양한 공격을 퍼부었고 그 중에는 메이즈나 다르칸조차도 대응하기 어려운 마법들이 많았다.

　콰앙! 콰콰쾅!

　폭음이 울리며 다르칸의 실드 콜로니 방패들 중 두 개가 박살 나서 흩어졌다. 지아볼이 실드 콜로니의 보호 마법을 해제하고 방패 그 자체를 파괴한 것이다.

　"큭……!"

　다르칸이 굴욕감에 이를 악물었다. 두 개의 방패가 파괴된 것은 마법전의 수 싸움에 밀린 결과다. 고속으로 공방을 나누는 도중에 마력 통제가 흐트러진 틈을 찔려서 한 방 먹고 말았다.

　헌드레드 아이즈까지 동원해서 정보를 수집하고 있는데

도, 게다가 메이즈도 함께 대응하고 있는데도 지아볼의 마법을 따라가기가 벅차다. 드래코니안의 육체를 이용하고 있지만 그 본질은 상위 용족 이상이라는 것일까?

"무구의 암호화 술식이 보통이 아니군. 이건 볼카르가 손을 댄 거요? 당신들 수준으로 제작할 수 있는 물건들은 아닌 것 같은데?"

지아볼의 목소리가 들려온다. 하지만 그의 모습은 보이지 않았다. 그는 실로 완벽한 은신술로 스스로를 감춘 채, 마력의 발생 지점을 변화무쌍하게 조절해 가면서 다르칸과 메이즈를 상대하고 있었다.

"성질 긁는 솜씨가 아주 일품이네."

메이즈가 짜증을 냈다. 그때였다.

─메이즈님! 뒤로 뛰세요!

에리체의 경고가 날아들었다. 메이즈는 깜짝 놀라서 뒤로 다이빙했다.

콰과광!

간발의 차이로 섬광이 그 자리를 관통한다. 극초음속으로 날아드는 지아볼의 초장거리 저격이었다.

쉬이이이이!

그리고 그것은 한 발로 끝나지 않았다. 극초음속 탄환과 달리 느릿느릿하게, 고작해야(?) 아음속 정도의 속도로 날아온 마탄이 메이즈의 머리 위에서 분화했다. 보이지도 않는 마탄이 수십 개로 쪼개지더니 전 방향으로 휘어지면서 메이즈를 노린다.

"얕보지 마!"

쫘르르르릉!

메이즈가 황금의 뇌격을 흩뿌려서 그것에 대응했다. 그리고 텅 비어 있는 건물들 사이로 향한다. 아무것도 없는 지점이었지만 메이즈는 에리체, 다르칸과의 정보 공유를 통해 그곳에 표적이 있다고 확신하고 있었다.

우우우우웅!

공허의 칼날이 발동하면서 새카만 보이드 블레이드가 가속한다. 인간보다도 훨씬 커다란 칼날은 공간 절단의 힘으로 공기저항을 간단하게 갈라내었고, 거기에 메이즈의 괴력과 마법적인 추진력까지 더해지니 머리 위를 지나 내려치기 시작하는 시점에는 이미 초음속에 도달하고 있었다.

'하늘의 칼날!'

검술과 마법을 융화시킨 메이즈의 근접전용 필살기가 보이지 않는 적을 쳤다.

콰아아아아아!

충격파가 터지면서 거대한 궤적이 그 자리를 베고 지나간다.

소리가 터졌을 때는 이미 참격이 끝난 후였다. 필살의 일격을 날린 메이즈는 스스로 발생시킨 충격파에 밀려 뒤로 미끄러졌다.

공간 절단의 힘이 수십 미터를 가르고 지나갔다. 깨끗하게 잘려 나간 건물들이 미끄러질 틈도 없이 초음속의 충격파가 그 뒤를 따르면서 주변을 파괴한다.

고작 한 번의 칼질일 뿐이었지만 그것은 이미 국지적인 재난이었다. 인간들을 앞에 세워두고 이 기술을 사용했다면 단번에 백 명 이상을 죽일 수 있으리라.

"크으, 만만치 않구려. 내 은신을 이렇게 쉽게 파악하는 상대는 처음인데."

하지만 그런 공격을 받았음에도 적은 살아 있었다.

검은 머리칼을 휘날리는 지아볼은 입고 있던 옷의 앞섶이 길게 베어져서 그 안에서 피를 흘리고 있었다. 하지만 압도적인 파괴의 힘을 받고도 고작 그 정도의 상처로 끝났다는 사실이 놀라운 일이다.

'직격하지 않으면 죽일 수 없어.'

메이즈는 그렇게 판단했다. 도대체 어떤 마법을 쓰고 있는지 모르겠지만 지아볼의 방어력은 비정상적이다. 메이즈가 파악하기로 그는 '하늘의 칼날'이 발동하는 순간, 고속으로 물러나서 20미터 정도 떨어진 거리에서 공격을 방어했다. 하지만 아예 지근거리에서 직격한다면 저런 방어력을 갖고 있어도 죽일 수 있으리라.

"이것 참. 저 아가씨가 너무 무섭군."

지아볼의 눈이 에리체에게 향했다.

무슨 수를 쓰는지는 모르겠지만 그녀는 지아볼의 술수를 모조리 사전에 간파하고 있었다. 메이즈와 다르칸 둘뿐이었다면 그럭저럭 수월하게 전투를 풀어갈 수 있었을 텐데, 그녀 때문에 일방적으로 수세에 몰렸다.

기본적으로 지아볼의 전술은 모습을 감춘 채 적을 농락하는 것이다. 적을 자신이 원하는 위치로 유인한 뒤에 반응할 수 없는 일격으로 숨통을 끊어놓는 것이 그가 즐기는, 낭비 없고 합리적인 방식이다.

그런데 에리체 때문에 그런 전술이 통하지 않는다. 무시무시한 위력을 가진 초장거리 저격조차도 발동 전에 궤도를 간파당하고 만다.

'예지력인가? 아니면 에너지 탐지 능력? 어느 쪽이든 지금의 내 마법으로 간파하거나 깰 수는 없을 것 같은데. 이것 참, 마법도 모르는 아가씨인데 어떻게 이렇게 높은 수준의 보안 시스템을 갖추고 있는 것인고?'

에리체는 전혀 마법을 쓰지 못한다. 그녀의 전투 능력은 전적으로 강체술과 빛의 속성력에 기인하고 있고 그것만으로도 상위 용족 이상의 수준이다.

그렇다면 그녀의 정보를 읽어들이는 것은 어렵지 않은 일이어야 한다. 하지만 지아볼의 마법으로도 에리체의 정보는 전혀 파악할 수 없었다. 차라리 메이즈나 다르칸의 정보는 엄

중한 보안을 뚫고 조금씩 읽어들일 수 있는데, 에리체의 경우
는 아예 엿보는 게 불가능한 것이다.

'볼카르가 손을 써서? 아니, 그건 아닌 것 같은데··· 굳이
저 아가씨만 그렇게 할 이유는 없지 않은가?'

고민하는 그에게 이번에는 에리체가 돌격해 왔다. 분명히
30미터 이상 떨어져 있었는데 단 두 걸음에 접근전 거리까지
들어왔다.

꽈과과과광!

뇌격과 폭염이 작렬했다.

강력한 빛의 속성력을 가진 에리체에게 광선 마법은 통용
되지 않는다. 그것을 잘 알기에 지아볼은 날카로운 역장으로
함정을 치고 뇌격과 폭염을 퍼부었다.

하지만 에리체는 가뿐하게 그것들을 피했다. 막을 수 없는
것은 약한 부분을 쳐서 상쇄하고, 다각도에서 날아드는 공격
과 공격이 맞물리면서 발생하는 한순간의 공백들을 완벽하게
파악해서 그 사이로 나아간다. 그것만으로도 지아볼이 발생
시킨 수십 발의 마법이 모조리 그녀를 비껴서 뒤쪽에서 폭발
했다.

"이얍!"

에리체가 기합과 함께 언월도를 휘둘렀다. 하단을 쓸듯이
날아드는 언월도의 칼날에 지아볼이 역장을 발생시켜서 대응
했다. 보이지 않는 마법의 칼날이 그것을 받아내면서 그의 몸

이 충격과 같은 방향으로 미끄러진다.

하지만 에리체는 이미 그 대응을 '알고' 있었다. 그녀는 춤 추듯이 몸을 돌리면서 발차기를 날렸다. 지아볼이 그것을 막 는 순간, 반대 발로 땅을 박차고 날아오르면서 언월도를 휘두 른다.

꽝!

폭음이 울려 퍼지며 지아볼의 몸이 고정되었다. 에리체의 공격은 무시무시한 파괴력을 가졌지만, 지아볼의 방어 마법 은 그것을 충분히 막아낼 수 있었다.

기기기기깅!

그러나 그 순간, 뒤쪽에서 섬뜩한 소리가 울려 퍼졌다.

아공간이 열리면서 그곳에서 거대한 실루엣이 튀어나왔 다. 마치 거대한 뱀 같은 그 실루엣이 꿈틀거리면서 그 끝에 서 새카만 어둠의 칼날이 번뜩였다.

'이런! 공간 절단……!'

스컥!

보이드 블레이드 이상의 출력을 자랑하는 공간 절단의 힘 이 지아볼의 방어막을 가르고 지나갔다. 겹겹이 둘러쳐져 있 던 방어 마법이 한 번에 갈라지면서 허점이 발생했다.

'보이드 테일! 저것도 넘어갔나!'

그것은 샤디카의 무기였던 보이드 테일이었다. 헌드레드 아이즈는 다르칸에게, 그리고 보이드 테일은 메이즈에게 넘어갔던 것이다. 그것도 아공간을 통해 소환하는 위치를 자유자재로 조종할 수 있도록 개량되어서!

에리체의 눈이 빛났다.

"하아압!"

언월도의 끝을 빛이 휘감았다. 지아볼이 빛의 속성력에 대응하는 방어 마법을 짜냈기에 지금까지는 전혀 통용되지 않았다. 그러나 이 순간, 에리체는 방어 마법이 갈라진 틈을 1밀리미터의 오차도 없이 파고들었다.

파학!

섬룡도가 지아볼의 몸을 깊숙이 베고 지나갔다.

아니, 깊숙이 벤 정도가 아니다. 언월도의 칼날이 그의 몸을 완전하게 절단했다. 단 한 번의 참격이었지만 그 결과는 육체의 완전한 파괴였다.

그랬어야 했다.

"어?"

순간 에리체조차 상황을 파악하지 못하고 눈을 동그랗게 떴다.

섬룡도에 두 동강 났어야 할 지아볼의 몸이 멀쩡한 형상을 유지하고 있는 게 아닌가? 분명히 빛의 궤적이 그의 몸을 지나가고 있는데, 그 사이에서 환영처럼 흔들리고 있었다.

—다르칸님!

에리체가 본 것은 몇 초 후의 미래였다. 지금 이 순간, 아직 퍼져 나가는 섬광은 걷히지 않았다. 그렇기에 에리체는 현재의 다르칸에게 추가타를 요구했다.

다르칸은 주저하지 않았다.

"기다리고 있었소."

쉬이이이이이!

돌풍이 휘몰아친다. 인간을 한순간에 갈가리 찢어버릴 수 있는 진공파의 군집이 몰려들면서 공간을 난도질한다.

솨아아아아아!

광포한 돌풍에 수류가 섞인다. 공기 중의 수분이 날뛰며 몰려들어서 거대한 불의 흐름으로 화했다.

콰르르르르르!

거기에 흙과 암석이 가세했다. 그야말로 혼탁한 소용돌이 속에 마지막 요소가 출현한다.

화르르르르륵!

불꽃이 타올랐다. 흩뿌려지는 물과 반발해서 수증기를 끌어올리지만, 그것조차도 통제된 흐름 속에서 빠져나가지 않고 하나로 뒤섞인다.

지, 수, 화, 풍. 세상을 구성하는 가장 기본적인 요소로 알려진 네 가지 힘이 한데 모이는 순간, 그 위 허공에 빛으로 그려진 마법진이 출현했다. 육망성을 기반으로 구성된 입체 마법진이 4대 원소의 힘을 통제하여 그 본질을 하나로 융화시켰다.

"에테르 스트라이크!"

다르칸의 외침과 함께 혼돈의 소용돌이가 한순간에 순수한 빛으로 화했다!

파아아아아아!

연금술사들이 도달하고자 했던 세계의 제1구성요소이며 제5원소라 불리는 에테르. 4대 원소를 통해 이끌어낸, 생명체가 오감으로 인식할 수 있는 영역을 초월한 순수한 빛이 그 자리에 있는 모든 것을 파괴했다.

이것은 범위 내에 있는 모든 것을 통째로 에테르로 바꿔 버리는 궁극의 연금술이다. 이 마법에 비하면 돌을 금으로 바꾸는 기술은 차라리 초보적인 기술에 불과하다. 아무리 마왕이라고 해도 방어 마법이 해제된 상태에서 이 마법을 맞는다면……

"이런. 자칫하면 두 번 죽을 뻔했구려."

그러나 곧 빛의 폭풍 속에서 태연한 목소리와 함께 지아볼이 모습을 드러냈다. 놀랍게도 그는 메이즈와 에리체에게 입은 상처 말고는 전혀 부상을 입지 않은 상태였다.

휘날리는 검은 머리칼 아래서 붉은 눈동자를 빛내는 그가 다르칸을 보며 웃었다.

"제법 쓸 만한 마법이긴 하지만 한물간 이론을 궁극적인 도달점으로 놓고 있어서야 의미없지. 에테르가 세계의 구성요소인 건 사실이지만 그걸 최소 구성 단위로 확정짓는 마법이라니. 덕분에 방어하기 쉬웠소. 에테르 에너지 변환은 나도 즐겨 쓰는 기술이거든."

지아볼이 다르칸을 비웃었다.

세계가 지수화풍 4대 원소로 이루어져 있고 그 근본에 제5원소 에테르가 있다는 5원소론은 예전, 연금술사들이 보다 세계가 단순하다고 믿었던 시절의 세계관이다. 그 세계관이 현재 마법의 근간을 이루는 건 사실이지만 이제는 보다 진보된 이론들이 정설로 굳어져 있다.

그러나 이론이 진보하는 것과 실제 기술이 그것을 따라가는 것은 완전히 별개의 문제다. 상위 용족의 마법조차 큰 틀에서는 5원소론을 벗어나지 못하며 에테르 변환에 도달한 자는 극소수다. 그런데 그 기술을 폄하하다니?

"차라리 단순무식하게 뇌격이라도 때려박았으면 내 여벌 목숨을 하나쯤 더 소모시킬 수도 있었을 것을. 나로선 감사한 일이오만."

"여벌 목숨?"

"말장난에 넘어가지 마세요!"

다르칸과 메이즈가 그의 말에 의아해하는 사이, 에리체가 주저없이 달려들었다. 마법사인 둘은 지아볼의 말에 현혹되지만 에리체는 아니다. 그가 뭐라고 나불거리든 전투 상황에만 주목하고 있다.

"방어 마법을 회복하려고 시간을 끌고 있을 뿐이에요!"

아무리 강력한 마법사라도 손실된 방어 마법을 회복하는데는 시간이 걸린다. 지아볼은 말로서 시간을 벌려고 하고 있었고 에리체는 그 의도를 날카롭게 꿰뚫어보았다.

"섬룡등천(閃龍登天)!"

외침과 함께 언월도가 공간을 가르는 궤적이 거대하게 확장되었다. 아직 존재하는 지아볼의 방어 그 틈새를 노리고 비스듬하게 베기, 그리고 그 기세를 유연하게 살려서 반대쪽으로 수평 베기! 거대한 빛의 십자가가 그려지는 순간, 그 중심부를 강맹한 찌르기가 강타했다.

콰아아아아아!

시야에 존재하는 모든 것들이 빛으로 화했다. 폭발하는 빛은 에리체의 통제력에 의해 일정한 공간에 갇히고, 그 속에서 격하게 소용돌이치다가 이윽고 압력이 임계점에 도달했을 때 위쪽으로 솟구친다. 거대한 빛기둥이 하늘과 땅을 이으며 포효했다.

그것은 그야말로 빛의 용이 승천하는 듯한 광경, 그렇기에 섬룡등천!

고오오오오오……!

쾅음이 퍼져 나가면서 공간이 뒤흔들린다. 하늘에 닿은 빛기둥을 중심으로 열파가 퍼져 나가서 공기가 후끈하게 달아올랐다.

그러나 에리체의 표정은 굳어져 있었다.

"…도대체 왜 안 죽지? 정말 불사신?"

"안 죽었다고요?"

메이즈가 놀라서 물었다. 방금 전의 공격은 굉장했다. 실로 절묘하게 지아볼의 방어를 파고들었고 막대한 파괴력을 발생시켰거늘, 그랬는데도 안 죽었단 말인가?

"네. 멀쩡해요."

에리체는 고개를 끄덕였다. 그녀의 보랏빛 눈동자는 이미 미래의 '결과'를 보고 있었다.

백발백중의 예지력과 현재가 겹쳐지는 순간, 사그라지는 빛기둥 사이에서 지아볼의 모습이 나타난다. 조금 전보다는 흐트러진 모습이었지만 여전히 마력은 건재했다.

"후훗. 이것 참. 전투 능력이 출중한 예지능력자라니 정말 까다롭군. 아마 예지력을 단시간에 집중시키는 대신 정확도를 완벽하게 높이고 있는 것 같은데… 아가씨가 샤디카가 경고했던 루그의 예언자인가?"

몇 번의 공격을 통해 지아볼은 에리체의 능력이 예지력이라는 것을 확신했다. 접근해 올 때, 자신의 집중포화를 피하는 에리체의 움직임은 모든 공격의 궤도와 타이밍까지 '알아야만' 할 수 있는 것이었다.

본래 예지력이라는 것은 막연하기 짝이 없는 것이다. 그저 미래를 알 뿐, 그것에 대비하기도 어렵고 정확도도 떨어진다.

하지만 에리체는 몇 초라는 짧은 구간에 예지력을 집중시키는 대신 한없이 완벽에 가까운 정밀도를 실현하고 있었다. 이런 존재가 전투력까지 뛰어나면 도저히 당해내지 못한다. 기본적으로 전투라는 것은 수읽기 싸움인데 이쪽이 아무리 세련된 수를 써도 사전에 읽혀 버리고 마니까.

"인간이 이런 예지력을 가질 수 있다니 불가사의하구려."

정밀한 예지력을 가진 적을 상대하는 방법은 두 가지다. 예지해 봤자 소용없는, 압도적인 공격을 날리든지, 아니면 예지에 간섭해서 혼선을 빚게 하든지.

둘 다 지금의 지아볼에게는 선택 불가능한 방법이다. 에리체는 전투 능력이 상위 용족 이상으로 출중해서 어떤 공격을 날리든 대응할 수 있고, 그녀의 예지력이 어떤 메커니즘으로 동작하는지를 알 수 없으니 간섭은 불가능하다.

'아쉽지만 다른 방식으로 공략하는 수밖에. 뭐, 슬슬 이들의 수법도 다 봤으니…….'

지아볼을 빤히 바라보던 에리체가 말했다.

"알 것 같기도 한데……."

"뭐가 말이오?"

"여벌 목숨이 네 개군요?"

"응?"

뜬금없는 에리체의 말에 지아볼이 흠칫 놀랐다. 에리체는 그가 놀라든 말든 계속 말했다.

"원래는 성을 보호할 아홉 개의 성벽이 있는데 그걸 둘이서 나눠 쓰고 있네요. 그리고 당신이 가진 네 개의 성벽 중에 두 개의 성벽이 파괴되었고 세 번째도 너덜너덜해졌어요. 그렇죠?"

"이거이거, 정말 못 당하겠구려. 그야말로 전지력이라고 봐도 될 만한 통찰이로고."

지아볼이 혀를 차며 말했다.

"아가씨 말이 정답이오. 내 목숨을 비호하는 이 마법의 이름은 '아홉 목숨의 고양이'."

3

쿠르르르……!

수중기가 격렬하게 끓어오르면서 그 사이에서 청백색 불기둥이 솟구치고 있었다. 일순간에 작은 동산 정도의 공간을 메꾸며 나타났던 얼음산의 중심부가 끓어오르면서 전체적으로 균열이 발생한다.

"저건……?"

상공에서 그 광경을 보고 있던 불카누스의 눈이 크게 떠졌다.

일순간에 동산만 한 공간을 얼음산으로 바꿔 버리는 절대 빙결 마법 '니플하임의 군무'가 작렬하는 순간 루그는 예상

외의 방법으로 대응했다. 마법이 작렬하기 직전, 주변을 떠다니던 얼음 조각들을 급속도로 승화시켜 수증기 폭발을 일으키면서 공간을 확보하고 그 속에서 무시무시한 기세의 청백색 폭염을 발생시킨 것이 아닌가?

저 청백색 불꽃은 암석을 한순간에 승화시킬 수 있을 정도의 열기와 압력을 발한다. 절대 빙결 마법이라도 수증기 폭발로 공간장악력이 늦춰진 상태에서 저런 게 폭발했으니 통용되지 않을 수밖에.

"숨겨둔 한 수가 있었군."

불카누스가 눈살을 찌푸리며 중얼거리는 순간이었다.

호쾌하게 솟구치는 창염 한가운데서 빛이 번뜩였다. 동시에······.

콰콰콰콰콰콰!

초고밀도의 에너지탄이 극초음속으로 그를 관통했다.

"······!"

불카누스는 비명조차 지르지 못했다.

5만도 이상의 초고열을 발산하는 창염을 초고밀도로 압축한 탄환이다. 그것이 꿰뚫고 간 공간의 궤적을 따라서 폭염이 따라붙으면서 열파가 퍼져 나갔다.

"···데들리 스톰."

그리고 그 궤적의 시작점에서 루그가 중얼거렸다.

오더 시그마 궁극의 파괴 기술, 데들리 스톰.

불카누스가 방심한 순간을 타서 제대로 한 방 먹였다. 시간 가속 능력을 발동, 열 배로 가속된 시간 속에서 창염과 스파이럴 스트림을 융합, 극초음속으로 쏘아보낸 데들리 스톰에 직격당했으니 아무리 불카누스라고 해도 버틸 재간이 없으리라.

쿠구구구…….

과연 데들리 스톰이 그려낸 폭염의 궤적 속에서 불길에 휩싸인 불카누스가 떨어져 내렸다. 그것을 보는 순간 루그가 눈을 크게 떴다.

"형체를 보존하고 있잖아?"

있을 수 없는 일이다. 데들리 스톰에 직격당했다면 아예 흔적도 없이 사라져 버렸어야 했다.

〈살아 있군.〉

볼카르가 혀를 찼다. 루그가 물었다.

"뭐? 그럼 그걸 막았단 말야?"

"크아아아아악!"

놀라는 루그 앞에서 불카누스가 괴성을 질렀다. 그러자 몸을 휘감았던 불길이 흩어지면서 흐트러진 그의 모습이 드러났다.

"이놈! 용서하지 않겠다."

"언제는 용서할 생각이었냐? 베풀 생각도 없었던 아량으로 사기를 치려고 하다니 과연 품성이 썩었구나!"

루그가 비아냥거렸다. 볼카르가 말했다.

〈엄청나게 낭비가 심한 방법을 쓰는군. 비효율의 극치다.〉

"무슨 방법인데 그래?"

〈저놈은 네 공격을 막은 게 아니다. 아주 꼴사납게 직격당했다.〉

"말도 안 돼. 그럼 어떻게 살아 있지?"

〈목숨을 지키기 위한 최후의 보루 때문이지. 일정 수준 이상의 충격을 받았을 때, 아공간을 이용한 공간 전이로 충격 에너지를 전부 흘려보내도록 설정해 둔 거다. 하지만 마법 자체가 상주시키는 데 엄청난 마력을 소모하는 데다가, 발동 시의 낭비는 참혹할 정도군. 게다가 한 번에 수용할 수 있는 에너지의 양에도 한계가 있어. 방금 전의 공격으로 두 개가 날아갔다.〉

"두 개라니?"

〈저 마법 '아홉 목숨의 고양이'는 총 아홉 개의 아공간으로 구성되어 있다. 그리고 그걸 둘이서 공유해서 나눠 쓰는군.〉

"둘이서? 지아볼이랑?"

〈그래. 저놈이 다섯 개, 지아볼이 네 개다. 거리에 상관없이 아공간을 공유하는 방식으로 쓰고 있다. 저놈이 소유한 다섯 개 중에 네 공격으로 두 개가 격파되었고 세 번째 수용량도 간당간당하다. 시간이 지나면 회복될 테니 그 전에 격파하

는 게 좋겠다.〉

"하지만 아홉 목숨의 고양이라니, 마왕과 손잡고 세상을 파멸시키겠다는 놈의 히든카드치고는 지나치게 귀여운 이름 인데? 누구 센스야, 저거?"

〈글쎄. 아마 지아볼의 센스가 아닐까? 저놈이 자기 마법에 고양이라는 이름을 붙일 것 같지는 않군.〉

"하긴. 별로 동물 애호가로 보이진 않아."

"크……!"

비장의 마법까지 간파당한 불카누스가 이를 갈았다.

아홉 목숨의 고양이.

그것은 그와 지아볼의 육체를 지켜주는 최후의 방어선이 었다. 모든 방어 마법이 해체된 상태에서도 항시 준비되어 있 는 특수한 아공간 아홉 개가 적의 공격을 받아들인다. 무방비 상태에서 치명타를 맞아도 멀쩡할 수 있는 이 마법이야말로 궁극의 방어력을 보장한다.

하지만 볼카르는 그 마법의 비효율성을 비웃고 있었다. 유 지, 발동에 모두 막대한 마력이 들어가는 이 마법은 극도의 효율성을 추구하는 마법사의 사고방식으로 보면 용납이 안 될 정도로 낭비의 극치였다.

물론 이 마법의 가치는 효율만으로 이야기할 수 없다. 실제 로 불카누스는 완벽하게 죽을 상황에서 이 마법 때문에 살아 남은 것이 아닌가?

그런데도 잘못을 들킨 아이처럼 수치심을 느끼는 것은 불카누스 역시 마법의 비의를 추구하는 자이기 때문이리라.

"어쨌든 시간을 끌어봤자 좋을 게 없다 이거지? 그럼!"

루그는 땅을 박차고 달려들었다. 하지만 그 순간 불카누스의 주변에 있던 아홉 개의 광점이 점화한다. 불길이 뿜어져 나오면서 그의 몸이 한순간에 아음속으로 가속해 빠져나갔다.

"젠장! 저건 도대체 뭔데 저렇게 빨라?"

루그가 신경질을 냈다. 저건 빨라도 너무 빠르다. 루그의 비행 속도도 화살보다 두 배 이상 빠르거늘, 도저히 따라갈 수가 없다.

〈마법의 역장으로 구성한 공간 속에서 충격파를 터뜨리고, 그것을 집향시켜서 분사함으로써 초기 가속력을 확보한 뒤 전진압을 이용해서 압축된 공기 속에서 고온, 고압의 폭염을 점화시키는 방식으로 가속한다. 아홉 개의 분사구를 이용해서 가속력과 비행 각도를 자유자재로 조종하는군. 마력 소모는 크지만 속도라는 측면에서는 대기 공명으로만 비행하는 방식보다 훨씬 우월하다. 지금 저것도 복잡한 기동을 위해서 속도를 죽이고 있는 거고 마음만 먹으면 얼마든지 초음속까지 가속할 수 있을 거다.〉

"해설 고맙다! 잡을 수 있는 방법은?"

〈현재 네 비행 속도로 잡아서 접근전을 하는 건 불가능하

다. 비행 궤도에다가 예측 사격을 가한 뒤 광륜을 쓰도록.〉

"말은 참 쉽지."

루그는 투덜거리면서도 그 말에 따랐다. 폭염의 마탄을 발생시켜서 불카누스의 비행 궤도를 따라서 무차별로 쏟아붓는다.

그것을 본 불카누스가 코웃음을 쳤다.

"이런 수작이 통할 것 같은가?"

콰과과과광!

불카누스는 등 뒤에서 폭염과 반응하는 마력의 응집체들을 흩뿌리면서 빠져나갔다. 초음속으로 날아가던 폭염의 마탄들이 반짝이는 마력 응집체와 닿는 순간, 격렬한 반응을 일으켜 폭발해 버린다.

퍼버버버버벙!

그러나 그 앞쪽에서 수증기 폭발이 연달아 일어나면서 불카누스를 가로막았다. 루그가 무차별 공격을 가하는 사이, 볼카르가 물의 정령과 바람의 정령을 이용해서 광범위하게 수분을 응집시킨 뒤에 급속도로 기화시켜서 불카누스의 비행 궤도를 제어하고 있었다.

"이놈들!"

불카누스는 빠르게 직각기동을 해가면서 수증기 폭발의 권역에서 빠져나왔다. 하지만 그때 그의 앞에 루그가 나타났다. 속도로 따라갈 수 없다면 마법으로 적의 움직임을 통제하고 예상지점으로 앞서간다!

파바바바밧!

한순간에 수십 발의 공방이 오갔다. 온갖 속성으로 변화무쌍하게 날아드는 기격과 섬전처럼 구현되는 초고속마법의 대결.

파밧!

그 공방은 그야말로 찰나. 초고속으로 이동하는 둘의 궤도가 교차하며 서로 다른 방향으로 달려나간다.

먼저 방향을 튼 것은 볼카누스였다. 집향시킨 충격파로 한순간에 방향을 바꾸기를 두 번, 루그가 사방으로 뿌려대는 기격을 반은 회피하고 반은 흘려보내면서 뒤를 잡았다. 그리고…….

〈루그, 앞이다!〉

"뭐?"

볼카르의 경고에 루그가 깜짝 놀라는 순간, 앞쪽에서 압도적인 섬광이 터졌다.

파아아아아아아!

망막을 태워 버리기에 충분한 광량이었다. 일순간 루그의 시력이 기능을 잃고 모든 것이 암흑으로 물든다.

볼카르는 뒤를 잡고 공격하는 깃과 동시에 루그의 시야를 노리고 섬광을 터뜨린 것이다. 뒤를 잡혔다는 위기 상황에 정신이 팔린 데다 워낙 볼카누스의 마법 구현이 빨라서 볼카르가 상황을 전부 읽었는데도 따라가지 못했다.

"큭!"

평소 루그는 시각을 보호하기 위한 충분한 조치를 취해두고 있었다. 그렇지 않았다면 섬광과 폭발이 난무하는 전투 중에 시력을 보존하기는 불가능하다.

그러나 바로 눈앞에서 터진 불카누스의 섬광은 그런 조치조차 의미없을 정도로 압도적인 광량을 자랑했다. 잠시 발생한 허점을 타서 불카누스의 마법이 작렬했다.

쾅!

폭음과 함께 루그의 몸이 튕겨 나간다. 불카누스는 지체없이 그를 쫓아서 돌진하면서 마법을 퍼부었다.

파파파파파!

그러나 놀랍게도 루그는 눈을 감은 채로 그 모든 마법을 피해냈다.

"아니?!"

불카누스는 경악하면서도 손끝에 강렬한 공간 절단의 힘을 발생시켰다. 그러자 붉은 섬광의 칼날이 10미터 길이로 뻗어나가서 루그를 향해 내려쳤다.

동시에 루그가 몸을 빙글 회전시키면서 오른쪽 손날로 그것을 받아쳤다.

'리버스 도메인.'

"어리석은 것! 끝이다!"

불카누스는 코웃음을 쳤다. 지금 그가 발생시킨 공간 절단의 힘은 아까 전에 원격으로 제어하던 것과는 차원이 다르다. 출력만으로 보면 보이드 블레이드의 공허의 칼날조차 능가한다!

파앗!

"말도 안 돼!"

다음 순간 불카누스가 경악했다. 공간 절단의 칼날이 루그의 손날과 부딪치는 순간, 그대로 미끄러지면서 엉뚱한 지점을 치는 게 아닌가? 모든 에너지의 흐름을 통제하는 리버스 도메인이 공간 절단의 힘조차 비껴내 버렸다!

동시에 루그가 왼 주먹으로 허공을 관통했다.

'스톰 브링거!'

서로 거리가 10미터 이상 떨어져 있는 지금, 근접해서 적을 관통하는 스톰 브링거는 적절한 선택이 아니었다. 그러나……

쾅!

"크악!"

스톰 브링거의 에너지가 작렬과 동시에 실체없는 기격으로 변화, 불카누스의 몸 앞에서 실체화되면서 폭발했다. 그레이슨과 빌타르의 대결을 보고 훔쳐 낸 기술이었다.

원거리를 격하고 터졌기에 접근전용으로 설정해 둔 방어 마법조차 발동하지 않았다. 통상의 방어 마법들이 무참하게 관통되면서 불카누스의 몸이 피투성이가 되었다.

"어, 어떻게 이런……."

불카누스가 비틀거렸다. 말도 안 된다. 지금 루그가 보여준 움직임은 도저히 시력을 잃은 자의 것이라고 볼 수 없었다.

"내가 시각을 빼앗기는 상황도 상정해 보지 않았을 것 같냐?"

루그가 불카누스를 비웃었다. 가상세계에서 수만 번의 격전을 치러본 루그다. 세상에 존재할 수 있는 모든 곤란한 상황을 다 겪어보았고 극복해 왔다.

눈이 안 보이면 전력은 감소한다. 그러나 적이 그 점을 당연하게 여기고 치고 들어왔을 때, 오히려 그 뒤통수를 친다면 우위를 점할 수 있다. 허를 찌르려다가 도리어 자신이 허를 찔린 불카누스는 허우적대다가 크게 한 방 먹어버렸다.

퍼버버버벙!

그때 뒤쪽에서 볼카르의 유사 마법이 작렬했다. 수증기 폭발이 연달아 일어나면서 충격이 불카누스를 덮쳤다. 불카누스는 이를 악물고 위쪽으로 솟구쳤다.

그런데 그 앞에 갑자기 빛으로 이루어진 원이 출현했다.

'이건 뭐지?'

루그가 전개한 광륜을 통과하는 순간, 불카누스는 갑자기 자신의 속도가 눈에 띄게 느려진 것을 깨달았다. 동시에 최고

조로 활성화되어 있던 마력의 움직임마저 억제된다.

그러한 현상은 위로 솟구칠수록 심해졌다. 급히 허공의 분사구를 조절해서 방향을 틀려고 했지만 이미 늦었다. 그의 속도는 세 개의 광륜을 통과하면서 극도로 느려져 있었다.

그런 그를 뒤늦게 도약한 루그가 따라잡았다. 서로 마주하는 순간, 루그가 감고 있던 눈을 떴다. 시력이 회복된 청록색 눈동자가 살기를 띠고 빛났다.

쾅!

폭염과 융합한 스톰 브링거가 작렬, 불카누스의 몸이 튕겨나간다. 그리고 동시에 루그의 뒤쪽에서 아공간이 열리며 한 자루 검이 소환, 마력이 깃들면서 빛을 발했다.

'샤이닝 쉘!'

가속의 광륜을 통과하며 음속의 세 배 속도에 도달한 검이 불카누스를 덮쳤다.

쫘과광!

수 킬로그램의 질량을 가진 물체, 그것도 힘을 한 점으로 집중할 수 있도록 날카로운 검의 형상을 취한 것이 마법의 역장을 휘감고 음속의 두 배 속도로 날아들어 작렬한다. 그 위력은 실로 무시무시하다. 샤디카와 싸울 때에 비해서 마법 자체도 세련되게 다듬어져 있었고, 루그의 마력도 대폭 증가했기 때문에 위력의 차원이 달랐다.

불카누스의 방어 마법들이 일거에 관통되면서, 육체가 피투성이가 되었다.

쫘과광! 쫘과과광!

루그가 연달아 샤이닝 쉘을 쏘아냈다. 불카누스가 가까스로 대응, 샤이닝 쉘을 비껴냈다.

"카아악!"

두 번째 샤이닝 쉘을 비껴낸 불카누스가 아홉 개의 분사구를 점화, 충격파를 터뜨리면서 상승했다.

쿠아― 앙!

굉음이 울리며 충격파가 퍼져 나간다. 전방은 원뿔형으로, 그리고 중간은 유선형으로 형성한 역장을 두른 불카누스의 비행 속도가 음속을 돌파하면서 일어난 현상이었다.

초음속에 도달한 불카누스가 점점 더 가속한다. 그가 날고 있는 방식은 일정 이상의 속도에 도달했을 때, 역장으로 구성한 분사구 속으로 밀려드는 전진압을 이용해서 속도를 얻는 방식이다. 그렇기에 날면 날수록 더욱 빨라진다.

멀찍이 돌면서 나는 불카누스를 본 루그가 깜짝 놀랐다.

"저 녀석, 도시를 파괴할 셈인가?!"

지금까지 루그와 불카누스는 인간이 빠져나간 폐허 위에서 싸우고 있었다. 그런데 공격에서 빠져나간 불카누스가 나는 궤도는 멀쩡한 시가지 위가 아닌가?

쫘콰콰콰콰콰!

폭염을 휘감은 불카누스가 저공비행을 하는 것만으로도

굉음과 충격파가 지상을 휩쓸면서 시가지를 파괴했다. 건물이 부서지는 것은 물론, 충격파에 노출된 인간들이 피투성이가 되어서 날아가 버린다.

"이 자식!"

격노한 루그가 그를 쫓아 가속했다. 하지만 속도의 차이가 너무 크다. 루그가 스커드 코트를 고속 비행 모드로 바꾸고, 리루의 힘까지 빌려서 가속한다고 해도 그 속도는 음속의 절반도 안 된다. 광륜까지 써야 순간적으로 아음속에 근접하는 수준이다. 그에 비해 불카누스의 속도는 벌써 음속의 세 배에 달하고 있었다.

〈냉정해져라! 아무리 저놈이라도 저런 속도로 비행하는 이상, 속도를 대폭 희생시키지 않고는 급속한 방향 전환을 할 수 없다. 비행 궤도를 예측해서 광륜으로 감속시키고 잡는 거다.〉

볼카르가 냉정하게 조언했다. 아까 전, 불카누스가 스스로의 비행 속도를 아음속으로 제약시킨 것은 루그와의 거리를 유지하면서 급속한 방향 전환을 하기 위해서였다. 초음속까지 가속한 지금, 저 속도를 유지하면서 날려면 선회 반경이 커질 수밖에 없다.

과연 불카누스는 수백 미디 이상에 걸쳐서 방향을 전환하면서 날고 있었다. 하지만 몸에 걸리는 중압을 무시하는 건지 상당히 예리한 각도로 커브를 그리면서 난다. 저러면 회전 시에 걸리는 중압이 몸을 박살 내버릴 정도일 텐데도 마법으로 버티는 것이다. 그것도 부상까지 입은 몸으로!

"빌어먹을! 그저 빠르게 나는 것뿐인데 이렇게 골치 아프다니!"

바로 그게 문제다. 불카누스가 비행하는 속도는 비상식적이다. 거의 루그가 초장거리 이동 시에나 낼 법한 속도를 저공비행으로 내다니!

아아아아아아……!

충격파와 전진압을 이용해서 나는 불카누스는 그 자체만으로도 굉음발생기다. 마치 끊임없이 천둥이 치는 것과 같다. 그러나 지금, 그의 비행음에 겹쳐서 울리는 이 소리는 한층 더 압도적이었다.

〈루그, 피해라!〉

볼카르의 경과 동시에 루그는 옆으로 도약했다. 그리고…….

콰콰콰콰콰!

그 자리를 거대한 충격파의 검이 가르고 지나갔다.

'충격파를 집향시킨 건가?'

초음속으로 날면서 발생시킨 충격파의 일부를 한곳에 집중, 중폭시키면서 거대한 검처럼 휘두른다. 그것만으로도 무려 2킬로미터에 이르는 거리가 일거에 두 동강 나버렸다! 원한다면 성벽조차도, 아니, 성까지 통째로 갈라 버릴 수 있는 재앙의 검이다!

콰콰콰콰콰콰!

불카누스가 루그의 머리 위를 날면서 무차별로 마법을 난사한다. 앗 하는 순간에 위쪽을 지나쳐 간 그의 비행 궤도를 따라서 굉음과 충격파가 뒤따라오고, 그리고 뇌격과 폭염이 비처럼 쏟아져 내렸다.

콰콰쾅! 콰아아아앙!

압도적인 화력이 지상을 쓸어버린다. 하지만 그럼에도 시가지의 파괴는 최소한으로 억제되었다.

"으, 으으윽……."

루그가 비틀거렸다. 그는 지금 생존자들이 존재하는 구획에 있었다. 그렇기에 방금 전의 폭격을 마법과 기격으로 막아 낸 것이다. 대규모의 마력을 일거에 쏟아내는 바람에 현기증이 났다.

'사람이 없는 곳으로 전장을 바꿔야 해.'

하지만 그럴 수 없다는 건 루그 자신이 제일 잘 알고 있었다.

불카누스가 전투의 룰을 바꿨다. 민간인의 희생에 구애되는 루그와 달리 불카누스는 모든 인간의 파멸을 바란다. 그런데 인간의 피해가 없는 지점을 전장으로 삼아줄 이유가 없시 않은가?

〈루그, 일단 네가 인간이 없는 곳으로 가는 게 가장 피해를

줄이는 길이다.〉

"뭐? 하지만……."

〈저놈은 딱히 인간들을 죽이겠다고 저러고 있는 게 아니
다. 다만 널 공격하는 방식을 바꿨을 뿐이다.〉

"아."

루그는 대번에 그 말뜻을 이해했다.

불카누스는 인간을 인질로 루그를 끌어내겠다는 저열한
생각으로 저러고 있는 게 아니다. 그저 근거리, 중거리에서
루그와 싸우는 게 불리하다고 판단하고 전법을 바꾼 것뿐이
다. 초음속으로 날면 선회거리가 엄청나게 길어지고, 자연스
럽게 전장이 넓어지고 만다.

콰콰콰콰콰!

고도를 높이며 비행하는 불카누스의 뒤를 따라서 충격파
의 검이 날아든다. 불카누스가 충격파의 검을 발생시키는 방
법은 두 가지였다. 한동안 비행하면서 역장 속에 그것을 집중
시켰다가 원하는 궤도로 뽑아내거나, 아니면 날면서 위나 아
래로 충격파를 집향시키거나.

"크윽!"

루그는 그것을 피한 뒤 다시 폐허 지역으로 이동하기 시작
했다. 불카누스의 비행 속도가 압도적으로 빠른 지금, 그가
일으키는 모든 피해를 다 막아내는 건 불가능하다. 어떻게든
그를 인적이 없는 곳으로 유인해서 잡는 수밖에!

하지만 루그가 얼마 나아가기도 전에 발목을 잡는 일이 벌어졌다.

"으아아아앙!"

파괴된 시가지 한복판에서 아이들이 울고 있었다. 검은 사제복을 입은 사제의 시체가 피를 뿌리며 쓰러져 있고, 그의 몸 아래서 기어 나온 어린아이들이 어쩔 줄 모르고 울어댄다. 방금 전, 불카누스가 저공비행을 할 때 발생한 충격파에 의한 피해이리라.

〈루그!〉

아이들에게 잠시 시선을 빼앗긴 루그에게 볼카르의 경고가 날아들었다. 깜짝 놀라서 고개를 든 루그의 눈이 불카누스의 비행 궤도를 따라서 충격파의 검이 덮쳐 오는 게 보였다.

'가속!'

동시에 루그의 체내에 각인된 시간 가속의 힘이 발현되었다. 상대속도가 열 배로 가속된 이 상태라면 피하는 건 전혀 어렵지 않다.

그러나… 그렇게 되면 저 아이들은 죽는다.

"젠장."

루그는 가속된 시간 속에서 돌아서면서 방어 마법을 앞쪽으로 집중, 그 뒤쪽에서 리버스 도메인을 집중시켰다.

〈바보 녀석.〉

루그의 결정을 눈치챈 볼카르가 말했다. 하지만 정신 감응을 통해 그가 쓴웃음을 짓는 게 느껴진다.

　루그와 오랫동안 함께 해온 그다. 루그가 어떤 행동을 취할지는 손바닥 들여다보듯이 예측했으리라. 볼카르 역시 유사 마법으로 방어를 강화했다.

　콰아아아아앙!

　곧 충격파의 검이 작렬하며 흙먼지가 치솟았다.

4

　지아볼은 메이즈, 에리체, 다르칸을 상대하는 방식을 바꿨다.

　아까 전까지는 그들을 유기적으로 연계하게 내버려 두고 마법으로 각자를 공략했다. 그러나 셋의 특성을 파악한 지금은 그들을 따로따로 흩어놓고 연계를 막고 있었다.

　그것을 위한 전술이 바로 전장에 자욱하게 내리 깔린 독안개였다. 안개가 어찌나 심한지 밤인데도 주변이 온통 하얗게 보인다.

　"으음……."

　에리체는 눈살을 찌푸렸다. 광범위하게 주변으로 퍼져나가는 이 독안개는 그녀의 전력을 저하시켰다. 속성력으로 일으킨 빛이 산란되어 위력을 잃고, 독이기 때문에 함부로 호흡할 수 없다. 다르칸이 독을 정화하는 마법을 걸어주긴 했지만, 그래도 평소처럼 호흡할 수는 없고 최소한으로 줄여야 했다.

그그그그그……!

그녀의 발밑에서 흙으로 이루어진 거인이 몸을 일으킨다. 그 존재를 미리 예지한 에리체는 주저없이 언월도를 휘둘러서 박살 냈다.

"빛의 속성력을 봉했다고 의기양양하다가는 큰코다칠 거예요! 전 그거 없어도 유능한 여자거든요!"

"그런 것 같구려. 난 아가씨가 제일 무서우니 좀 귀찮게 해 드리겠소."

안개 저편에서 지아볼의 목소리가 들려왔다. 동시에 주변에서 흙의 거인들이 속속 모습을 드러내기 시작했다. 지아볼이 흙의 정령 랜다들을 소환한 것이다.

하지만 에리체 상대로는 발을 묶어놓는 것 이상의 의미는 없었다. 그녀는 작은 체구라고는 믿을 수 없는 괴력으로 호쾌하게 언월도를 휘둘러 적들을 박살 내갔다.

"대단하군. 다음번에 아가씨를 볼 때는 준비를 단단히 해 둬야겠는걸. 뭐 오늘 이후가 있다면 말이오만."

지아볼이 휘파람을 불었다. 초반에는 에리체의 예지능력과 예상외로 강력한 메이즈, 다르칸의 연계에 궁지에 몰렸다. 하지만 그들의 전력을 간파하고 여유를 되찾은 지금, 그는 능수능란한 마법 운용으로 이들을 농락하기 시작했다.

문득 에리체가 눈을 크게 떴다.

"다르칸님! 피하세요! 저격자가 전진했어요!"

쾅!

그 직후 다르칸의 주변에서 폭음이 울려 퍼졌다. 원거리에서 날아든 보이지 않는 마탄이 실드 콜로니의 방패에 직격한 것이다.

투사무기가 발달하면서 전투에는 '저격'이라는 전술적 행동이 추가되었다.

보이지 않는 곳에서, 인식하지 못하는 순간 날아드는 탄환의 존재는 공포 그 자체다. 또한 지극히 효율적인 공격 방식이다.

그 효율성은 마법사들의 취향에 딱 들어맞았다. 그리하여 마법사들은 저격에 사용할 온갖 마법들을 만들어내었다.

그리고 기나긴 마법 저격의 역사 속에서, 지아볼은 적어도 지금 이 순간에는 최강의 자리를 차지하고 있었다. 초장거리에서 마탄 그 자체의 형상을 감춘 채 극초음속으로, 그것도 중간에 공간 이동 마법진을 경유해서 한 번 궤도를 바꾸기까지 하면서 날아드는 마탄은 도저히 보고 반응할 수 있는 게 아니다.

게다가 에리체의 말대로 지아볼은 저격을 가하는 육체를 전진 배치시켰다. 아까 전보다 2킬로미터 가까운 거리로 이동했고, 거리의 차이만큼 도달속도가 더욱 빨라졌다.

콰!

폭음이 울리며 다르칸이 튕겨 나갔다. 마침내 지아볼의 저격이 겹겹이 둘러쳐진 방패의 군세를 뚫고 다르칸에게 명중한 것이다.

지아볼의 저격은 사전에 타이밍과 궤도를 모조리 꿰고 있지 않으면 피할 수 없다. 그리고 그 두 가지를 완벽하게 파악하고 있던 에리체는 안개 속에서 흙의 정령들을 상대하느라 정신이 어지러워져 있었다.

"훗."

지아볼은 차갑게 웃었다. 나가떨어지는 다르칸을 향해 손가락을 튕긴다.

쫘르르르릉!

다르칸의 주변에 여덟 개의 광점이 떠오르더니 그 중심부를 굵직한 뇌격이 관통했다. 그 직전, 공격의 종류를 예측한 다르칸이 절연성을 띤 방어막을 펼쳤지만 충분하지 않았다. 다르칸이 연기를 뿜으면서 추락해 갔다.

메이즈가 외쳤다.

"다르칸!"

"날 걱정할 때가 아닌 듯하오만?"

안개를 뚫고 보이지 않는 마탄이 비처럼 날아들었다. 다르칸을 격추시킨 일점관통형이 아니라, 일정한 거리에서 수십 개로 분화한 뒤 폭발하는 산탄형 마탄이었다.

퍼버버버벙!

연달아 일어나는 폭발의 충격파가 메이즈를 흔들었다. 그 직후 지아볼이 추가적으로 충격파를 터뜨리자 메이즈의 몸이 허공으로 튀어올랐다.

콱!

메이즈가 보이드 블레이드를 땅에 박아서 날아가던 몸을 고정시켰다.

"으으으으윽!"

그리고 황금의 뇌격을 한 방향으로 집중해서 발하자 그 반동으로 몸이 한 바퀴 돈다. 메이즈는 그대로 땅을 박차고 뛰어오르며 아공간을 열었다.

"보이드 아머, 테일 블레이드 파츠, 근거리 부스터 파츠!"

외침에 반응하듯이 꼬리 끝을 감싸는 새카만 칼날의 파츠와 분사구가 달린 검은 백팩 형태의 파츠가 소환되었다.

지지지지징!

꼬리와 합체한 테일 블레이드 파츠가 초고속으로 진동하면서 검은 파동을 발했다. 근거리 부스터 파츠는 등 뒤에 장착되더니 불꽃을 뿜어내기 시작했다.

화아아아악!

새로운 보이드 암즈의 특성은 추가적인 기능을 가진 파츠를 장착할 수 있다는 것이다. 워즈니악은 처음부터 기능 확장을 염두에 두고 이 갑옷을 만들었고, 꾸준히 확장 파츠를 만들고 있었다.

지금 메이즈가 소환한 파츠들도 그 일부였다. 근거리 부스터 파츠가 불을 뿜으면서 그녀의 몸이 도약한 방향으로 가속했다.

"하아!"

단번에 거리를 좁힌 메이즈가 보이드 블레이드를 휘둘렀다. 지금까지와는 차원이 다른 돌진 속도에 지아볼도 허를 찔렸다.

"안 돼!"

그때 에리체의 비명이 들려왔다.

"함정이에요! 물러나세요!"

에리체의 목소리가 절망으로 물들었다. 경고를 하긴 했지만 이미 늦었음을 아는 것이다. 근거리 부스터 파츠는 빠른 돌진에 특화되어 있어서 쉽게 방향을 틀 수가 없었다.

팍!

돌진하던 메이즈의 몸이 뭔가에 붙잡혔다. 그저 지아볼의 마법을 갑옷으로 받으며 들어가서 방어막을 갈라 버릴 생각만 하던 메이즈는 완전히 허를 찔렸다.

'이건……!'

점성과 탄성을 가진 역장의 사슬이 그녀의 가슴과 허리, 그리고 발목과 다리를 붙잡고 있었다. 그것은 마치 숲에서 기마

병을 잡기 위해 나무 사이에 줄을 설치하는 함정과도 같다. 다만 차이점은 이것이 끈적거리는 점성과 고무 같은 탄성을 함께 지닌 역장의 사슬이라는 것이다.

찌이이이이잉!

압도적인 기세로 돌진하던 메이즈는 역장의 사슬에 붙잡힌 채로도 20미터 이상 전진했다. 점점 속도가 늦춰지다가 완전히 정지하는 순간, 그 앞에서 지아볼이 싸늘한 미소를 지으며 손가락을 튕겼다.

"그 갑옷은 확실히 마법사의 천적이고, 그 검의 파괴력은 절대적이지. 그렇기에 근접전으로 승부를 볼 거라고 확신하고 기다렸다오."

"꺄아아악!"

메이즈는 마치 새총으로 쏘아낸 탄환처럼 왔던 방향으로 튕겨 나왔다.

무시무시한 기세로 날아간 메이즈가 지면에 충돌했다. 그리고 바로 그 지점에서 기다렸다는 듯 섬광이 폭발했다.

콰아아아앙! 콰콰광!

지아볼은 메이즈가 날아갈 예상지점에다가 폭발 마법을 깔아둔 것이다. 폭발이 연달아 일어나면서 그녀의 몸이 공처럼 허공으로 튀어올랐다.

'이, 이대로는……'

격통이 전신을 지배한다. 온몸이 부서져 버린 것 같다. 아무리 보이드 아머가 불사신의 갑옷이라 불린다지만 이런 충격을 다 막아줄 수는 없었다.

"역시 튼튼하군. 그냥 마법으로 두들겼다가는 대책이 없겠어. 물리력으로 부수도록 하지."

지아볼은 지팡이를 들었다. 터무니없는 방어력을 자랑하는 보이드 아머를 부수기 위한 마법은 따로 준비해 두었다.

휘리리리리리!

은밀하게 허공에 띄워두었던 수은의 덩어리. 마법의 역장에 의해 형체가 자유자재로 제어되는 수은 덩어리가 제자리에서 고속으로 회전한다. 그러다가 어느 순간, 역장의 지름이 축소되면서 아주 얇은 틈을 통해서 칼날 같은 형상을 뽑아내었다. 그러자 수은의 칼날이 초음속으로 메이즈를 덮쳤다.

수은은 상온에서 액체 상태를 유지하는 물질 중 가장 비중이 높은 물질이다. 평소에는 그저 무거운 액체일 뿐이지만 이것을 날카로운 형태로 만들어 초음속으로 날린다면, 그것은 세상에 베지 못할 것이 없는 절대적인 검이 된다!

이 공격 앞에서는 아무리 보이드 아머라도 버틸 수 없다. 단번에 두 동강 나고 말리라!

파아아아아앙!

그러나 다음 순간, 지아볼이 예측하지 못한 사태가 벌어졌다. 커다란 방패 다섯 개가 날아와서 수은의 칼날을 막아낸 것이다.

"이런, 벌써 의식을 회복했나?"

지아볼이 눈살을 찌푸렸다. 다르칸이 실드 콜로니를 이용해서 메이즈를 구조했다.

초음속으로 날아드는 수은 칼날의 절단력이 워낙 막강하기에 실드 콜로니의 방패들조차 종잇장처럼 잘려 나갔다. 하지만 다르칸은 애당초 그 궤도에 방패들을 배치하면서 고열을 발하는 결계를 쳐 두었다. 끓는점이 낮은 수은은 결국 방패를 전부 절단하기 전에 증발하고 말았다.

다르칸이 비틀거리며 말했다.

"당신과는 달리 우리는 목숨을 걸고 있지. 처음부터 전장에 들어오지도 않고 안전한 곳에 도망친 채로 목숨을 경시하는 비겁한 자에게는 지지 않을 것이오."

지아볼이 박수를 쳤다.

"멋지군. 하지만 다르칸, 그대도 마법사라면 나를 이해할 텐데? 당신이 지적한 나의 '비겁함' 이야말로 마법사가 추구하는 합리성의 궁극이라는 것을."

콰콰콰콰콰콰!

그때 먼 곳에서 굉음이 연달아 울려 퍼졌다.

마치 천둥이 끊임없이 치는 듯한 상황에 다들 깜짝 놀라서 소리의 진원지를 바라보았다. 폭염이 밤하늘을 불태우면서 거대한 궤적을 그리고 있었다.

그것이 불카누스임을 알아본 지아볼이 눈을 크게 떴다.

"흐음. 결국 저런 수까지 꺼내든 걸 보니 루그라는 인간이 어지간히 대단한가 보군."

"이야아아아아아!"

그때 정신을 차린 메이즈가 등에서 불꽃을 뿜어내면서 날아올랐다. 전투용 마법 통신망을 이용해 다르칸과 연계, 적절한 지점에 배치된 실드 콜로니의 방패를 박차고 방향을 바꿔가면서 지아볼에게 돌진한다.

'이번에야말로!'

똑같은 수에는 걸리지 않는다. 충분한 거리에서 하늘의 칼날을 날린 뒤, 연계 공격으로 끝장을 낸다!

"안 돼!"

하지만 그때 또다시 에리체의 비명이 들려왔다. 설마 또 함정이란 말인가? 지아볼은 메이즈의 생각을 다 읽고 완벽한 대응을 준비하고 있었단 말인가?

"메이즈님! 누우세요!"

메이즈는 거의 반사적으로 그 말에 따랐다.

슈화아아아악!

그리고 그 위를 아슬아슬하게 수은의 칼날이 스치고 지나갔다. 초음속으로 날아간 수은의 칼날이 일으킨 충격파가 그녀를 지상으로 밀어낸다.

"날아야 해요! 땅에 닿으면 안 돼요!"

메이즈는 지상에 닿기 전, 근거리 부스터를 점화시켜서 앞으로 돌격했다. 한 박자 늦게 섬광이 폭발하면서 그녀의 모골을 송연하게 만들었다.

"위로!"

하지만 이번에는 그 지시에 따를 수가 없었다. 뒤쪽에서 섬광이 연달아 폭발하면서 충격파가 그녀를 밀어냈기 때문이다.

우우우우웅!

앞쪽에서 두 개의 검은 흡력장이 발생, 무시무시한 힘이 그녀를 끌어당겼다. 그리고 그 앞에 붉은빛으로 이루어진 공간 절단의 칼날이 나타난다.

"으윽!"

메이즈는 보이드 블레이드의 힘을 개방, 공허의 칼날로 그것을 후려쳤다. 공간 절단의 힘이 서로 반발, 잠시 교착상태가 이루어지다가 이내 출력에서 앞서는 보이드 블레이드가 붉은빛의 칼날을 베어버린다.

하지만 지아볼은 그것까지도 계산에 넣고 있었다. 바로 그 순간을 노리고 마력을 잔뜩 집중시킨 극초음속의 마탄이 메이즈를 향해 날아들었다.

"이번에야말로 끝이오."

지아볼이 손가락을 들어 관자놀이를 찌르며 말했다. 시간을 들여서 마력을 잔뜩 집중시킨 저 마탄에는 공간 절단의 힘이 들어 있다. 아무리 메이즈가 보이드 아머를 입었더라도 저 마탄으로 머리를 맞는다면, 그걸로 끝이다!

메이즈는 저격 자체를 눈치채지 못하고 흡력장을 베어버리고 있었다. 그런데 그때 뭔가가 그녀를 확 밀쳐 버렸다.

파학!

'아……!'

강한 힘으로 떠밀려져 날아가면서, 메이즈는 눈을 부릅떴다.

마탄에 관통당한 에리체가 피를 뿌리며 쓰러지고 있었다.

"에리체!"

에리체는 잠시 멍한 눈으로 허공을 올려다보았다. 눈앞이 잠시 캄캄해지는 듯하다가, 곧 시력이 회복되었다. 멍멍한 귓가로 자신의 이름을 부르는 메이즈의 목소리가 들려온다.

이럴 수밖에 없었다. 순간예지력을 가진 에리체는 메이즈가 마탄에 머리를 맞고 죽는 순간을 보았다. 지아볼이 그녀를 죽이기 위해 짜둔 덫은 무섭도록 치밀해서, 이것 외에는 도저히 빠져나갈 방법이 보이지 않았다.

'왜 그랬을까?'

문득 그런 의문이 든다.

에리체와 메이즈는 그리 길게 알고 지낸 사이가 아니다. 루그를 따른다는 공통점이 있을 뿐, 둘 사이의 감정적 교류는 깊지 않았다.

그런데도 메이즈가 죽는 미래를 보는 순간, 에리체는 자신
도 모르게 뛰어들었다. 그 대신 자기가 죽을지도 모르는 상황
인데도.

'루그님.'

그래. 루그 때문이다.

루그가 메이즈를 보며 짓던 미소가 떠오른다. 그 미소가 흐
려지는 것을 보고 싶지 않았다.

'루그님은… 내가 죽어도 울어주실까?'

모르겠다. 매사에 늘 자신만만하게 자기 생각을 밀어붙이
는 에리체였지만 루그에 대해서는 언제나 소심해진다. 그 앞
에 서기만 해도 가슴이 두근거리고, 눈길을 받기만 해도 마음
속에서 꽃이 피어나는 기분이다.

이런 자신이 죽어도 루그는 슬퍼해 줄까?

그런 의문을 품었을 때, 그녀의 뇌리로 예지가 몰려들었
다.

메이즈가 달려온다. 그리고 그 틈을 타서 지아볼의 마법과
저격이 불을 뿜는다. 정신이 분산되었던 메이즈는 그것을 막
지 못하고 당한다. 그리고 다르칸조차도 일순간에…….

'안 돼.'

순간 에리체는 눈을 번쩍 떴다.

고속으로 가속된 의식 속에서, 허공에 떠 있는 자신의 핏방
울들이 느릿느릿하게 떨어져 내리는 게 보인다. 이대로 쓰러

지면 그 핏방울들은 마치 무덤 위에 던지는 꽃처럼 자신의 몸 위에 떨어지겠지.

하지만 에리체는 그 핏방울들을 헤치고 일어났다. 그리고 자신에게 달려오는 메이즈에게 외쳤다.

"그를 치세요! 지금!"

동시에 에리체는 자신의 몸에 들어 있는 거대한 힘을 격발시켰다. 장기간에 나눠 써야 할 힘을, 한계를 넘는 출력으로 일순간에 쏟아내는 이 수법을 중상을 입은 지금 쓰는 것은 미친 짓이다.

'미안해요, 아빠.'

메이달라 후작은 이 수법을 에리체에게 가르쳐 주면서도 되도록 쓰지 말라고 신신당부했다. 하지만 지금이야말로 이 수법을 써야 할 때였다.

에리체가 땅을 박차는 순간, 그 힘을 이기지 못한 바닥이 폭발하듯 터져 나갔다. 그러나 그 폭발이 채 반도 일어나기 전에 에리체는 이미 지아볼의 코앞까지 쇄도하고 있었다.

지아볼의 대응이 보인다. 교묘하게 깔리는 역장의 칼날을 언월도로 쳐서 부러뜨리고, 그 직후 날아드는 저격을 몸을 뒤로 틀어 피한다. 발밑으로 깔리듯이 날아드는 충격파를 발차기로 분쇄한 뒤 사방에서 쏟아지는 폭염과 뇌격을 춤을 추듯이 피하면서 돌파한다. 그리고 언월도로 바닥을 쓸면 겹겹이 둘러쳐진 지아볼의 방어 결계가 반쯤 잘려 나간다.

그걸로 끝낼 생각은 없다. 곧바로 몸을 돌리면서 언월도를 비스듬히 내리긋는다. 지아볼은 결계의 성질을 바꿔서 대응한다. 물에 젖은 질긴 천은 칼날의 예기를 죽일 수 있듯이, 점성과 탄력을 부여한 지아볼의 결계가 언월도의 칼날을 붙잡고 놓아주지 않는다.

하지만 그것조차도 에리체가 예지한 대로다.

결계의 성질이 바뀌는 순간, 에리체는 몸을 띄우며 발차기를 날렸다. 젖은 천은 내리치는 칼날을 막지만 검끝으로 찌르는 공격은 막지 못하는 법. 그녀의 발꿈치에서 쏘아진 기운이 포탄처럼 결계를 꿰뚫는다. 그리고 거의 시간차 없이 반대 발로 날린 제2격이 패싱 임펄스로 화해서 나머지 결계를 격하고 지아볼의 몸에 닿았다.

"크억!"

처음 돌격에서 지아볼의 신음이 울리기까지 불과 5초.

그동안 모든 힘을 쏟아낸 에리체는 자기도 모르게 미소 지었다. 예지력과 무예가 융합하여 도달한 절대적인 상황 통제력. 이 순간, 그녀는 지금까지 살면서 한 번도 느껴보지 못한 경지에 도달해 있었다.

"메이즈님."

두 발 차기를 날린 그녀는 뒤로 쓰러지듯이 낙하하다가, 그대로 땅을 박차고 뒤로 날면서 속삭였다. 하지만 마법 통신망으로 연결된 그녀의 목소리는, 분명히 메이즈에게 닿왔다.

"하아아아앗!"

에리체가 무엇을 말하고 싶은지, 메이즈는 더 설명을 들을 것도 없이 이해하고 있었다.

'하늘의 칼날!'

지체없이 그녀의 뒤를 쫓아온 메이즈가 보이드 블레이드의 힘을 해방시켰다. 마법적인 추진력을 받은 공허의 칼날이 음속을 돌파, 충격파를 발생시키면서 지아볼을 베어버린다.

이번에야말로 직격했다. 하지만 검은 궤적이 모든 것을 갈라 버리는데도 지아볼의 육체가 부서지지 않는다.

'공허의 궤적!'

그러나 이런 상황은 이미 예상했다. 하늘의 칼날을 날리는 기세를 그대로 살려서 몸을 회전, 공간 절단의 힘이 실린 테일 블레이드가 달린 꼬리를 휘두른다. 역시 초음속에 도달한 제2격, 공허의 궤적!

콰콰콰콰콰!

첫 번째 공격의 작렬음이 울려 퍼졌을 때, 두 번째 공격이 작렬한다. 그리고 기다렸다는 듯이 이어지는 세 번째 공격!

'파멸의 여명!'

아공간에서 튀어나온 거대한 보이드 테일이 메이즈의 몸을 따라 회전한다. 공허의 궤적이 작렬한 궤도를, 더욱 크게 돌면서 초음속에 도달한 공간 절단의 칼날이 마지막 일격을 작렬시켰다.

쾅쾅쾅쾅쾅쾅!

최후의 폭음이 울려 퍼졌을 때, 메이즈는 이미 충격파에 밀려서 그 자리를 이탈하고 있었다.

보이드 블레이드, 테일 블레이드, 그리고 보이드 테일로 가는 초음속의 공간 절단 3중주!

성벽도, 아니, 산조차도 날려 버릴 수 있는 이 연격을 맞고 살아남을 수 있는 존재 따윈 없다!

"이, 이런 말도 안 되게 무식한 짓을……!"

폭발 속에서 피투성이가 된 지아볼이 중얼거렸다. 그의 모습은 마치 현실에서 유리된 듯 반투명해져 있었다. 그 목숨을 비호하는 '아홉 목숨의 고양이'의 효과이리라.

그러나 메이즈와 다르칸은 담담한 눈으로 그를 바라보고 있었다. 메이즈가 선언했다.

"끝이야, 마왕."

메이즈가 가한 충격은 '아홉 목숨의 고양이'가 수용할 수 있는 한계량을 훨씬 초월했다. 이번에는 무슨 수를 쓰더라도 벗어날 수 없다.

하지만 지아볼은 웃었다.

"어떻게 그렇게 단언하오? 이 육체를 파괴당하더라도 나에게는……."

"저격수로 활용하던 또 하나의 몸이 있다? 글쎄. 과연 '아홉 목숨의 고양이' 라는 마법이 그렇게 말도 안 되게 편리하기만 한 마법일까?"

"이런."

메이즈의 지적에 지아볼은 찔끔했다. 메이즈가 말했다.

"두 개의 육체가 그 마법을 모두 공유하고 있었다면, 역류할 때도 두 개의 육체 모두에게 타격이 가겠지."

"정답이오."

지아볼은 눈을 감았다.

그 말대로였다. '아홉 목숨의 고양이' 가 수용할 수 있는 한계 이상의 충격을 가한다면, 그 역류를 받아내는 것은 그의 외유용 그릇 두 개 모두다. 저격수로 쓰는 육체를 '아홉 목숨의 고양이' 에서 분리해 놨으면 좋았을 것을, 둘 다 연결해 놓은 것은 실수였다.

지아볼은 피투성이가 되었으면서도 자세를 바로 하더니 우아하게 몸을 숙여 보였다.

"하하하하. 인정할 수밖에 없군. 이번에는 저 아가씨에게 경의를 표하며 패배를 받아들이겠소."

곧 지아볼에게 가해진 충격을 대신 수용하는 아공간이 남김없이 파괴되고, 남은 충격이 그에게로 역류해 왔다. 섬광이 폭발하면서 그의 몸이 소멸했다.

5

왕궁 밖에서 왕도를 통째로 뒤집어놓는 대격전이 벌어지는 동안, 마빈은 예상치 못한 상황 속에서 분전하고 있었다.

"후우, 후우……."

마빈이 숨을 골랐다.

왕궁 복도에 피비린내가 가득 퍼져 나가고 있었다. 마치 전쟁터 한복판에 온 것처럼 수많은 시체들이 바닥을 뒹굴고, 팽팽한 살의가 서로 대치한다.

마빈과 할스가 문을 지키며 싸운 시간은 그리 길지 않았다. 잘린 문을 통해 세이람과 바리엔이 들어가서 왕관을 손에 넣는 동안 그 자리를 지킬 뿐.

하지만 왕궁을 지키는 병력은 녹록치 않았다. 복도도 왕궁이라 그런지 쓸데없이 넓어서 충분히 두 명 이상이 검을 휘두르며 덤벼들 수 있는 상황이었다.

그래도 마빈은 적들을 연속적으로 쓰러뜨리며 상황을 압도했다. 문제는 적 중에서도 실력있는 기사들이 나오기 시작했다는 것, 그리고…….

"아저씨, 괜찮아요?"

"으윽……."

할스가 적의 칼에 맞고 쓰러졌다는 것.

처음에는 한 방향에서만 적이 쏟아져 들어와서 할 만했다. 하지만 적들은 금방 복도를 우회해서 반대쪽에서도 쏟아져 들어왔다. 마빈과 할스는 문을 등진 채 좌우에서 쏟아져 들어오는 적들을 막아야 했다.

'젠장. 이놈의 왕궁은 왜 이렇게 복도가 넓은 거야? 문은 또 왜 이렇게 크고?'

게다가 왕궁 복도가 워낙 넓다 보니 적들은 옆으로 돌아서 올 수도 있다. 그러다 보니 반원형으로 포위된 채로 싸워야 했다.

문도 크다 보니 둘이서 방어하기도 쉽지 않았다. 몸을 던져서 서로 칼을 맞대고 교착되는 상황만 만들면 그 사이로 돌진해 들어갈 수도 있지 않은가? 그런 상황을 피하면서 싸우다 보니 난이도가 미친 듯이 올라간다.

결국 할스는 손발이 어지러워져서 배에 칼을 한 대 맞았고, 마빈의 부담은 더 늘어났다.

"안으로 들어가요. 내가 맡을 테니까."

"애송이 주제에, 잘난 척하지 마라……."

할스가 숨을 헐떡거렸다. 마빈이 코웃음을 쳤다.

"아무리 생각해도 내가 아저씨보다 전투 경험이 많은 것 같거든요? 엿차!"

챙!

마빈은 밀하는 틈을 다서 찔러 들어오는 적의 공격을 막았다. 그리고 그 틈을 타서 또 한 놈이 달려드는 것을 뛰어오르면서 발로 차버리고, 그대로 몸을 회전시키면서 검을 내던지듯이 뿌려낸다.

'월광의 채찍!'

파아아아악!

그러자 그 궤도를 타고 채찍처럼 휘어진 예기가 뻗어나가면서 적들을 베어버렸다. 아스탈 가문에 전해 내려오는 비기 중 하나로, 루그한테 들들 볶이는 과정에서 터득한 것이다.

"왕자님! 아직이에요?"

마빈이 적들에게서 눈을 떼지 않은 채로 물었다.

"조, 조금만 더 기다려 주세요."

세이람이 안절부절못하며 대답했다. 눈이 보이지 않는 그였지만 상황이 급박하다는 건 알 수 있었다.

하지만 왕관은 쉽게 손에 넣을 수 있는 게 아니었다. 커다란 방 한가운데에 놓여 있는 왕관을 지키는 마법들이 순차적으로 세이람의 몸에 흐르는 왕족의 피를 인식하고, 해제되는 과정이 생각 외로 시간을 많이 잡아먹었다.

"헉, 헉… 젠장. 죽겠네."

연달아 적을 물리친 마빈의 호흡이 거칠어졌다. 할스가 전투 불능이 되는 바람에 좌우에서 몰아치는 적들을 혼자서 다 막자니 보통 일이 아니었다.

'이 갑옷이랑 검이 아니었으면 벌써 골로 갔겠어.'

정신없이 몰아치는 적들의 공격에 마빈도 몇 번이나 공격을 맞았다. 루그가 준 마법의 갑옷, 아머 오브 발러가 비정상적으로 튼튼하지 않았다면 벌써 중상을 입었으리라.

'그래도 강검을 정타로 맞으면 뚫리겠지. 짜증나. 이놈들의 기척은 다 손에 잡힐 듯이 알겠는데 왜 기격을 쓸 수 없는 거야? 기격을 쓸 수 있으면 이까짓 놈들 따위……'

기격을 인지하는 마빈의 감각은 기이할 정도로 활성화되어 있었다. 하지만 정작 기격의 영역에서 적의 기운을 인지할 수 있는데 그것을 움직일 수는 없다는 사실이 짜증난다. 진즉 기격을 각성했다면 이 난국도 쉽게 타개할 수 있었을 텐데!

그때 문득 옆에 있던 할스의 기척이 사라져 버렸다. 바리엔이 다가와서 그와 함께 공간 이동해 버린 것이다. 그리고 잠시 후, 그 자리에 바리엔이 나타나더니 검을 뽑아 들었다.

"누나는 들어가 있어요. 혼자서도 충분하니까."

마빈이 그녀를 바라보지도 않고 말했다. 하지만 그저 말만으로는 바리엔에게 뜻을 전할 수 없었다.

바리엔이 꼼짝도 하지 않자 마빈이 혀를 차며 그녀를 바라보았다. 그리고 들어가라는 손짓을 하며 말했다.

"들어가요. 급할 때 왕자님 데리고 도망칠 수 있는 건 누나밖에 없……"

순간 바리엔이 움직였다. 그야말로 전광석화 같은 동작으로 앞으로 나서더니 달려들던 두 명의 검을 막아낸다. 동시에 공간 이동!

"어?"

여러 번 그녀가 공간 이동하는 것을 본 마빈도 어리둥절해했다. 저거, 몸을 접촉한 상태에서만 쓸 수 있는 게 아니었던가? 서로 검을 맞댄, 즉 물건을 통해서 이어져 있는 상태라도 쓸 수 있었을 줄이야?

잠시 후, 바리엔이 다시 마빈의 옆에 나타났다.

그것을 본 적들이 동요했다.

"무, 무슨 일이 벌어진 거야?"

"두 사람은 어딜 간 거지?"

바리엔은 접촉한 두 사람을 먼 곳에다 버리고 왔지만, 적들은 그런 사정을 알 수 없었다. 아군과 함께 사라졌다가 다시 나타날 때는 혼자서 돌아오다니, 그들의 이해를 넘은 무시무시한 수준의 마법사라고밖에 볼 수 없다.

미지의 공포 앞에서 적들이 발하는 기세가 꺾였다. 그들이 주춤거리는 것을 본 마빈이 휘파람을 불었다.

"우와, 대단한데요? 누나 멋져요."

마빈이 엄지손가락을 들어 보이자 바리엔이 얼굴을 붉혔다. 말은 못 알아듣지만 그가 자신을 칭찬하고 있다는 것만은 알 수 있었기 때문이다.

사실 내색은 안 하고 있었지만 바리엔은 지금 이 상황이 무서웠다. 중요한 일을 수행하고 있다는 책임감 때문은 아니다.

다른 사람의 목숨이 자신의 능력에 달려 있다는 사실 때문도
아니다.

바리엔은 자신의 손으로 누군가를 죽여야 한다는 사실이
무서웠다.

'정신 똑바로 차려야 해.'

그녀는 스스로를 독려했다. 사람이 죽는 것은 많이 보아왔
다. 하지만 사람을 자신의 손으로 죽인 적은 없었다. 그 차이
가 얼마나 큰지 그녀는 지금 이 순간 실감하고 있었다.

"걱정 말아요."

문득 마빈이 또 그녀는 알아듣지 못할 이야기를 했다. 마빈
은 손을 들어 바리엔을 물러나게 하면서 말했다.

"아무리 누나가 강해도 여자가 손에 피 묻히는 거 보고 싶
지 않거든. 그러니까 여긴 나한테 맡기고 왕자님이나 보러
가요."

역시 말은 알아들을 수 없었지만, 바리엔은 왠지 그의 눈빛
을 통해서 하고자 하는 말을 알 것 같았다. 그녀가 많이 봐왔
던 눈빛이다. 바보 같지만 믿음직스러운, 목숨을 걸고서라도
스스로의 의지를 관철시키려는 남자의 눈.

그때였다.

"멍청한 것들! 저런 애송이랑 계집애의 손바닥 위에서 놀
아날 생각이냐?"

적들 사이를 헤치고 한 중년의 기사가 나타났다. 다른 기사

들을 끌고 온 그가 벽을 가리키며 명령을 내렸다.

"뭐하러 문에 집착하는 거냐? 벽을 부수고 들어가! 급한 상황이니 이것저것 따질 때가 아니지 않나!"

'이 자식……!'

마빈의 심장이 덜컹 내려앉았다.

최악이다.

그나마 적들이 문이라는 좁은 공간에 집착할 때는 어떻게든 방어할 수 있었다. 요새 루그한테 워낙 험하게 단련 받아서 그런지 이런 난전조차도 어느 정도 여유를 갖고 대응하는 게 가능했다.

하지만 적들이 그러한 집착을 버린다면, 마빈 혼자서는 도저히 막을 수 없지 않은가?

쾅! 쾅! 쾅!

왕궁의 벽은 튼튼했다, 강검의 힘으로 때려도 한 번에 부서지지는 않는 것을 보면.

하지만 그것도 잠시였다. 여러 명의 강체술사가 무쇠조차 자르는 강검의 힘으로 두들겨 대니 벽이 버틸 리가 없다. 결국 사람이 통과할 만한 구멍이 뚫리고 말았다.

"누나! 왕자님을!"

마빈은 문을 포기하고 안으로 뛰어 들어가며 외쳤다. 예기치 못한 상황에 당황하던 바리엔도 즉시 그 뒤를 따랐다.

적들이 우르르 따라 들어온다. 마빈은 호흡을 끊으며 그들

앞에 검을 연속적으로 휘둘렀다.

'광기의 월광!'

파바바바바밧!

날카로운 섬광이 연속적으로 뻗어나가면서 공기가 파열되었다.

중거리를 공격하는 강검의 힘을 연달아 쏟아내는 비기였다. 마빈의 검이 그려내는 궤적을 따라서 변화무쌍한 검광이 쏟아지고, 그것에 노출된 이들은 그대로 썰려 버리고 만다. 마검의 예기와 마빈의 막강한 강체력에 기인한 그 공격 앞에서 한 번에 네 명이 선혈을 뿌리며 쓰러졌다.

마빈은 호흡을 고를 틈도 없이 다른 비기를 사용했다.

'심판의 월광!'

고밀도로 집중된 강검의 기운이 전방을 향해 발사되었다. 쓰러진 네 명의 뒤에 있던 기사들이 그 기운을 보고 기겁했다. 그러나,

쾅!

폭음이 울리며 마빈의 공격이 의도했던 지점을 벗어났다. 옆에서 뛰어든 기사가 혼신의 힘을 다해서 그것을 비껴냈기 때문이다. 벽을 부수라는 명령을 내렸던 중년 기사였다.

"크윽, 애송이 주제에 무슨 강체력이⋯ 어지간히 집안을 잘 만난 놈이로군!"

"다른 말은 몰라도 그것만은 인정 못 해!"

마빈은 자기도 모르게 소리를 빽 지르고 말았다.

집안을 잘 만나긴 개뿔이! 왕궁에서 한 자리 꿰차고 있는 작자가 척박한 시골 촌동네에서 죽어라 고생하면서 자란 자신에게 그런 소리를 하다니! 온몸을 돈으로 바르고 다니는 갑부에게 돈이 썩어난다는 소리를 들은 기분이다!

차앙!

다음 순간 마빈과 중년 기사의 검이 허공에서 얽혔다. 마빈이 기습적으로 날린 공격을 그가 간단하게 받아낸 것이다. 게다가…….

'거, 검이 안 떨어져?

중년 기사는 힘이 넘치는 마빈의 검격을 검면으로 비스듬히 받아낸 다음 거기에 붙여 버렸다. 검으로 흡착력을 발휘해서 상대의 검을 얽어버리는 고등기술을 사용한 것이다.

이런 상황은 처음 겪어보는 마빈이 당황했다. 순간 그가 몸을 던져 뛰어들면서 마빈의 균형을 무너뜨리고 그대로 무릎 차기를 날렸다.

쾅!

"커억……!"

마빈이 신음했다. 아머 오브 발러가 아니었다면 일격에 몸통뼈가 으스러졌을 위력이었다.

"애송이가 분에 넘치는 강체력을 가져 봤자다! 어른을 얕본 대가를 치르게 해주마!"

"크윽, 웃기지 마!"

마빈은 검에 강체력을 집중해서 상대의 검이 발하는 흡착력을 깨버리려고 했다. 그러나 중년 기사의 강체력 운용이 워낙 노련해서 마음대로 되지 않는다. 강검의 힘을 마구 쏟아부으면 슬쩍 옆길을 터서 흘려 버리고, 검을 마구 휘둘러서 떼어내려고 해도 절묘한 힘의 가감으로 마빈의 균형을 제어했다.

마빈은 몰랐지만 중년 기사는 왕궁기사단장이었다. 현재 드린자드 왕자파에서는 손꼽히는 강자다. 강체력은 마빈보다 못해도 그것을 사용하는 기술은 훨씬 뛰어났다.

"뭘 멍청히 보고 있는 거냐! 내가 이 애송이를 잡고 있는 동안 다른 녀석들을 잡아!"

그는 자신이 마빈과 싸우는 동안 멍청하니 서 있는 부하들에게 불호령을 내렸다. 그러자 기사들이 움직이기 시작했다.

'안 돼!'

다급해진 마빈이 우격다짐으로 검을 잡아당겼다. 기술은 떨어질지언정 강체력은 그가 월등히 위다. 즉, 신체 능력 면에서도 훨씬 우위를 점하고 있다. 아무리 뛰어난 강체술사라고 해도 인간다운 체중을 가진 이상 힘으로 들어 올려 버린다면……!

"정말 애송이답게 성급하구나!"

그러나 중년 기사는 코웃음을 쳤다. 마빈의 행동이야말로 그가 기다리고 있던 허점이었던 것이다.

쾅!

검과 검이 닿은 지점에서 폭음이 울려 퍼졌다.

"크억!"

강체력 운용으로 대결하는 것을 포기하고 검에서 강체력을 회수하는 순간, 기다렸다는 듯이 그 뒤를 따라서 중년 기사의 강체력이 강맹하게 치고 들어왔다. 그는 마빈의 강체력이 어떻게 움직이는지 낱낱이 파악하고 있다가 절묘한 순간에 허를 찌른 것이다.

마빈은 스스로의 힘을 회수하기 위해 열어둔 기맥으로 공격을 받고 피를 토했다.

'이, 이런······!'

폭발의 반동으로 마빈이 뒤로 나가떨어졌다. 그리고 중년 기사가 허공으로 뛰어오르면서 검을 내리꽂는다.

마빈은 급히 몸을 굴려서 피했다. 강체력이 흐트러져서 몸속이 불타는 듯하다. 그런 상황에서도 공격을 피할 수 있었던 것은 루그가 가상현실을 통해서 그를 혹독하게 단련시켰기 때문이었다.

채채채챙!

즉시 몸을 굴려서 일어난 마빈에게 중년 기사가 맹공을 퍼부었다. 강체력이 흐트러진 지금, 마빈은 제대로 힘을 발휘하지 못한다. 상태를 회복하기 전에 몰아쳐서 끝장을 볼 셈이었다.

마빈은 진짜 죽을 맛이었다. 잠깐, 숨 한 번 쉴 틈만 있어도 좀 회복하겠는데 중년 기사는 그럴 틈조차 주지 않는다.

"끈질기군!"

중년 기사도 짜증을 내고 있었다. 강체력도, 호흡도 흐트러진 마빈은 벌써 그의 검 앞에 쓰러졌어야 했다. 그런데 용케도 그의 공격을 받아내고 있지 않은가?

'보여. 보이는데······.'

그것은 마빈이 그가 발하는 강체력의 흐름을 읽고 있기 때문이었다. 기격에 근접한 감각이 지금 이 순간만큼 고마웠던 적이 없다.

쉬쉬쉬쉬쉬!

연속적으로 날아드는 검격을 피하면서 물러난다. 그러면서 아쉬움을 느꼈다.

'젠장. 저걸 움직일 수만 있으면 살짝 밀어주기만 해도 되는데······.'

자신의 몸에서 뻗어나간 기운이 중년 기사의 머리 옆을 흘러가고 있다. 지금 저걸 움직일 수만 있다면 허점을 만들 수 있을 텐데, 정신을 집중시켜 봐도 요지부동이다.

마빈의 움직임이 점점 둔해졌다. 호흡이 흐트러진 상태에서 계속 적이 몰아쳐 대니 당연하다. 게다가 신경 쓰이는 것도 있었다.

'저 누나는 왜 도망 안 가는 거야?'

금방 세이람을 데리고 이탈할 줄 알았던 바리엔이 아직 있었다. 세이람도 같이.

'이미 틀렸는데 왜!'

이렇게 된 이상 왕관 탈취는 실패다. 마빈은 그렇게 판단했지만 세이람과 바리엔은 생각이 다른 모양이었다. 다행히 적들은 바리엔이 아까 보여준 공간 이동의 한 수 때문에 접근을 꺼려하고 있었다.

"집중력이 부족한 애송이구나!"

잠깐 주의가 흩어진 순간, 중년 기사의 검이 용서없이 그틈을 파고들었다. 강검의 힘이 마빈의 검을 쳐내고 흉갑을 강타했다.

투학!

마빈은 비명조차 지르지 못하고 날아가서 벽에 부딪쳤다. 그 위로 중년 기사가 검을 휘두른다. 검에서 뻗어나간 섬광이 채찍처럼 마빈에게 내리꽂혔다.

'움직여!'

마빈이 그것을 보며 눈을 부릅떴다.

콰아아앙!

폭음과 함께 마빈의 몸이 핑그르르 돌았다. 그것을 본 중년기사가 깜짝 놀랐다.

"뭐, 뭐야? 어째서 빗나갔지?"

그의 공격은 마빈의 정수리로 떨어지고 있었다. 그런데 약간 궤도가 비틀리더니 어깨를 치면서 흩어져 버렸다.

"아, 이런 건가. 이제… 알 것 같은데……."

마빈이 비틀거리며 중얼거렸다. 중년 기사가 분노했다.

"무슨 소릴 중얼거리는 거냐!"

"아니, 그냥. 아저씨는 못하는 거요."

"뭐?"

당황하는 그를 보며 마빈이 투구 속에서 히죽 웃었다. 활성화된 감각 덕분에 장내의 상황이 손에 잡힐 듯이 보인다.

"됐어요!"

지금 이 순간, 마침내 세이람이 왕관을 들어 올렸다. 왕관을 손에 넣기까지 마지막 한 단계만이 남았기에 세이람은 고집을 부려서 그 자리에 남아 있었던 것이다.

마빈이 외쳤다.

"누나, 가요!"

"뭣들 하는 거냐! 잡아!"

중년 기사가 다급하게 외쳤다. 그러자 바리엔의 눈치를 살피며 교착상태에 있던 적들이 뛰어들었다.

하지만 그보다 바리엔의 행동이 빨랐다. 세이람의 손을 잡고 그대로 공간 이동해서 사라진다.

동시에 마빈이 눈을 부릅떴다.

'이제 나만 살면 돼! 한 번만 더! 제발 돼라!'

자신의 몸에서 흘러나와서 주변을 흩어져 가는 에너지의 흐름, 그 일부를 붙잡는다. 그러자 중년 기사의 목이 갑자기 한쪽으로 확 밀렸다.

"뭐야?"

중년 기사가 놀라는 순간, 마빈이 땅을 박차고 달려들었다. 지쳐서 느려진 몸놀림이었지만 허를 찌르기엔 충분했다. 중년 기사의 반응이 한 박자 늦었다.

카앙!

마빈의 검이 그의 어깨를 치고 지나갔다. 그리고 그대로 몸을 틀면서 연격!

중년 기사는 거의 반사적으로 그것을 막아낸다. 하지만 그 순간, 갑자기 그의 옆구리를 뭔가가 붙잡고 밀었다.

"엇?"

균형이 살짝 흐트러지는 틈을 마빈은 놓치지 않았다. 그대로 발을 들어서 그를 걷어차고는, 그 뒤를 쫓으며 몸을 회전시킨다. 팔에 힘을 뺀 채 검을 내던지는 듯이 안에서 바깥으로 뿌려내는 기이한 검격.

'월광의 채찍!'

회전이 걸린 그 공격의 궤도를 타고 채찍처럼 휘어진 예기가 뻗어나갔다.

촤아아아!

공기가 찢어지는 소리와 함께 피가 솟구쳤다. 가슴을 깊숙이 베인 중년의 기사가 믿을 수 없다는 듯 중얼거렸다.

"기, 기격……!"

그는 불신 가득한 눈으로 쓰러졌다. 그를 본 마빈이 씩 웃으면서 중얼거렸다.

"…아직 걸음마도 못 뗐지만."

"단장님이 당했다!"

"저놈을 잡아!"

중년 기사가 쓰러지자 적들이 분노하며 달려들었다. 마빈은 지친 몸으로 검을 들어 올렸다. 하지만 그때 뒤쪽에 갑작스럽게 인간의 기척이 출현했다.

"완벽한 타이밍이에요, 누나."

마빈은 바리엔이 알아듣든 알아듣지 못하든 상관없이 말했다. 그리고 두 사람의 모습이 그 자리에서 사라졌다.

6

콰콰콰콰콰콰……!

한순간에 멀어져 가는 굉음을 들으면서 루그는 그 자리에 주저앉았다.

"쿨럭……."

성조차 통째로 베어버릴 충격파의 검을 받아낸 대가는 컸다. 내장이 진탕하면서 왈칵 피를 쏟고 말았다.

"제기랄."

루그는 입가의 피를 손으로 닦으면서 불카누스를 노려보았다. 불카누스는 굉음을 발생시키면서 크게 선회하고 있었다.

방어는 했다. 겹겹이 둘러친 결계로 위력을 약화시킨 뒤 리버스 도메인으로 방향을 허공으로 흘려 버렸다. 하지만 공격의 에너지가 너무 커서 루그 자신에게도 충격이 왔다.

"어쨌든 여길 벗어나야겠군."

"하잘것없는 것들 때문에 죽음을 택하겠다니, 이해할 수 없군. 자신이 얼마나 중요한지 알면서도 눈앞의 문제를 방치하지 못하니 역시 너도 우둔한 인간에 불과하구나, 루그."

그때 불카누스의 목소리가 날아들었다. 초음속을 유지한 채 상승하는 그가 마법으로 말을 걸어오고 있는 것이다.

말투로 보면 비웃음이었지만, 목소리에는 짜증이 가득하다. 루그는 의아함을 느끼며 그를 바라보았다.

"난 애당초 인간이거든? 너 같은 미친놈이랑 똑같이 취급하지 말아줬으면 좋겠는데."

"넌 한낱 인간이 아니다. 그래서는 안 된다."

불카누스가 신경질적으로 말했다.

"넌 나의 또 다른 그릇이다. 그리고 운명이 안배한 나의 유일한 대적자지. 그런데도 자신의 존재가 얼마나 귀중한지 모르겠단 말이냐?"

"드래곤 주제에 인간들이 사랑해 마지않는 선민사상에 심취했군. 예전부터 생각한 건데, 너 진짜 인간 같아. 불카누스."

"모욕이 지나치구나. 내 어딜 보고 인간 따윌 떠올린단 말이냐?"

"바로 그런 점이. 선민사상에 푹 쩔어서 미쳐 버린 놈들이 너 같은 행동을 취하곤 하지. 자신이 신이라도 된 줄 알고 자신이 허락한 것 말고는 세상에 존재할 가치가 없다고 하는 폭군들. 인간의 역사책 읽어보면서 자기 이야기를 읽는 것 같은 착각에 휩싸이지 않았나?"

루그가 비아냥거렸다. 그 말에 불카누스의 분노가 갑자기 잦아들었다.

"재미있는 이야기를 하는군."

"뭐?"

의외의 반응에 루그가 눈을 크게 떴다.

곧 굉음이 잦아들었다. 불카누스가 속도를 줄이고 허공의 한 점에서 멈춰서 있었다.

'이 거리라면… 아니, 안 돼.'

루그는 조심스럽게 불카누스와의 거리를 재보고는 혀를 찼다. 둘 사이의 거리는 대각선으로 500미터 가량. 아무리 시간 가속을 이용해서 달려들더라도 충분한 대응이 가능한 거리다.

"지아볼도 비슷한 이야기를 한 적이 있지. 인정하기 싫긴 하지만, 확실히 인간의 광기는 어딘가 나와 유사한 면이 있어."

불카누스는 불길한 마력을 흩뿌리며 말했다. 볼카르가 경고했다.

〈루그, 저놈은 이계와의 통로를 열 생각이다.〉

"어둠의 혈족을 소환하려는 건가?"

굳이 공간의 왜곡점을 발생시킨다면 노림수가 뻔하다. 하지만 불카누스가 웃었다.

"다른 적도 아니고 너희들을 상대하면서 그런 헛짓거리를 할 생각은 없다. 재미있는 걸 보여주지. 나는 네가 고작 하잘것없는 인간 때문에 스스로의 가치를 떨어뜨리는 걸 참아 넘길 수가 없으니까."

"높이 평가해 주는 건 고맙다만, 난 별로 너한테 쓸데없이 대단한 존재로 높임 받는 거 기분 안 좋은데?"

"상관없다. 너는 또 다른 나를 품고 있는 그릇. 그러니 내 마음을 충족시켜 줄 의무가 있다. 부정한다면, 그것을 운명으로 받아들이도록 강요하마."

불카누스는 터무니없이 오만한 선언과 함께 미법을 발현시켰다. 그로부터 수백 줄기에 이르는 어둠의 선이 뻗어나가서 주변을 강타했다. 인간의 시체들에게 닿은 어둠의 선들이

꺾이면서 허공에서 교차하고, 그 지점에 검은 소용돌이가 일면서 무수한 공간의 왜곡점을 발생시킨다.

〈루그, 막아라! 저놈은 인간의 죽음이 일으키는 사기와 이계의 에너지를 정령과 융합시켜서 마정령을 만들어 폭주시킬 의도다!〉

"뭐?"

루그는 그 말을 듣고 깜짝 놀라서 돌진했다. 그의 마법 지식으로도 다 이해할 수 없는 설명이었다. 하지만 불카누스가 뭔가 터무니없는 짓을 하려고 한다는 것만은 알 수 있었다.

콰콰콰콰콰!

하지만 불카누스가 더 빨랐다. 루그가 움직이는 순간, 그는 이미 아홉 개의 분사구를 격발시켜서 아음속 비행을 시작하고 있었다.

"우리는 이미 이 왕도에 마법을 구현하기 위한 장치들을 심어두고 있었다. 몇 번 정도라면 이런 짓도 할 수 있지."

왕도 곳곳에서 어둠이 피어올랐다. 밤의 어둠조차 집어삼킬 정도로 새카맣게 순수한 어둠이 모든 빛을 집어삼킨다.

그 위로 무수한 정령들이 소환된다. 자아가 없이 희로애락만이 존재하는 정령들이 어둠에 물들면서 울부짖었다.

아아아아아아!

그 소리만으로도 주변의 인간들은 심적 타격을 받고 쓰러졌다. 하지만 그것은 불카누스가 일으키려는 재앙의 전조에 불과했다.

"이 자식, 멈춰!"

루그가 연달아 마법을 퍼부어서 불카누스의 움직임을 붙잡아두려고 했다. 하지만 불카누스는 나인즈 비홀더를 이용, 루그가 발하는 마력과 강체력의 움직임에 정확하게 대응하고 있었다.

그 사이 검은 불길로 화한 정령들, 이계의 부정한 에너지에 오염된 마정령들이 밤하늘로 날아올라 불카누스에게 집결했다. 수백 개체의 마정령이 불카누스에게 몰려드는 광경은 그 자체로 불길한 경이였다.

불카누스가 무수한 어둠을 끌어안으며 손가락으로 하늘을 가리켰다.

"사자들이여, 통곡하라! 고통은 양식이며 죽음은 구원이니, 살아 있는 자들에게 공평한 구원을 주어라!"

마침내 불카누스의 마법이 발동했다.

"종말의 흑암!"

불카누스에게 집결한 어둠이 장대한 해일이 되어 퍼져 나갔다.

아아아아아아아!

수천 명이 동시에 내지르는 비명 같은 소리가 왕도를 강타한다.

그것은 사상 유례 없는 저주의 힘이었다. 사자들이 발하는 소리를 매개로 퍼져 나간 저주의 힘에 반경 5킬로미터 안에 있던 일반인들은 즉사, 그 바깥에 있던 이들도 머릿속이 타는 듯한 충격을 받으며 쓰러졌다.

그 뒤를 어둠이 뒤따랐다. 루그는 모든 것을 집어삼키는 어둠의 해일 앞에 절망했다.

'막을 수 없어.'

규모가 너무 크다. 불카누스의 마력만이 아니라 그와 지아볼이 왕도에 거하는 동안 비장해 둔, 막대한 예비 마력들이 일거에 폭발하고 있었다.

오오오오오오……!

불카누스에게서 퍼져 나간 어둠이 흩어지면서 사자의 통곡도 멀어져 간다.

루그는 공격이 발동하기 전과 똑같은 지점에 있었다. 이 공격은 물질은 아무것도 파괴하지 않았고, 루그에게도 아무런 타격도 주지 못했다. 하지만…….

"이론적으로 계산했던 것보다 위력이 안 나오는군. 고작 1만 명 정도인가?"

단 일격에 1만 명 이상의 일반인이 죽어버렸다!

인구밀집도가 높은 왕도이기에 벌어진 대참사였다. 내전중이라고는 해도 이곳에는 7만 명 이상의 시민들이 있었던 것이다!

불카누스가 발한 막대한 저주의 힘은 생명 있는 자들의

'살아가고자 하는 의지'를 끊어버린다. 동시에 생명력 그 자체를 공격하기에 어지간히 의지가 강한 자라고 해도 생명력이 고갈되어 죽고 만다.

이 공격에서 살아남을 수 있는 것은 강한 의지와 생명력, 양쪽을 겸비한 보기 드문 인간이거나 아니면 강체술사, 마법사처럼 스스로를 지킬 힘이 있는 자들뿐이었다.

불카누스가 잔혹하게 웃었다.

"어떤가? 이 정도면 이제 하찮은 인간들 따윈 신경 쓰지 않고 내게만 전념할 수 있겠나? 아니면 몇 번쯤 더해서 아예 이 도시에서 인간이라는 존재를 치워주는 게 좋을까? 아직 저장된 마력이 많이 남았는데."

"이, 이……!"

루그는 분노로 머릿속이 하얗게 변해 버렸다.

〈루그, 잠깐!〉

"개자식! 죽여버리겠어어어어!"

볼카르가 만류했지만 루그는 듣지 않았다. 땅을 박차는 것과 동시에 시간 가속을 발동, 일순간이지만 충격파도 발생시키지 않고 초음속에 도달하면서 불카누스에게 돌진했다.

"역시… 무슨 수를 썼는지는 모르겠지만 시간에 간섭하고 있었군! 하나!"

하지만 불카누스는 여유롭게 대응했다. 루그가 땅을 박차는 것과 동시에 뒤로 물러난다. 루그가 상대시간을 가속해서 초음속에 도달한다고 해도 그것은 일순간에 불과하며, 그 한 순간을 제외하면 그의 가속력이 위다!

돌진하는 루그와 물러나는 불카누스 사이에 일순간 수백 번의 공방이 오갔다. 수십 가지의 마법으로 루그가 쏟아내는 기격을 모조리 받아낸 불카누스는, 루그의 시간 가속이 끝나면서 속도가 떨어지는 그 순간을 노리고 새로운 마법을 구현했다.

"폭풍의 마창!

동시에 그와 루그 주변에서 무수한 아공간의 문이 전개되었다. 그리고 그곳에서 수백 자루의 마창이 소환되어 루그를 덮쳤다.

'이런!

각기 다른 각도에서, 다른 속도로, 다른 거리로 뻗어나오는 마창은 모조리 실체였다. 불카누스도 결전을 위해 실제의 무기에 마법을 부여하여 아공간에 보존해 두고 있었던 것이다. 에너지체라면 모를까, 실체를 가진 마창들이 강맹하게 찔러 들어오니 빠져나갈 길이 없었다.

콰콰콰쾅! 콰과광!

압도적인 힘이 폭발하면서 피투성이가 된 루그가 튕겨 나갔다. 그 뒤를 불카누스가 추적한다.

퍼버버버벙!

폭염이 연달아 작렬하며 루그의 몸이 계속 뒤로 날아갔다.

가까스로 막아내긴 했지만 그 열파만으로도 상처가 불타면서 격통이 몰려왔다.

"인간의 몸이란 가련하지. 안 그런가, 루그, 볼카르? 고통으로 자신을 확인하지 않으면 스스로의 실존조차 믿을 수 없다니, 얼마나 추악한 존재인가!"

불카누스가 고통스러워하는 루그를 비웃으며 추가타를 날렸다. 아공간이 열리면서 거기에서 돌격기병용 거창이 소환되더니 공간 절단의 힘이 부여되었다.

"원래 이 마법은 근접전용 함정 마법이었는데, 다른 용법이 생각났다. 나도 네 흉내를 내보기로 할까?"

아공간에 보존해 두었던 마법의 무기들을 일거에 소환하여 적을 치는 방법은 루그가 접근해 올 때를 대비한 함정이었다. 그러나 루그의 샤이닝 쉘을 본 불카누스는 새로운 마법을 개발했다.

루그가 땅을 박차고 뛰어오르는 것과 동시에 공간 절단의 힘이 부여된 거창이 초음속으로 쏘아져 나갔다.

콰콰콰콰콰콰!

충격파가 퍼져 나가면서 거창이 건물들을 관통했다.

그것을 본 불카누스의 표정이 싸늘해졌다.

"아직도 그런 하잘것없는 것들에게 집착하는 거냐?"

7

차가운 표정을 지은 불카누스 앞에서 루그가 비틀거리고 있었다.

방금 전, 루그는 거창이 날아들기 전에 그 지점에서 이탈할 수 있었다. 그래서 불카누스도 거창을 날린 뒤에 곧바로 추가타를 날릴 생각이었다.

그러나 어찌 된 일인지 루그는 다시 땅으로 내려서더니 날아드는 거창을 막아냈다. 맞부딪치는 대신 궤도를 틀어서 비껴내긴 했지만 그것만으로도 몸에 부담이 가해졌다.

불카누스는 그 이유를 꿰뚫어보았다. 루그의 뒤쪽에 있는 작은 인간들 때문이다.

"이미 수천 명도 넘게 죽었는데 고작 어린 인간 둘에 집착하다니, 그 어리석음은 끝이 없구나."

아까 전, 충격파의 검으로부터 구해냈던 두 명의 어린아이였다.

루그는 불카누스의 '종말의 흑암'이 발동할 때도 결계를 펼쳐서 그들을 지켰다. 그리고 지금도 그들을 보호하느라 부상을 심화시키고 있었다.

불카누스가 물었다.

"왜 그런 것들에게 집착하지? 아는 사이라도 되나? 인간은 자신과 관계있는 자가 아니면 의미를 부여하지 않는 존재 아니었나?"

"글쎄. 가만히 듣고 있자니… 에리체 양은 천재인 것 같아. 넌 똑똑하지만 바보야, 불카누스."

"뭐라고?"

불카누스의 눈살이 꿈틀거렸다. 그가 으르렁거렸다.

"답이 없는 놈이군. 그렇다면 하잘것없는 것들을 끌어안고 죽어라. 어리석은 것!"

분노한 불카누스가 닥치는 대로 공격을 가하기 시작했다.

루그가 아니라 그가 지킨 두 명의 어린아이를 향해서.

콰과과광! 콰과과광!

폭음과 열파가 사방을 강타했다. 정신없이 그 공격을 막아내면서 루그는 필사적으로 집중하고 있었다.

'어떻게 해야 하지?'

〈이제 머리가 좀 식었나? 내 말 좀 들어 처먹는다면 좋겠다만.〉

문득 볼카르가 시큰둥하게 말했다. 절체절명의 위기상황인데도 그는 평소와 똑같았다.

〈네가 조금만 더 냉정한 놈이었어도 좋았을 것을. 그렇다면 가장 쉬운 답을 선택할 수 있었을 텐데.〉

이 상황을 타개할 방법?

답은 간단하다. 이 아이들을 버리고, 앞으로 어떤 희생이 나오든 상관 말고 전투에 전념해야 한다. 그렇지 않고서는 승산이 없다.

하지만 그것은 루그가 원하는 답이 아니다. 루그에게는 다른 답이 필요했다.

〈하긴, 네가 그런 놈이 아니었으니 일이 이 모양 이 꼴이었던 게지. 그런 놈이었으면 재미없었을 거다. 안 그러냐, 리루나칼라즈티?〉

「그런 사람이었으면 전 루그를 안 좋아했을 것 같은데요?」

볼카르와 연계해서 방어에 전념하던 리루가 대답했다. 볼카르가 피식 웃었다.

〈유감스럽게도 나도 그랬을 것 같군. 그리고 아마 이런 말을 할 때는 절대 오지 않았을 터.〉

"무슨 말을 하고 싶은 거야?"

루그가 울컥해서 말했다. 절체절명의 위기상황에 느긋하게 사람 신경 건드리는 말이나 하고 있다니!

〈딱 한 번만 말하마. 루그, 네 마법으로는 답이 없다. 용을 써봤자 지금까지 쌓아온 것 이상은 발휘되지 않아. 그렇다면 강체술에 희망을 걸어봐라.〉

문득 볼카르가 말했다. 그 말에 루그가 깜짝 놀랐다.

"…너 볼카르 맞아?"

다른 이도 아니고 볼카르가 이런 소리를 하다니! 믿을 수가 없었다.

〈유감스럽게도 맞다. 루그, 너 자신의 내면을 들여다봐라.

너라면 이런 상황에서도… 아니, 이런 상황이기에 새로운 힘을 찾아낼 수 있을 거다. 훈련 때는 별 볼일 없는 열등생이지만 실전에서는 그럭저럭 괜찮은 놈이니까 말이지.〉

"기왕이면 실전에 강하다고 해주지그래?"

루그는 삐딱하게 대답하면서 심호흡을 했다.

레비아탄 기즈누와의 싸움에서 강체술이 6단계에 도달한 이후, 루그는 꾸준히 다음 단계를 모색해 왔다.

마법의 경험에 힘입어 그레이슨보다도 훨씬 다양한 속성력을 터득하고, 그것들과 마법을 융합시킨 기술들을 만들었다. 하지만 그렇게 기술이 늘어나고 제어 능력이 세련되어질지언정 더 높은 경지로 가는 길이 보이지 않았다.

그레이슨은 땅의 속성력에 골몰하여 중력 제어의 힘을 찾아냈다.

발타르는 절대적인 파괴에 대해 참오한 끝에 공간 절단의 힘을 얻었다.

루그는 아직 그 경지에 도달할 방법을 찾지 못했다.

중력 제어와 공간 절단을 경험해 보기는 했다. 그리고 마법으로는 둘 다 재현할 수도 있었다.

하지만 강체술로는 불가능했다. 중력이 무엇인지, 공간이 무엇인지 알고 있고 마법으로는 제어할 수도 있는데도… 그것을 손발의 연장선에서 다루는 것은 불가능했다.

"네 근본심상을 찾아야 한다. 그래야만 더 위로 갈 수 있다."

그레이슨은 그렇게 말했다.

그가 6.5단계라 이름 붙인 단계는 세계의 법칙마저 뒤흔드는 심상 구현의 경지로 가는 걸음마와도 같다. 그저 알고 제어하는 것만으로는 불충분하다. 스스로의 근본심상을 찾아내고, 그 길을 걷기 시작했을 때 비로소 인간의 감각은 한계를 넘어선다.

〈너는 자연계의 온갖 현상들을 감각으로 다룬다. 그러나 그것들은 전부 인간의 감각으로 인지할 수 있는 세계의 표면에 위치한 것들이다.〉

볼카르가 말했다.

그는 루그와 그레이슨을 관찰한 끝에 결론을 얻었다. 강체술이 다루는 속성력은 결국 인간이 감각적으로 이해할 수 있는 개념이다.

인간의 감각은 불의 뜨거움을 알고, 바람의 사나움을 알고, 물의 차가움을 알고, 철의 단단함을 알고, 뇌격의 무서움을 알며, 대지의 굳건함을 이해한다.

그리고 6단계의 속성력이 다룰 수 있는 힘은 딱 여기까지였다.

인간의 감각이 닿는 곳은 시공의 표면뿐, 그 본질을 엿볼 수 있는 자는 극소수다. 존재하지 않는다고 여겨지는 것조차

추측하고 이론화함으로써 실체를 파악해 가는 마법과는 그에
대한 접근성이 다르다.

〈지금까지는 마법으로 얻은 경험으로도 충분했다. 너는 그
레이슨과 발타르를 관찰해서 얻은 정보를 마법적으로 분석한
뒤 그것을 자신의 것으로 만들어왔지. 하지만 이제는 아니다.
마법으로 얻은 경험에 의존하지 마라. 이론화할 수 있는 것,
계산할 수 있는 것이 아니라 오로지 네 감각만을 믿어라. 그
것이 유일한 가능성이다.〉

"세상에. 그게 네가 할 소리야? 입이 찢어져도 안 할 것 같
던 소리를 하네!"

〈그렇긴 한데, 뭐, 어차피 지금은 입도 없지 않은가? 다 네
가 끼친 악영향이다. 다른 드래곤들이 보면 뭐라고 놀려댈지
무서울 지경이군.〉

볼카르가 뻔뻔하게 말했다.

정신 감응을 통해 그가 히죽 웃는 것이 느껴진다. 오로지
마법만을 추구하고, 그것을 절대가치로 삼았던 볼카르는 지
금 이 순간 자신의 변화를 깨닫고 즐거워하고 있었다.

〈루그, 그레이슨과 같은 경지에 오르려면, 마법사로서 생
각해서는 안 된다. 철저하게 강체술사로서 생각하라.〉

"그렇군. 나도 정말 너한테 많이 물들어 있었네."

그 말에 루그는 깨달은 바가 있어 쓴웃음을 지었다.

볼카르에게 마법을 배우면서 그는 변했다. 경험을 통해 쌓

아올린 감각만을 믿었던 예전과 달리 모든 것을 이론적으로 접근하고 해석하려고 했다.

그것은 마법사의 사고방식이다. 어느새 루그는 강체술조차 마법사의 시선으로 바라보고 있었던 것이다.

〈언젠가는 그것으로도 충분하게 될 거다. 인간의 정신과 감각이 어떻게 작동하는지, 생물학적인 메커니즘을 넘어 세계와 어떻게 상호 간섭하는지까지도… 해석해서 강체술의 최종적인 경지까지도 이론적으로 계산해서 도달할 수 있을지도 모르지.〉

"그건 너무 차가운 이야기야. 하긴, 그게 마법사다운 일인가."

세상에 존재하는 모든 것을 이론적으로 해석하고, 이해한다.

그것이 마법사가 추구하는 비의다. 세계가 어떤 것들로 이루어져 있고 어떻게 작동하는지를 해석하다 보면 분명 인간의 감정도 그 대상이 될 터.

믿음도, 사랑도, 슬픔도, 증오도… 인간이 실존을 확인하는 모든 정신적 요소들이 분석되어 이론화된다. 삶의 모든 것이 이성으로 재단되는 세상이란 얼마나 차가운 것일까?

볼카르가 피식 웃으며 말했다.

〈하지만 지금은 조금 뜨거워져도 괜찮을 것 같다. 너도, 나도.〉

"그쪽이 내 취향이지."

〈함께 가보자, 네 근본심상으로.〉

동시에 루그의 의식이 내면으로 빨려 들어갔다.

8

곧 루그는 불타는 도시 한복판에 서 있었다.

루그와 볼카르, 두 영혼이 마주하는 경계지대.

모든 것이 시작이자 끝인 최종결전의 장소 바라지아.

그러나 이곳은 종착점이 아니다. 루그가 찾는 것은 더욱 깊숙한 곳에 있다.

그렇기에 의식을 가속시킨다. 중력처럼 자신을 끌어당기는 심상공간을 돌파해서 더욱 깊숙한 곳으로 내려간다.

"너도, 나도 이미 답을 알고 있지."

그 옆을 따르며 볼카르가 말했다. 루그가 웃었다.

"그래."

근본심상.

한 인간이 추구하는 강함의 시작이자 끝.

그것은 인위적으로 뒤틀 수 없는 절대적인 이미지이며, 삶의 뿌리이기도 하다.

루그는 죽 그것을 찾아 헤맸다. 하지만 이론적으로 그 지점에 도달할 수 없었을 뿐, 본능은 이미 답을 알고 있었다.

"알고 있었어."

세계 전체가 불타고 있었다.

언젠가 찾아올 종말이 도래한 것 같은, 지옥의 일부분을 옮겨온 것 같은 풍경 속에 거대한 그림자가 보였다. 한 번 포효할 때마다 수백의 생명이 죽어나가고, 날갯짓은 폭풍이 되어 세계를 뒤흔들며, 숨결은 죽음의 불길이 되어 모든 것을 불태우는 존재.

"내 근본심상은 바로 너였어, 볼카르."

루그는 비로소 볼카르가 바로 자신의 근본심상이었음을 깨달았다.

붉은 비늘을 가진 절대적인 재앙, 볼카르.

그는 루그가 생각하는 궁극의 강함이었다.

또한 일생에 걸쳐 타파하고자 한, 삶의 목표였다.

"누구도 아니야. 무엇도 아니야. 오로지… 너야."

드래곤이 아니다. 그들은 분명 절대적인 권능을 휘두르지만, 루그에게는 먼 곳에서 불어닥치는 폭풍이나 해일처럼 아득한 존재에 불과하다.

루그의 영혼에 각인된 존재는 바로 볼카르였다.

"정말로 묘한 기분이군."

그 옆에서 붉은 드레기 모습의 볼카르가 웃었다. 루그가 말했다.

"나는 너를 막고 싶었지. 그리고 너를 넘어서고 싶었어. 소

중한 사람들을 모두 잃었기에… 너를 파괴해서 복수하고자
했지."

"그것뿐이었다면, 저것은 내가 아니라 불카누스였겠지."

루그를 파멸로 이끈 재앙은 볼카르가 아니라 불카누스다.

그러나 지금 이 순간, 루그가 마주한 심상은 볼카르였다.

"그래. 그저 절대적인 파괴자일 뿐이라면, 그것을 불카누
스라고 불러야겠지. 하지만 너는… 나를 과거로 데려다줬
어."

절대적인 파괴조차 넘어, 시공 회귀라는 기적을 행사한
자.

볼카르는 루그가 살아온 세계를 한 번 파괴하고, 새로운 기
회를 부여했다. 그로써 루그가 사랑하던 이들은 모두 죽었고,
대신 그들의 모습을 한 새로운 희망들을 얻었다. 그것은 루그
에게는 영원히 치유될 수 없는 상처이며, 동시에 모든 것을
위안해 줄 보상이었다.

시간을 거슬러온 루그가 안고 있는 모순 위에서 볼카르는
절대화되었다.

그 사실을 인정하는 순간, 루그의 의식이 다시 현실로 부상
했다.

콰콰쾅! 콰콰콰콰콰……!

폭음이 끊임없이 울려 퍼지고 있었다. 루그의 의식이 내면

으로 향한 지는 만 분의 1초도 지나지 않았다. 현실은 루그의 인식과 거의 차이 없이 이어지고 있었다.

불카누스의 비웃음이 날아들었다.

"죽음을 앞두고도 느긋하군! 언제까지 쫑알거리면서 수다나 떨고 있을 생각이지?"

"막 끝난 참이야."

순간 루그가 대답했다. 그리고…….

파파파파파파!

폭풍처럼 쏟아지던 모든 마법이 허공으로 치솟았다.

"아니?!"

불카누스가 경악했다. 그는 조금씩 루그의 숨통을 죄어가고 있었다. 강체술과 마법을 융화시킨 루그의 방어 능력은 탁월했지만, 그는 지금까지의 전투로 그 특성을 파악하는 데 성공했다. 그렇기에 단번에 숨통을 끊지 않고 여유를 부리고 있었던 것이다.

하지만 지금 이 순간, 그의 이해를 초월하는 사태가 벌어졌다. 그가 쏟아낸 모든 마법의 방향이 바뀌어서 허공으로 날아가 버렸다.

"이런 거였군. 내 힘이지만 좀 어처구니가 없는데."

루그가 허공을 올려다보며 중얼거렸다. 볼키르가 말했다.

〈네가 갖고 싶었던 것은 결국, 모두를 지킬 수 있는 방패였나?〉

"그랬던 모양이야."

〈정말이지 안 어울리는군. 다른 놈도 아니고 네가 이런 방어적인 힘을 갈구하고 있었다니. 무식하게 부수기나 하는 힘이 나올 거라고 생각했건만.〉

"어이, 내가 어디가 어때서?"

〈가슴에 손을 얹고 생각해 보시지?〉

둘이 떠드는 것을 멍청하니 보고 있던 불카누스가 퍼뜩 정신을 차렸다.

"나를 앞에 두고도 무시하다니 배짱이 넘치는군."

불카누스가 루그에게 접근하면서 무수한 아공간의 문을 열었다. 수백 자루의 마창이 루그를 찔러갔다. 그러나…….

쉬쉬쉬쉬쉬쉬!

그 모든 것이 방향을 바꿔서 사방으로 흩어져 버린다. 그것을 보는 순간, 불카누스는 루그가 어떤 힘을 얻었는지 깨달았다.

"설마 공간 왜곡……?"

"저놈 진짜 실력 늘었네. 한눈에 알아보다니."

루그가 혀를 찼다.

공간 왜곡.

그것이 루그가 얻은 힘이었다.

자신의 주변 공간을 왜곡시켜서 어떠한 공격도 닿지 않게 만든다. 포탄처럼 날아드는 물질도, 그리고 갖가지 형태로 구현되는 에너지도 결국은 공간이라는 좌표를 이동한다.

하지만 그 좌표 자체를 구부려 놓는다면?

좌표상으로는 직선으로 날아가는 것이 분명하지만, 실제로는 루그가 왜곡시킨 공간을 타고 엉뚱한 곳으로 날아가게 된다. 주변의 공간을 오른쪽으로 살짝 구부러뜨린다면, 정면에서 날아드는 것은 무조건 오른쪽으로 휘어지게 되는 것이다.

루그는 이 공간 왜곡을 전방위에 걸쳐서 발생시키는 공간 왜곡장을 펼치고 있었다. 범위가 자신의 주변으로 제약되기는 하지만, 그야말로 불가침의 성벽이다!

"놀랍군. 상대시간을 가속하는 것만으로도 불가해한데 이제는 공간 왜곡이라고? 하지만 깰 방법이 없는 건 아니지."

불카누스는 금세 동요를 가라앉혔다. 그는 마법사로서 이전과는 비교할 수 없을 정도로 성장했다. 공간 왜곡이라는 비상식적인 힘을 마주하고도 즉시 그것을 깰 방법을 고안해냈다.

우우우우우웅!

붉은 섬광으로 이루어진 공간 절단의 칼날들이 날아들었다.

이것이 루그가 펼친 공간 왜곡장을 깨는 방법이다. 공간 그 자체를 베어버리는 공간 절단은 공간 왜곡장조차도 파괴할 수 있다.

문제는 루그도 그 힘을 사용할 수 있다는 것이다.

파바바바밧!

루그는 공간의 간섭력을 일으켜서 간단하게 공간 절단의 칼날들을 쳐내며 전진했다. 강체술로 일으킨 공간 왜곡으로 스스로를 지키면서, 마법으로 공간 절단을 막아낸다. 이 두 가지가 융합되면 루그는 그야말로 철벽의 성채였다.

쾅!

폭음이 울리며 불카누스가 튕겨 나갔다. 당황한 그에게 루그의 격공이 작렬한 것이다.

"이놈!"

불카누스가 마법을 날렸다. 섬광이, 폭염이, 뇌격이, 충격파가 연속적으로 날아든다.

하지만 다음 순간, 그 모든 마법이 방향을 바꿔서 불카누스 자신에게 되돌아왔다.

콰콰콰콰콰쾅!

공간 왜곡으로 방향이 반전된 마법과 그 뒤를 따르던 마법들이 충돌하면서 연속적으로 폭발이 일어났다. 그 여파를 막아내면서 불카누스가 신음했다.

"크윽!"

말도 안 되는 힘이다. 차라리 공간 도약이라면 대응하기 쉬웠을 텐데, 자신의 주변 공간을 완벽하게 장악하고 자유자재로 왜곡하는 능력이라니!

　'접근전밖에 답이 없나?'

　원거리에서 공간 절단 현상을 일으켜 봤자 루그는 쉽게 막아낸다. 그렇다면 그가 일으키는 공간 간섭력으로는 감당이 안 될 정도로 막강한 출력으로 눌러 버리는 수밖에 없다. 그리고 그것은 접근전으로만 가능하다.

　그때 푸른 불꽃을 휘감은 루그가 폭발을 뚫고 돌진해 왔다.

　공간 왜곡의 힘을 얻은 루그는 이 폭발을 마치 아무것도 없는 것처럼 돌파했다. 폭발로 인해 발생하는 모든 에너지가 공간 왜곡장을 타고 그를 피해 갔기 때문이다.

　우우우우웅!

　불카누스가 즉시 공간 절단의 힘을 일으켰다. 붉은빛을 발하는 거대한 네 개의 칼날이 일어나서 전후좌우에서 루그를 후려친다.

　빠져나갈 길이 없는 공격이다. 하지만 루그는 기다렸다는 듯 공간 왜곡장을 풀더니 리버스 도메인을 전개했다. 동시에 루그의 양손에 공간 절단의 힘이 집약되었다. 지금까지는 방어 용도로만 썼지만, 루그 역시 마법으로는 공간 절단을 구현할 수 있는 것이다. 그리고 이 마법은 강체술과 융합되었을 때 진정한 파괴력을 발휘한다.

　'보이드 라이징!'

손날이 휘둘러지는 궤적을 따라서 새카만 공간 절단의 힘이 퍼져 나갔다. 공간 절단의 마법과 라이징 블레이드가 융합된 기술이 좌우로 날아들던 공간 절단의 칼날을 쳐서 비껴내고, 위아래의 칼날은 리버스 도메인으로 비껴낸다. 그리고!

콰아앙!

"크악!"

창염의 스톰 브링거가 작렬하며 불카누스의 몸이 위로 치솟았다.

루그가 그 뒤를 쫓는다. 하지만 그 순간 불카누스가 아홉 개의 분사구를 전개, 위쪽으로 치솟았다.

"마법사에게 접근전을 강요하다니, 악몽 같은 능력이군! 하나!"

원거리에서는 도저히 공간 왜곡장을 뚫을 수 없다.

그리고 접근전으로는 도저히 루그를 당할 수 없다.

진퇴양난의 상황이었지만 불카누스는 또 다른 해법을 찾아냈다.

"그렇다면 압도적인 힘으로 눌러주마! 네가 왜곡시킬 수 있는 공간의 범위가 한정된 이상, 절대 빠져나가지 못한다!"

아아아아아아아!

아까 전 '종말의 흑암'이 발동했을 때 발생했던 공간의 왜곡점들이 다시 모습을 드러냈다. 한 번 발동했던 여파가 남아

서인지 아까 전부터 마법이 진행되는 속도가 훨씬 빨랐다.

"승부다, 루그! 네가 내 몸을 부수는 게 먼저일지, 아니면 내 마법이 완성되는 게 먼저일지!"

천둥 같은 외침과 함께 무수한 마정령들이 밤하늘로 날아오른다. 달빛과 별빛조차도 집어삼키며 몰려드는 어둠의 군세는 아까 전보다도 몇 배는 대규모였다. 정말로 도시 위로 검은 장막이 드리워지듯이 모든 것이 검게 변해간다.

"이 도시의 인간을 다 죽일 셈인가?"

루그가 경악했다. 볼카르가 말했다.

〈아니다. 요소요소에 저장해 둔 모든 힘을 한 번에 끌어내고 있군. 저 힘을 한 번에 너에게 퍼부을 생각이다.〉

아까 전, 루그는 종말의 흑암에 아무런 영향도 받지 않았다.

하지만 그것은 학살을 목적으로 넓게 퍼졌기 때문에 그런 것이다. 수만 명을 일거에 학살할 수 있는 저주의 힘을 한 명에게 집약시킨다면······.

〈강력한 저주의 힘은 공간을 침식하지. 애당초 저 힘은 공간의 왜곡점을 통해 이계에서 온 것이기에 그런 성향이 더욱 짙다.〉

볼카르가 경고했다. 불카누스가 굳이 물리적 현상을 일으키는 마법 대신, 오로지 생명만을 파괴하는 저주의 힘을 마지막 카드로 선택한 것에는 이유가 있었던 것이다.

"그렇군. 하지만 넌 여기서 죽는다, 불카누스."

루그는 달을 등진 채 밤하늘을 어둠으로 집어삼키는 불카누스를 향해 비상했다.

"새로운 힘을 너무 믿었구나, 루그. 이걸로 마무리다."

루그가 다가오는 것보다 빠르게 불카누스가 마법을 완성했다. 왕도의 하늘을 집어삼킨 어둠이 한순간에 그에게 빨려 들어갔다.

"종말의 흑암!"

콰콰콰콰콰!

거대한 어둠의 기둥이 대지를 향해 내리꽂혔다.

단번에 왕도의 모든 인간을 죽여 버릴 수 있는 저주의 어둠! 그 힘이 오직 한 인간을 죽이기 위해 집중된다.

"소용없어!"

그러나 루그는 조금도 속도를 줄이지 않고 어둠의 기둥을 거슬러 올랐다.

〈앞으로 5초! 그 안에 끝을 내라!〉

볼카르가 경고했다.

너무나도 막대한 저주의 힘이 공간을 침식하고 있었다. 공간 왜곡장을 침식하는 저주의 힘에 대항하다 보니 루그의 기력 소모가 격심하다.

마침내 루그가 불카누스 앞에 도달했다. 동시에 불카누스가 회심의 미소를 지었다.

"걸렸군. 죽어라!"

저주의 격류 속에서 무수한 공간의 왜곡점이 출현했다. 불카누스는 그저 무식하게 저주의 격류를 때려 붓는 것만이 아니라, 루그가 도달하는 순간 공간 왜곡장을 깨기 위한 함정을 준비해 두고 있었던 것이다!

"큭……!"

루그가 신음했다. 주변에 발생한 공간의 왜곡점을 타고 저주의 격류가 소용돌이친다. 기둥이 되어 쏟아져 내리던 저주의 힘이 반구형의 공간 속에 갇혀서 루그를 중심으로 압축되기 시작했다.

하지만 그 앞에는 불카누스가 있었다. 루그는 그에게 바짝 붙으며 말했다.

"이럴 줄 알았지."

"뭐라고?"

〈그런 수작으로 내 눈을 피할 수 있다고 생각했나?〉

볼카르가 불카누스를 비웃었다. 동시에 루그와 불카누스를 둘러싼 공간이 반전되었다.

"이, 이런……!"

이 공간 속에서 모든 저주의 힘은 루그를 중심점으로 설정되어 쏟아지도록 되어 있었다. 그런데 루그는 불카누스와 붙은 채로 공간 왜곡장을 이용해 공간 좌표를 반전, 중심점을 불카누스로 바꿔 버린 것이다! 루그를 파괴했어야 할 저주의 힘이 일거에 불카누스에게로 쏟아져 들었다.

"크아아아아아악!"

불카누스의 그릇을 비호하는 마지막 성벽, 아홉 목숨의 고양이의 남은 아공간들이 일거에 격파되었다. 그리고도 수만 명을 죽일 수 있는 저주의 에너지가 그를 침식했다.

불카누스는 지독한 고통 속에서 몸부림쳤다. 파괴된다. 생명체를 이루는 모든 것이 근본부터 파괴되어 간다! 육체도, 감각도, 정신도, 영혼마저도!

'웃기지 마!'

불카누스가 눈을 부릅떴다.

"나는 불카누스다! 내 영혼은 그 무엇도 범접할 수 없다!"

육체를 파괴하는 것으로도 모자라서 외유의 비술을 따라 역류, 불카누스의 영혼을 파괴하려던 저주가 불살라졌다. 동시에 불카누스의 의식이 회복되었다.

그러나…….

"이걸로 끝이다, 불카누스."

우우우우웅……!

불카누스는 자신의 주변에 황금빛을 발하는 여섯 개의 검이 떠 있는 것을 보았다.

"무슨 짓을 하려는 거지?"

어째서 자신의 육체를 파괴하지 않고 이런 짓을 하는 것일까?

불카누스는 의아해하며 여섯 개의 검에 걸린 마법을 분석해 보려고 했다. 하지만 안 된다. 다른 마법과 근본적으로 다르게 구성되어 있는 루그의 마법은 아무리 그라고 해도 분석할 수 없었다.

"시공의 휘장!"

달빛을 등진 채, 루그가 마법을 발동시켰다. 동시에 검이 발하는 황금빛이 몇 배로 강해지면서 불카누스를 집어삼켰다.

'그렇군! 이건……!'

불카누스는 마법이 완전히 발현된 순간에야 그 정체를 깨달았다.

이것은 봉인의 마법이다!

외유의 비술로 인간의 육체에 깃든 그의 의식을 이대로 봉인, 본체로 돌아가지 못하게 만드는 악랄한 술수였다. 이 마법이 완성된다면 그는 인간의 육체에 갇힌 채 깨어나지 못하게 된다!

황금빛 너머에서 루그가 차갑게 선고했다.

"외유의 비술만 믿고 안전한 곳에 숨어서 행패 부리던 것도 이걸로 끝이다. 깨어났을 때는 네 야망이고 뭐고 다 박살 나 있을 거야."

외유의 비술을 사용하는 한, 불카누스는 몇 번을 물리처도 새로운 몸으로 다시 나타난다. 그것도 이전보다 몇 배나 강해져서.

불카누스의 성장 속도는 이미 루그를 초월했다. 고작 두 번째 조우이거늘, 루그가 강체술 6.5단계를 각성하지 않았더라면 오히려 당할 뻔하지 않았는가?

'그렇군.'

불카누스는 그런 사정을 파악하고 피식 웃었다.

동시에 또 다른 자신에게 감탄했다. 한 마법사로서 어떤 상황에도 대응책을 내놓는 볼카르의 능력은 인정하지 않을 수 없었다.

"이토록 위대한 힘을 가졌으면서… 자신이 진짜 바라는 것조차 모르다니, 얼마나 부조리한가? 안 그런가, 볼카르?"

〈뭐라고?〉

볼카르가 흠칫했다.

불카누스가 웃었다. 어느새 그의 앞에 로키가 나타나 있었다. 로키가 그와 똑같이 웃으면서, 똑같이 말한다. 볼카르에게도 둘의 목소리가 하나로 겹쳐져서 들렸다.

"우리야말로 너의 진정한 소망인 것을. 모든 것을 빼앗아 간 자들의 꼭두각시가 되어 그들의 재산을 지키는 개가 된 너는 얼마나 가련한가?"

불카누스가 손을 들어 올려 자신의 얼굴을 감쌌다. 그리고 말했다.

"이번에는 패배를 인정하지. 그래, 네 말대로 더 이상 안전한 곳에 숨어서 뭘 할 수는 없게 된 모양이군. 나도 이제는 모든 것을 걸고 이 세계에 도전하도록 하겠다."

"이 자식, 설마……!"

쾅!

폭음이 울리며 불카누스의 머리가 박살 나버렸다. 루그가 미처 붙잡을 새도 없이 자살해 버린 것이다!

〈이렇게 빠져나갈 줄이야. 설마 그 상황에서도 마법을 쓸 여력이 있으리라고는 생각 못했군.〉

스스로 일으킨 저주의 힘 때문에 불카누스는 만신창이가 되어 있었다. 생명 반응이 끊어지지 않았던 것은 그가 강인해서가 아니라, 오히려 루그가 그의 인간 육체를 살려둔 채로 봉인하기 위해 보호해 주었기 때문이다.

하지만 불카누스는 마지막 순간에 의식을 회복하더니 자살해 버렸다. 그로써 봉인의 마법 '시공의 휘장'은 완성되지 못하고 흩어졌다.

〈하지만 온전치는 못했을 거다. 완전하지는 못해도 '시공의 휘장'은 상당히 진행되어 있었으니, 저놈의 정신과 영혼에도 상당한 영향을 끼쳤겠지.〉

"제기랄! 여기서 끝장을 냈어야 하는데."

루그가 분노로 몸을 떨었다.

CHAPTER 62
또 다른 내전

폭염의 용제

1

"완전히 당했군. 게다가… 저 마법은 한 번에 우리의 우세를 빼앗아가는구려. 역시 볼카르답소."

지아볼은 불카누스의 거처에서 눈을 떴다.

그는 외유의 비술을 자유자재로 다루어 수많은 몸을 조종한다. 그렇기에 왕도에 배치시켰던 두 개의 몸을 잃었으면서도, 왕궁에 설치해 두었던 관측 장비를 통해서 그곳에서 일어난 일들을 알 수 있었다.

루그가 불카누스를 외유용 그릇에 봉인해 버리기 위헤 사용한 마법 '시공의 휘장'.

그것은 아무리 당해도 새로운 몸으로 부활할 수 있다는 볼카르와 지아볼의 비겁한 이점을 한순간에 앗아가 버리는 마법이었다.

"이번에는 스스로 그릇을 파괴하여 빠져나올 틈이 있었지. 하지만 다음번에는 그렇게 안 될 거야. 볼카르가 그런 결점을 내버려 둘 리가 없지. 그렇게 생각하지 않소, 불카누스?"

지아볼은 붉은 눈동자를 빛내며 미소 지었다.

하지만 그의 말에는 대답이 돌아오지 않았다. 왜냐하면 불카누스는 봉인 공간 속에서 잠들어 있었기 때문이다.

"과연 이번에는 그대가 깨어나는 데 얼마나 걸릴까? 이전과 마찬가지일지, 아니면 저 악랄한 마법의 영향으로 더욱 깊은 잠을 자게 될지… 나는 기대하고 있소."

지아볼은 불카누스의 얼굴을 쓰다듬으며 요사스럽게 웃었다.

2

불카누스를 쓰러뜨린 루그는 즉시 은신술을 이용해서 모습을 감추고 혼란에 빠진 왕도 바깥으로 향했다.

입맛이 쓰긴 하지만, 지금 루그가 할 수 있는 일은 없다. 게다가 다르칸에게서 날아든 통신이 워낙 다급해서 다른 것을 신경 쓸 수가 없었다.

—에리체 양이 중상을 입었소. 상세가 위중하오.

그 통신을 들은 루그는 곧바로 달려왔다.

"에리체 양은?"

다르칸이 우울한 얼굴로 대답했다.

"메이즈가 치료 중이오. 하지만 에리체 양의 몸은 보통 인간과는 다른 것 같소."

일행 중에 인간을 치료하는 재주가 있는 것은 메이즈뿐이었다.

다르칸은 메이즈가 치료에 전념할 수 있도록 외부와 격리되는, 어떤 오염원도 범접하지 못하도록 하는 결계를 치고는 바깥에서 생명력을 활성화시키는 마력을 유입시키고 있었다.

루그는 즉시 결계 공간 안으로 들어갔다.

"주인님."

한참 에리체를 치료하던 메이즈가 루그를 돌아보았다.

루그는 흠칫했다. 깨끗한 천 위에 누워 있는 에리체의 상세는 언뜻 봐도 참혹하기 이를 데 없었다. 배에 주먹보다도 두 배는 더 큰 구멍이 뚫려 있었던 것이다.

살아 있는 게 기적이다. 루그가 물었다.

"재생은 가능해?"

이건 어떻게든 마법으로 목숨을 붙잡아둔 채로 손실된 육체를 재생시켜야 살릴 수 있다. 메이즈는 심각한 표정으로 고개를 저었다.

"안 돼. 일단 마법으로 결손된 신체 부분의 기능을 대신하고 있긴 하지만 언제까지 갈지……."

"어째서지? 엘릭서가 있을 텐데?"

이럴 때를 대비해서 루그 일행은 온갖 비약들을 만들어두고 있었다. 어떤 상처도 치료한다는 불멸의 약 엘릭서도 그중 하나다. 비록 완전한 엘릭서는 아니지만 숨만 붙어 있다면 이 정도 상처도 충분히 재생시킬 수 있을 텐데…….

하지만 메이즈는 고개를 저었다.

"안 통해. 왜인지는… 모르겠어."

"저주인가? 아니, 그건 아니야. 오히려……."

혹시 상처 치유를 막는 저주가 걸렸나 의심했던 루그는 이내 그게 아니라는 것을 깨달았다.

〈육체를 구성하는 마력의 흐름 그 자체가 뒤틀렸군. 그것도 아주 미세한… 천 분의 1초 정도의 오차 범위에서. 어쩌다 이렇게 된 거지? 이건 마치 심장의 맥동이 불규칙해진 거나 마찬가지다. 엘릭서의 효능도 기본적으로는 마력에 의한 것. 신체와 공명해서 효능을 발휘할 타이밍에 그 마력 구성이 붕괴해 버린 거다.〉

"강체력도 심하게 뒤틀려 있어. 아무리 봐도 강체력과 마력이 서로 호응하고 있는데… 이럴 수도 있나?"

루그는 아연해졌다.

강체력과 마력은 별개의 힘이다. 강체력이 생명력을 확장시켜 다루는 것인데 비해, 마력은 외부의 힘을 정신과 공명시켜 뼈에 축적하는 것이다. 루그는 지금까지 이 둘이 발현된 상태에서 호응하거나 반발하는 경우라면 모를까, 체내에서 상호 간섭하는 경우를 한 번도 겪어본 적이 없었다.

그런데 에리체에게는 그런 현상이 일어나고 있었다.

루그가 물었다.

"어떻게 된 거야? 에리체 양이 어쩌다가 이런 상처를 입었지?"

"나를 지키려다가… 으흑."

메이즈는 그때의 일을 떠올리고 울음을 터뜨렸다.

지금 자신은 환자를 치료해야 하는 입장이다. 그러니 누구보다 냉정해야 한다. 그 사실을 잘 알고 있다.

그런데 눈물이 흐르는 것을 참을 수가 없다. 별로 친하지도 않았던 에리체가 자신을 위해 희생한 것이 슬프고, 죽어가는 그녀를 손쓸 도리 없이 지켜만 봐야 하는 것이 절망스러워서 눈물이 흘렀다.

"메이즈……."

"어째서야?"

메이즈가 울먹거리는 목소리로 중얼거렸다.

"왜 약이 안 듣는 거야. 어째서!"

그저 육체가 찢어지고 피가 흐를 뿐이라면 괜찮다. 출혈을 막고, 상처를 소독한 뒤에 봉합하면 된다.

하지만 이렇게 큰 신체 결손이 일어나면 손쓸 도리가 없다. 용족이라면 재생이 가능하겠지만 에리체는 인간이다. 살아 있는 것이 기이할 정도이거늘, 어째서 이 상태를 회복시킬 수 있는 약이 먹히지 않는단 말인가?

"아무것도 할 수가 없어… 아무것도! 그녀는 몸을 던져서 나를 구해줬는데!"

메이즈는 뼈저린 무력감을 느끼며 울었다.

루그는 아무 말도 하지 못하고 그녀를 바라보았다. 그러다가 문득 손을 뻗어 에리체의 얼굴을 만져 보았다.

그저 보는 것만으로도 그녀의 강체력이 심각하게 뒤틀려 있다는 사실을 알 수 있었다. 이렇게 직접 피부에 손을 대고 체내의 기운을 살펴보니 이건 정말 심각한 수준이다.

"이건 그냥 부상을 입어서 이렇게 된 게 아니지? 부상을 입은 후에 그녀가 뭘 했지?"

"그건……."

루그의 물음에 메이즈가 그때의 일을 설명해 주었다.

몸을 던져 메이즈를 구하고 저격에 몸을 관통당한 에리체가 놀라운 힘으로 지아볼을 압도하고, 그에게 결정타를 먹일 기회를 만들어주었다는 것을.

그 설명을 통해 루그는 상황을 파악할 수 있었다.

"체내의 기운을 전부 격발시켜서 한 번에 연소시켰군. 이런 부상을 입고서 그런 짓을 하다니, 에리체 양, 어째서 그런 무모한 짓을……."

몸이 멀쩡할 때 해도 반동이 심각한 짓을, 죽을 상처를 입은 채로 하다니.

게다가 에리체가 지닌 강체력의 양은 루그조차도 능가한다. 당연히 그 반동도 어마어마하게 컸을 터.

루그는 입술을 깨물었다.

'내 책임이야.'

에리체는 아직 어린 소녀였다.

가혹한 운명을 진 에리체는 자신이 처한 현실을 직시하는 눈과 스스로 미래를 개척하고자 하는 의지가 있었다. 그렇기에 루그는 그녀가 자신의 곁에서 싸우는 것을 허락하지 않았던가?

그러나 그게 과연 잘한 짓이었을까? 자신은 그저 그녀의 맹목적인 호의를 이용했을 뿐 아니었을까?

'모르겠군.'

가슴이 아프다.

볼카르의 과오로 인해 가혹한 짐을 지고 태어난 소녀.

시공 회귀 전, 그녀는 자신의 친구였던 칼리아를 위해 목숨을 바쳤다.

그리고 이번에는 메이즈를 위해 몸을 던졌다.

그것은 분명 루그에 대한 호의 때문이었을 것이다. 남을 위해 희생하길 주저하지 않는 에리체의 정신은 고결하다. 남들을 위한 이기적인 희생양으로 만들어졌으면서도 그녀는 사람에 대한 믿음을, 그리고 사랑을 잃지 않았다.

"볼카르."

그런 그녀를 여기서 죽게 하고 싶지 않다.

아니, 죽게 하지 않겠다! 그녀가 두 번이나 자신의 인생을 살지 못하고 죽어가는 것은 용납할 수 없었다.

"강체력 쪽은 내가 어떻게든 해결할 수 있을 거야. 하지만 마력은 어떻게 안 돼. 너와 메이즈의 도움이 필요해."

"주인님?"

그 말에 메이즈가 고개를 들었다. 루그가 결연한 표정으로 그녀를 바라보았다.

"메이즈, 에리체 양을 살리자. 우리가 힘을 합치면 할 수 있어."

"하지만……."

⟨에리체 메이달라의 몸속에서 강체력과 마력이 상호 간섭하는 기이한 현상이 일어나는 것은, 그녀의 존재 자체가 마법으로 만들어졌기 때문이다. 그녀는 인간이라고 할 수 있는 한계점 안의 존재지만, 동시에 일반적인 생명체의 규격에서 벗어난 존재이기도 하지. 막대한 생명력 자체가 마력에 기인하기에 서로 간섭하는 일이 벌어지는 거다.⟩

"정신장벽을 열겠어. 메이즈, 너도 정신 감응으로 연결해.

우리 셋이 정보를 공유하는 거야. 완벽하게 연계해야 해. 볼카르 너는 내가 감지한 것과 네가 보는 정보를 취합해서 강체력과 마력이 서로 어떻게 작용하며 움직이는지를 완벽하게 파악해 줘. 가능하지?"

〈물론이다.〉

"그럼 간다."

"응. 준비됐어."

메이즈가 고개를 끄덕였다.

루그는 심호흡을 한 번 하고는 정신장벽을 다시 열었다. 그리고 메이즈와도 정신 감응을 시작해서 셋이 감지하는 정보를 공유한 채 치료에 들어갔다.

3

루그와 메이즈는 볼카르의 지시에 따라서 에리체의 체내 에너지 흐름을 바로잡았고, 그러면서 그동안 준비해 두었던 마법의 약들을 물처럼 쏟아부었다. 처음에는 엘릭서조차도 전혀 효과가 없었지만 시간이 지나자 조금씩 그녀의 체조직이 재생하기 시작했다.

"고비는 넘겼군."

3시간이 지났을 때, 루그가 이마의 땀을 닦으며 말했다.

강체력과 마력은 어느 정도 안정시켰고, 신체 기능이 점점

저하되어 가던 것도 목숨에 지장 없는 선에서 억제할 수 있었다. 그리고 가장 큰 문제였던 체조직이 재생을 시작했으니 이제는 마법의 역장을 통해서 약을 조금씩 투입하면서 회복을 가속시키는 일만 남았다.

메이즈는 아까 전까지만 해도 요지부동이었던, 에리체의 상처 부분이 조금씩 메워지는 것을 보면서 안도의 한숨을 쉬었다. 동시에 계속 꼿꼿하게 서 있던 그녀의 꼬리가 힘없이 바닥으로 떨어졌다.

찰싹.

"응?"

그것을 본 루그가 눈을 크게 떴다. 그는 축 처져 있는 메이즈를 보며 물었다.

"메이즈, 꼬리가 왜……."

"아, 긴장이 풀리니까 꼬리에 힘이 풀려서……."

"엥?"

그 말에 루그는 황당해했다. 보통 그런 때는 다리에 힘이 풀린다고 하지 않나? 꼬리에 힘이 풀려?

별 해괴한 일도 다 본다는 루그의 시선에 메이즈가 입술을 삐죽거렸다.

"주인님은 꼬리가 없어서 모르는 거다, 뭐. 인간도 골격을 보면 꼬리뼈가 있잖아. 옛날에는 꼬리가 있었다가 세대를 거듭하면서 점점 없어진 것뿐이라고. 그러니까 인간도 예전에는 긴장하면 꼬리에 힘이 들어가고 긴장이 풀리면 꼬리에 힘이 풀리고 그랬을 거야!"

"그, 그래? 생전 처음 듣는 이론이다. 볼카르, 어떻게 생각해?"

〈글쎄? 내 기억으로 인간이 꼬리를 달고 있었던 적은 없다.〉

"…그렇다는데?"

"하지만 그러면 꼬리뼈의 존재가 설명이 안 돼. 볼카르님도 모르시는 인간 탄생의 신비가 분명히 있을 거야."

메이즈가 입술을 삐죽거렸다. 에리체가 위험한 고비를 넘기자 다들 긴장이 풀려서 농담을 주고받을 만한 여유도 생겼다.

"으음……."

그때 죽은 듯이 누워 있던 에리체의 입에서 신음이 흘러나왔다. 다들 깜짝 놀라서 에리체를 바라보았다.

루그가 에리체에게 다가가서 말을 걸었다.

"에리체 양, 정신이 들어요?"

"음냐. 에헤헤."

하지만 에리체는 눈을 뜨지 않고 헤실거리며 웃고 있었다. 그녀의 이마를 손으로 짚어본 루그는 곧 그녀가 아직 의식을 잃은 채라는 것을 알아차렸다.

"음. 아직 잠들어 있네. 이제는 그래도 수면 상태라고 할 수 있을 정도로 회복이 된 모양인데……."

"왜, 왠지 기분이 좋아 보이네?"

메이즈가 당혹스러워하며 말했다. 헤실헤실 웃고 있는 에리체는 아직도 반죽음 상태라고는 믿을 수 없을 정도로… 태평해 보였다.

루그도 어이가 없어서 실소했다.

"그러게. 기분 좋은 꿈이라도……."

"에헤헤. 루그님, 좋아요. 더 꼭 안아주세요."

"……."

그 잠꼬대에 루그는 흠칫 굳어버리고 말았다. 동시에 뒤쪽에서 칼로 찌르는 것 같은 시선이 느껴진다. 누구의 시선인지는 뻔히 알겠는데, 왠지 절대 돌아보면 안 될 것 같다.

'나, 나는 아무런 잘못도 안 했는데. 떳떳하다고.'

이게 다 볼카르 때문이다! 루그는 괜히 볼카르를 원망하면서 에리체의 이마에 손을 짚었다. 뒤에서 날아드는 시선을 외면하기 위해서라도 에리체의 몸 상태를 살펴보는 척을 해야…….

그런데 그때였다. 가만히 있던 에리체가 손을 뻗더니 루그의 목을 끌어안았다. 동시에 무시무시한 힘이 루그를 확 끌어당긴다.

땅!

"컥!"

순간 눈앞에 별이 보인다. 루그는 그대로 에리체와 박치기를 하고 말았던 것이다.

'다, 단단하다!'

눈앞이 아찔해진 루그와 달리 에리체는 깨어날 기미조차 보이지 않았다. 조금 눈살을 찌푸린 정도?

게다가 문제는 목을 끌어안은 팔이 풀리지 않았다는 것이다. 루그가 그것을 풀려 하는 순간, 에리체가 부끄러워하며 속삭였다.

"저, 저도 루그님이라면 좋아요."

좋아? 뭐가?

루그가 그렇게 생각하는 순간, 그의 머리가 다시금 에리체에게 끌려갔다. 그리고 곧 부드럽고 따뜻한 것이 입술에 닿았다.

'어, 잠깐······.'

루그가 눈을 크게 떴다. 지금 이 상황은 뭐지? 설마 그럴 리는 없다고 생각하지만, 혹시······.

"무슨 짓을 하는 거야아아아!"

비명처럼 울려 퍼진 메이즈의 목소리에 루그는 비로소 현실을 직시할 수 있었다.

에리체와 키스했다.

아니, 우격다짐으로 키스당했다.

"뻔뻔해! 망측해! 주인님 나이가 얼만데 꽃 같은 소녀한테 그런 짓을……!"

그 말에 루그는 울컥했다. 억울하다! 200살도 넘은 메이즈가 아직 젊고 앞날이 창창한 루그한테 이런 소리를 하다니!

'…가 아니라!'

루그는 어디까지나 피해자다. 에리체에게 당한 거지 한 게 아니란 말이다!

"떨어져! 당장 떨어져!"

메이즈가 와서 두 사람을 떨어뜨려 놓았다. 그리고 이성을 잃은 눈으로 한소리 늘어놓으려는 찰나, 갑자기 흠칫하며 어깨를 떨었다.

"아이 참. 루그님 팔뚝은 엄청 늠름하신데도 이렇게 부드럽다니……."

둘을 떼어놓고 몸을 돌리는 과정에서 메이즈의 꼬리가 에리체의 얼굴 위를 스쳤다. 에리체는 그것을 잡아채서는 사랑스러운 듯 볼을 부비고 있었다.

"파, 팔뚝 아냐! 아니에요! 놔요!"

메이즈는 소름이 끼치는 것을 느끼며 에리체에게서 꼬리를 빼내려고 했다. 하지만 에리체의 악력이 어찌나 센지 꼬리는 요지부동, 빠져나올 생각을 안 한다. 결국 메이즈는 몸을 돌려서 양손으로 꼬리를 붙잡고 빼내려고 하다가…….

"아이 참, 루그님."

…에리체에게 붙들리고 말았다.

"에, 에리체 양?"

메이즈는 본능적으로 공포를 느끼며 뒤로 물러나려고 했다. 하지만 에리체가 더 빨랐다. 전광석화 같은 손놀림으로 그녀의 목을 붙잡고, 그리고……

"……"

부드럽고 따뜻한 것이 입술에 와 닿았다. 결코 느끼고 싶지 않았던 그 감각에 메이즈는 그대로 굳어버리고 말았다. 그리고 졸지에 두 사람이 입 맞추는 것을 보게 된 루그도 굳었다.

최악이었다.

그리고 더 최악인 것은, 안에서 소란이 일어나자 놀란 사람들이 결계 공간 안으로 들어와서 그 장면을 딱 목격해 버렸다는 것이었다.

"어머, 어머머머……"

바리엔이 눈을 휘둥그레 뜬 채 몸을 흠칫흠칫 떨었다.

그것을 본 메이즈의 눈에서 눈물이 주르륵 흘러내렸다.

'이제 시집가긴 다 틀렸어.'

4

왕도를 빠져나온 일행은 그로부터 40킬로미터 정도 떨어진 아벤 자작령으로 갔다. 도시의 외곽에 아쿠아 비타가 거처를 마련해 주었기에 며칠간은 그곳에서 몸을 추스를 수 있었다.

섣불리 움직이지 않고 기다리는 것은 아직 이후의 행보가 결정되지 않았기 때문이다. 아쿠아 비타 측에서 부지런히 움직여서 세이람의 존재를 귀족들에게 알리고 교섭을 진행하고 있었다.

그 사이 제이언을 호위하다가 중상을 입은 다림과, 제이언의 유해는 아쿠아 비타 사람들에게 인도되었다. 세이람은 안타까워했으나, 지금 그가 할 수 있는 일은 없었다.

"언젠가 제이언 공의 무덤에 찾아가겠습니다."

세이람은 다림에게 그렇게 말했다.

루그는 불카누스와의 전투에서 얻은 힘, 공간 왜곡장의 특성에 골몰하면서 시간을 보냈다. 세이람의 신병을 확보하고, 왕관을 탈취한 것까지는 좋았지만 앞으로 어떻게 할지 결정하는 것은 그의 일이 아니다. 칼리아와 알더튼의 판단을 기다려야 할 것이다.

하지만 이제 와서 손을 뗄 수도 없다. 세이람이 무사히 왕위에 오를 때까지는 이쪽에 관여해야 할 것 같았다.

'답답하군.'

아쿠아 비타의 정보에 의하면 블레이즈 원이 일으키는 혼란은 이곳에 국한된 것이 아니다. 대륙 각지에서 왕권 쟁탈전, 내전 등의 혼란이 일어나고 있다.

하지만 그 모든 것을 루그가 막을 수는 없는 노릇이다. 아무리 강해져도 혼자서 할 수 있는 일에는 한계가 있으니까. 그 문제는 칼리아를 믿는 수밖에.

"음?"

상념에 잠겨 있던 루그는 문득 마빈을 발견했다.

마빈은 뒷마당에서 돌을 쌓아두고 끙끙거리고 있었다. 양손으로 뭔가를 조심스럽게 만지작거리는 시늉을 하니 근처의 돌멩이들이 하나하나 모여들어서 돌탑이 만들어진다. 그러다가 어느 순간, 돌멩이의 움직임이 삐끗하면서 그대로 우르르 무너져 내렸다.

"윽."

한참 집중하던 마빈이 눈살을 찌푸렸다.

곧 마빈은 루그를 발견하고는 얼굴을 붉혔다. 미숙한 모습을 보인 것이 부끄러운 모양이다.

루그가 피식 웃었다.

"잘 하고 있는데? 괜찮은 훈련 방법이야."

"잘 하긴 무슨."

마빈이 입술을 삐죽거렸다. 그리고 화제를 돌렸다.

"그러고 보니 루그, 메이즈 씨한테 들었는데 우리들, 그 베사드 공작이라는 양반한테 갈 예정이라며?"

"아직 정해진 건 아닌데… 일단 이야기가 그쪽으로 흘러가고 있는 것 같아."

"그 양반을 믿어도 되는 거야?"

"혈통 따지기 되게 좋아하는 양반이고, 어쨌거나 왕가에는 충신이었다고 하니 괜찮겠지."

루그도 좀 못마땅한 기색으로 대답했다.

진행되는 이야기를 들어보니 일행의 목적지는 내전의 두 축 중 하나, 베사드 공작의 영지가 될 예정이었다. 그가 세이람을 정통한 왕위 계승자로 인정하고 협력하는 것이 가장 합리적이었기 때문이다. 알더튼이 말하길 현재까지는 순조롭게 이야기가 진행 중이라고 한다.

하지만 마빈 입장에서 베사드 공작은 자신에게 협력하지 않았다는 이유로 아스탈 백작령을 공격했던 적이다. 기껏 지켜낸 세이람을 그런 놈에게 데리고 간다니, 못마땅한 게 당연했다.

루그가 말했다.

"나도 마음에 안 들긴 하는데… 감정만으로 처리할 수는 없는 일이니까. 게다가 허튼 수작을 부리려고 하면 박살 내면 그만이고."

"하긴."

"일단은 칼리아와 알더튼의 판단이니까, 따라야지."

"두 사람을 꽤나 신뢰하네. 하긴, 그 도마뱀 아저씨는 상황 판단이 기가 막히긴 하더라."

"난 대국을 판단하는 데는 별로 소질이 없어. 그런 건 그

두 사람이 잘하지."

"어……."

그 말에 마빈이 멍청한 표정을 지었다. 루그가 의아해하며 물었다.

"왜?"

"아니, 네가 뭘 못한다고 잘라 말하는 건 처음 들은 것 같아서."

마빈에게 있어서 루그는 세상에 두려운 것도 없고, 못할 것도 없는 그런 존재로 보였다. 특히 왕도에서 벌어졌던 결전을 목격한 후로는 더 그랬다.

하지만 루그는 쓴웃음을 짓고 있었다.

"그런가? 뭐, 나도 못하는 거 많아. 그런 건 동료들의 도움을 받아야지. 마빈 너를 포함해서, 다른 사람들이 도와주지 않았다면 여기까지 올 수도 없었을 거야. 특히 이번에는 정말 애 많이 썼다."

"가, 갑자기 무슨 이상한 소릴."

루그에게 공치사를 받아본 적이 없는 마빈이 얼굴을 붉혔다.

미소를 지으며 자신에게 고맙다고 말하는 루그의 말에 가슴 한구석이 간질거렸다.

'아, 내가 왜 실실 웃음이 나오고 그러지? 안 돼, 안 돼. 이러면 저놈이 칭찬해 줘서 좋은 거 같잖아? 칭찬 받았다고 꼬

리 흔드는 강아지도 아니고 말야!'

하지만 자기도 모르게 입가가 실룩거리고 있다. 루그는 피식 웃으면서 마빈이 기격으로 쌓던 돌탑을 바라보았다.

"그나저나 기격은 어때? 열심히 하는 것 같은데."

"음. 아직은 잘 모르겠어."

"막 각성한 상태에서는 뭘 어떻게 해야 할지 모르는 게 당연해. 하나하나 감을 잡아나가야지."

루그의 경우, 기격을 각성한 후에도 감각을 비트는 법을 터득하기까지는 한참 시간이 걸렸다. 옆에서 가르쳐 주는 사람이 없었기에 그레이슨이 예전에 해줬던 말들을 되새기면서 꾸준히 연습하는 수밖에 없었던 것이다.

하지만 마빈이라면 훨씬 시간을 단축할 수 있을 것이다. 그가 요령을 가르치면 되니까.

'그렇다고는 해도 이 녀석, 진짜로 기격을 각성해 버리다니.'

고작 열여섯 살에 기격을 각성하다니, 천재적인 것도 정도가 있다.

물론 루그 자신과 마찬가지로 여러 가지 특수한 조건이 기적적인 확률로 짜맞춰진 결과이긴 하다. 하지만 그래도 빼어난 재능의 냄새가 풀풀 나니 묘하게 심사가 뒤틀린다.

마빈은 그런 루그의 속내를 모르는 채 말했다.

"일단 목표를 때리는 정도는 할 수 있는데, 체내로 기운을 뽑아냈다가 거두는 게 쉽지 않아서 정밀하게 제어하려면 연습을 많이 해야겠어. 그리고 감각을 뒤트는 건 영 감을 못 잡겠는데……."

"그건 지금부터 연습을 좀 해볼까?"

"지금부터?"

"마침 잘 됐잖아? 쉬는 동안에 해둬야지."

"그야 그런데… 아니, 하지만 전투를 치른 지도 얼마 안 됐고, 또 언제 싸울지 모르니 컨디션을 유지하는 편이……."

"엄살떨지 마. 철저하게 가르쳐 주지."

"으……."

루그는 마빈의 변명을 일축하고 손가락을 까딱거렸다. 마빈은 닥쳐 올 고난을 예감하고는 침을 꿀꺽 삼켰다.

5

그렇게 나흘이 지났을 때 에리체가 눈을 떴다.

"어라, 나 안 죽었네."

몸을 일으킨 에리체는 눈을 깜빡거리며 중얼거렸다.

그녀는 지아볼의 저격으로 몸이 꿰뚫렸을 때부터 죽음을 각오하고 있었다. 아무리 자신이 보통 인간이 아니라고 해도 배에 구멍이 뻥 뚫리고, 그 상태로 체내의 강체력을 모조리 격발시켜서 싸우기까지 했는데 살아날 수 있을 거라는 생각은 안 들었다.

"에리체!"

죽 그녀를 간병했던 바리엔이 울음을 터뜨렸다. 그녀가 자신에게 안겨서 울고불고 난리를 치는 것을 멍하니 바라보던 에리체가 물었다.

"바리엔. 나 어떻게 살았어?"

"루그님하고 메이즈님이 치료하셨어."

"그랬어?"

에리체가 믿어지지 않는다는 듯 물었다. 바리엔이 손수건으로 눈물을 닦더니 말했다.

"아 참. 이럴 때가 아니지. 다른 사람들한테도 말하고 올게."

"어, 잠깐……."

그동안의 일을 물어보고 싶었던 에리체였지만 바리엔은 이미 편리한 공간 이동의 힘으로 사라져 버렸다. 혼자 남겨진 에리체가 입술을 삐죽거렸다.

"바리엔도 참. 성미도 급해라."

그녀는 이불을 치우고는 걸치고 있던 헐렁거리는 옷을 홀러덩 벗어버렸다. 의식을 잃은 환자라 그런지 입고 있는 게 그것뿐이어서 새하얀 나신이 드러났다.

"아무리 기절해 있어도 그렇지, 속옷 정도는 입혀주지……."

에리체는 길게 늘어뜨린 백발을 모아서 넘기면서 빛의 속성력을 일으켰다. 방 안에 거울이 없었기 때문이다. 그녀는 빛의 속성력을 아주 정밀하게 제어할 수 있었기 때문에, 허공에 허상의 거울을 만드는 것쯤은 어렵지 않았다.

그렇게 비춰보니 배에 아직 상처 자국이 남아 있는 게 보였다. 완전히 구멍이 뻥 뚫렸던 것을 생각하면 이렇게 메워진 것 자체가 대단하지만, 그래도 한숨이 나온다.

"하아. 흉터는 안 남겠지? 그래도 가슴까지는 상처가 안 미쳐서 다행인데……."

에리체는 풍만한 가슴을 들어 올려 보며 중얼거렸다. 그래도 지금까지는 잡티 하나 없는 하얀 피부가 자랑이었는데 배에 큰 흉터가 남는 건 생각만 해도 우울하다. 그런데 그때였다.

방문이 열리는 기척도 없이, 세 사람의 모습이 방 안에 나타났다.

바리엔과, 그녀가 공간 이동으로 데리고 온 루그와 메이즈였다.

"……."

우윳빛 나신을 드러낸 채 자기 가슴을 들어 올려 보고 있던 에리체와 세 사람 사이에 죽음과도 같은 침묵이 내려앉았다.

꿀꺽.

그 침묵은 루그가 압박감을 이기지 못하고 침을 꿀꺽 삼키는 것으로 깨졌다.

바리엔이 비명을 질렀다.

"꺄아아악! 에리체! 도대체 왜 벗고 있는 거야! 왜! 왜애애
애!"

"보지 마! 주인님! 보지 마! 눈 말똥말똥 뜨고 뭐하는 거야!
빨리 눈감아! 아니, 아예 눈을 부숴 버려!"

"내, 내가 뭘 했다고… 쿠억!"

메이즈가 전광석화처럼 꼬리로 루그의 눈을 후려친 다음
다리를 걸어서 쓰러뜨렸다. 루그 입장에서는 그야말로 마른
하늘의 날벼락이었다.

놀라서 눈을 휘둥그레 뜨고 있던 에리체가 슬쩍 가슴을 가
리면서 중얼거렸다.

"…숙녀 방에 찾아오면서 노크도 안 하는 게 잘못이다,
뭐."

소란이 진정되고, 에리체의 상태를 살펴본 루그와 메이즈
가 물러가고 나자 에리체가 바리엔한테 투덜거렸다.

"아무리 그래도 그렇지 혼자 사라져서는 공간 이동으로 슥
들어와 버리면 어떻게 해. 루그님 모시고 올 거였으면 나도
머리 정리도 하고 그러고 싶었는데……."

"그, 그건 내가 잘못했지만, 금방 올 게 뻔한데 왜 옷을 벗
고 있는 거야!"

사람들 데려오겠다고 나갔더니 옷을 홀딱 벗고 있을 줄이야 누가 상상이나 했겠는가? 그것도 막 눈을 뜬 환자 주제에!

에리체가 입술을 삐죽였다.

"상처 부위 보려고 그랬어. 아무래도 흉터 남을 것 같은데……."

"어……."

그 말에 바리엔이 흠칫했다. 죽을 부상에서 살아난 거야 좋지만 여자 몸에 흉터가 남는다니, 확실히 민감한 문제다. 그렇게 생각하니 에리체의 행동이 이해가 가기도…….

"…가 아니지! 아무리 그래도 왜 그 타이밍에 옷을 벗냐고!"

"설마 그렇게 빨리 올 줄은 몰랐어."

"너도 정말. 어떻게 그렇게 태평해?"

외간남자한테 알몸을 보인 것 치고는 에리체는 별로 동요하는 것 같지 않았다. 놀라고 부끄러워하긴 했지만 기본적으로는 까짓것 뭐 어떠냐는 반응이다.

에리체가 두 주먹을 불끈 쥐며 말했다.

"하지만 난 어차피 루그님한테 시집가야 되는걸. 알몸 정도 보여서 시집도 못가는 몸이 된다 한들 무슨 상관이야?"

"…그 흔들림없는 강인한 의지에 감탄마저 느껴진다."

바리엔이 한숨을 쉬었다. 하여튼 폭주하는 전차 같은 에리체의 의지에는 기가 질릴 따름이다.

"근데 바리엔."

"응?"

"메이즈님이 날 보면서 계속 흠칫흠칫하시던데, 왜 그러시
는지 알아?"

에리체의 몸 상태를 살펴보는 메이즈의 태도는 좀 이상했
다. 왠지 계속 시선을 피하다가 가끔 한 번씩 눈을 마주칠라
하면 얼굴을 붉히면서 흠칫거렸던 것이다.

'그 일 때문에 미안해하시는 걸까?'

에리체가 그녀 대신 희생했던 일이라면, 어디까지나 에리
체가 원해서 한 일이니까 미안해할 필요 없는데… 하지만 사
람 마음이라는 게 그렇게 마음대로 되진 않겠지. 게다가 메이
즈가 아무 일 없었다는 듯 입 싹 씻었다면 섭섭하고 실망스러
웠을 것이다.

그렇게 생각하며 바리엔을 보니 왠지 그녀의 표정이 이상
하다? 바리엔은 실로 복잡 미묘한 심정이 드러나는 표정으로
에리체를 보고 있었다.

"왜?"

"아니, 그게… 음. 말해도 되려나?"

"뭔데? 뭔데?"

에리체가 눈을 동그랗게 뜨고 그녀를 보챘다. 바리엔은 망
설이다가 결국 입을 열고 말았다.

"그러니까… 너 치료할 때 어떤 일이 있었냐 하면……."

설명을 다 들은 에리체는 돌처럼 굳어버리고 말았다. 그녀가 드물게 말을 더듬었다.

"그, 그그그러니까… 내가, 메이즈님한테… 그런 짓을?"

"그런 짓을 했어."

"정말로? 진짜?"

"변명의 여지 없이, 확실하게. 모두가 보는 앞에서."

"으아아……."

에리체가 얼굴을 빨갛게 붉히며 휘청거렸다. 그 모습을 본 바리엔은 신선한 충격을 느꼈다.

'세상에. 에리체가 부끄러워하고 있어.'

바리엔은 어려서부터 에리체를 보고 지냈다. 하지만 그녀가 이런 모습을 보이는 경우는 처음이었다!

'이래서 어른들이 세상은 오래 살고 볼일이라고 하시는구나…….'

바리엔이 세상의 진리를 깨닫고 있을 때, 에리체는 그야말로 쥐구멍이라도 있으면 찾아서 숨어 들어가고 싶은 기분으로 얼굴을 감쌌다. 잠꼬대로 다른 사람을 잡고 키스하다니! 그것도 남자도 아니고 여자한테!

'아니, 남자라면 괜찮은 건 아니지만!'

상상만 해도 미쳐 버릴 것 같다. 에리체는 머리를 쥐어뜯으며 침대 위를 데굴거렸다.

"아아아아, 내가, 내가 무슨 짓을! 무슨 짓을 해버린 거야!"

"메이즈님한테 우격다짐으로 키스를 했지. 모두가 보는 앞에서."

"말하지 마! 말하지 말라고!"

에리체가 베개를 집어던졌다. 바리엔은 그것을 받아내면서 가슴 한구석이 시원하게 뻥 뚫리는 걸 느꼈다.

'아, 이러면 안 되는데. 너무 시원해. 왜 이렇게 기분이 좋지?'

그동안 묵은 한이 싹 내려가는 기분이다.

더 괴롭히고 싶다. 에리체가 머리를 쥐어뜯으며 괴로워하는 걸 보고 싶다!

그때 에리체가 풀 죽은 목소리로 중얼거렸다.

"첫키스였는데……."

에리체는 집안의 입장도 입장이고, 성격도 성격이다 보니 지금까지 연애 경험 한 번 없었다. 그런데 자기가 기억도 못하는 사이에 여자를 붙잡고 우격다짐으로 첫키스를 날려 버리다니!

에리체에게 있어서 키스는 언감생심 꿈도 못 꾸는, 소녀적인 로망 속의 이야기였다. 언젠가 별이 반짝이는 밤하늘 아래에서 자신을 사랑해 주는 남자의 품에 안겨서 다소곳한 자세로 첫키스를 하고 싶다고 생각했는데…….

'응? 이상하네?'

어째 떠올리다 보니 묘한 기분이 든다? 가끔 머릿속에서 상상해 본 광경이라서가 아니다. 왠지 예전에 겪었던 일을 해 본 적 없다고 생각하는 것 같은 기시감이…….

"에리체."

문득 바리엔이 그녀를 불렀다.

에리체가 빨개진 얼굴로 고개를 드니, 바리엔이 참 복잡 미묘한 표정을 짓고 있었다. 아까 전과 비슷한 표정인지라 불길한 예감이 해일처럼 밀려온다.

"설마… 또 뭐가 있는 거야? 내가 또 뭘 했어?"

"있잖아. 너 그거 첫키스 아니다?"

"응?"

첫키스가 아니라니, 그게 무슨 소리일까? 에리체가 눈을 동그랗게 뜨고 물었다.

"설마 어릴 적에 너한테 시집간다고 하면서 했던 거 말하는 건 아니지?"

"그 이야기가 여기서 왜 나와!"

바리엔이 소리를 빽 질렀다.

두 사람이 어렸을 때, 정확히는 일곱 살 때 에리체는 바리엔한테 시집가고 싶다면서 그녀의 첫키스를 빼앗아간 적이 있었던 것이다! 바리엔으로서는 뇌리에서 삭제해 버리고 싶은 슬픈 추억이었다.

에리체가 물었다.

"그럼?"

"네가 메이즈님을 덮쳐서 우격다짐으로 한 키스는……."

"…꼭 그런 표현을 써야 해?"

"어머, 난 사실을 말하고 있을 뿐이야. 네가 늘 하는 대로."

바리엔은 복수의 쾌감을 느끼며 말했다.

"어쨌든 그건 두 번째였어."

"뭐? 그게 무슨 소리야?"

"너 메이즈님한테 키스하기 전에 루그님한테도 했다?"

"어?"

순간 에리체가 딱 굳어버렸다. 바리엔이 음흉한 미소를 지으며 덧붙였다.

"메이즈님한테 한 것처럼 잠꼬대로 루그님을 덮쳐서 강제로 키스를……."

"꺄아아아아아아!"

에리체가 비명을 질렀다. 깜짝 놀란 바리엔이 흠칫하는데 그 앞에서 에리체가 허공에다가 마구 손을 휘저어대면서 말했다.

"거짓말! 그럴 리가 없어! 절대 아냐!"

"진짠데……."

"꺄아아아아악!"

에리체가 양손으로 귀를 막고 침대 위를 마구 굴러다녔다.

"으아앙! 그럴 수가! 어떻게 내가 그런 짓을! 하필이면 기억도 못할 때! 어떻게 그럴 수가 있어!"

진짜 혼자 보기 아까운 반응이다. 바리엔이 그렇게 생각했을 때였다.

"무슨 일이에요? 혹시 적이 습격해 오기라도?"

문이 벌컥 열리면서 루그와 마빈이 뛰어 들어왔다. 실로 절묘하기까지 한 타이밍에 바리엔이 눈을 휘둥그레 떴다. 그리고 데굴데굴 굴러다니던 에리체가 딱 멈췄다.

"으……"

에리체는 슬그머니 고개를 들어서 루그를 바라보았다. 그녀의 얼굴이 새빨갛게 물들었다.

"으아아아아아앙!"

쾅!

그녀는 울음을 터뜨리며 벽을 부수고 뛰쳐나갔다. 그 방향에 있던 벽들이 연쇄적으로 부서지는 소리가 울리며 에리체의 울음소리가 멀어져 갔다.

"……"

다들 입을 쩍 벌린 채 에리체가 뚫고 나간 벽을 바라보았다. 일직선으로 뚫린 벽 너머로 바깥 풍경이 보인다. 에리체는 앞을 가로막는 걸 다 부수고 뛰어넘으면서 뒷산까지 폭주했다.

쿠르릉… 콰광… 콰과과과광……!

그녀가 달려가는 궤도에 있던 나무들이 모조리 박살 나면서 흙먼지가 피어오르는 게 보였다.

멍청하니 그걸 보고 있던 바리엔이 중얼거렸다.

"키스 두 번 했다가는 세상 멸망하겠네……."

6

작은 소란이 있긴 했지만, 일행의 기다림은 대체로 평온했다. 자이르는 한숨을 쉬었다.

그는 자신이 왜 이 일행에 껴 있는지를 알 수가 없었다. 블레이즈 원이라는 놈들 때문에 조직도 풍비박산 났고, 왕도도 전투의 여파로 대혼란에 빠지는 바람에 얼떨결에 탈출해서 계속 따라와 버린 것이다.

'아니, 하지만 왕자한테 보상을 받으려면 안 따라갈 수는 없잖아?'

애써서 이루었던 기반이 완전 박살 났으니, 그만큼 보상을 받아야만 한다. 최소한 다른 곳에 가서 재기할 만한 밑천이라도 받아내야 하지 않겠는가?

문득 그는 주변에 앉아 있는 부하들을 바라보았다. 오크 둘과 약삭빠른 청년 수하 하나가 전부였다.

"하아. 어쩌다 이런 신세가 됐는지……."

"두목, 이러다가 우리 기사라도 되는 거 아닙니까?"

"뭐?"

수하의 말에 자이르가 실눈을 치켜떴다.

"그게 말이 되냐?"

"말이 안 될 건 뭡니까? 왕자님의 목숨을 구해줬는데. 번듯한 신분 정도는 포상으로 주시지 않겠어요?"

자이르가 그 말을 들어보니 또 그럴싸했다. 어쨌거나 자신은 큰 희생을 치러가며 세이람을 지켜주지 않았던가? 세이람이 은혜를 모르는 성격 같지는 않으니 은근히 원하는 바를 말해둔다면 그 정도는 들어줄지도? 세이람이 국왕이 된다면 기사 서임 정도가 대수겠는가?

'근데 저 왕자님이 왕이 될 수 있을까?'

세이람의 혈통을 의심하지는 않는다. 그의 혈통이 별 볼일 없었으면 애당초 블레이즈 원 같은 무시무시한 놈들이 죽이겠다고 덤벼들지도 않았을 테니까.

하지만 휘하에 제대로 된 세력 하나 없는데 괜찮을까? 게다가 눈도 안 보이지 않는가?

'내가 그 베사드 공작이라는 작자였으면 그냥 싹 해치우고 왕위를 차지하려 들 텐데.'

그게 정상적인 반응 아닐까? 하지만 귀족들의 사고방식은 자이르 입장에서는 좀 이해할 수 없는 구석들이 있으니 알 수 없는 노릇이다. 실리보다도 명예나 명분에 목숨을 거는 경우가 많으니……

'뭐 저쪽에서 그럴 생각으로 덤빈다고 해도 왕자님이 다칠

일은 없겠지만.'

베사드 공작이 아무리 많은 군대를 동원해 봤자, 루그를 어쩔 수 있다는 생각이 안 든다. 예전에는 그저 무서운 애송이였는데 지금은… 그야말로 인간을 초월한 괴물이다.

'내가 저런 놈하고 싸웠다니.'

3년밖에 안 지났는데 벌써 아득히 먼 옛날 일 같아서 현실감이 없다.

그렇게 할 일 없이 뒹굴거리고 있는데, 세이람이 루그를 대동하고 찾아왔다.

"자이람 씨는 이렇게 생기셨군요. 눈이 가느시네요."

"응?"

이해할 수 없는 말에 자이람이 눈을 크게 떴다. 문득 그는 세이람의 옆에 주먹만 한 구체 하나가 둥둥 떠 있는 것을 발견했다. 금속으로 만들어진 그것에는 두 개의 구멍이 뚫려 있었고 거기서 희미한 빛이 새어 나오고 있었다.

"왕자님, 제가 보이십니까?"

"네. 약간 흐릿하긴 하지만."

세이람이 겸연쩍은 듯 웃었다. 자이르가 물었다.

"아니, 어떻게 그럴 수가 있죠?"

"이거 때문이지."

대답한 것은 루그였다. 루그는 세이람의 옆에 떠 있는 금속질의 구체를 가리켰다.

"왕자님은 날 때부터 맹인이셨던 게 아니거든. 어릴 적에는 시력이 있다가 점점 나빠진 경우라서, 뇌가 시각 정보 자체는 갖고 있어. 그래서 타고난 맹인에 비해서는 문제를 해결하기가 쉽지. 이렇게 외부에 눈을 대신할 영상 정보 수집 장치를 마련해 주기만 하면."

"…거 무슨 소린지 잘 못 알아먹겠는데, 그러니까 결론은 그게 왕자님 눈을 대신해 줄 마법 도구라는 거지?"

"잘 아네."

〈마치 옛날의 너 같군, 루그.〉

"윽."

볼카르의 한마디에 루그의 표정이 일그러졌다. 확실히 볼카르에게 마법을 배우기 전의 루그였다면 저런 반응을 보였을 것이다.

자이르가 물었다.

"왜 그러나?"

"아니, 아무것도 아냐."

"흠. 마법이라는 게 이렇게 대단한 거였을 줄은 몰랐군. 불 쏘고 전기 쏘고 먼 곳에서 목욕하는 아가씨 좀 훔쳐 보고, 그게 전분 줄 알았는데."

"…잘 나가다가 마지막 비유는 대체 뭐야?"

"내 부하 마법사가 종종 하던 짓이지. 거시기가 안 서는 병에 걸려서 점점 취향이 괴상해지더니 그런 짓을……."

"……."

"아, 왕자님 앞에서 할 소린 아니었나? 흠흠."

순진한 세이람은 자이르의 말을 알아듣지도 못해서 고개를 갸웃거리고 있었다. 그보다는 이 방 안에 있는 이들의 면면이 신기해서 그쪽에 더 신경이 쏠린 듯하다.

자이르가 물었다.

"그럼 이제 왕자님은 저거만 있으면 보통 사람처럼 생활할 수 있는 건가?"

"아직 개선점이 있긴 하지만, 대충."

루그는 그렇게 말하면서 세이람에게 손을 뻗었다. 막 한 발짝 내딛던 세이람이 바로 아래에 있던 물건에 발이 걸려서 넘어지는 걸 막은 것이다.

세이람이 쓰고 있는 마법의 눈은 루그가 볼카르에게 제안하고, 메이즈와 다르칸이 만들었다. 세이람이 맹인이라는 사실이 왕위에 오르는 데 장애가 될 것이라 판단했기 때문이다.

하지만 사람의 눈과는 달리 머리 옆을 떠다니기 때문에 보이는 것과 몸의 감각이 약간 다르다. 세이람의 걸음걸이가 이상해지는 것도 당연했다.

"지금은 아직 위치에 따른 영상 정보 보정이 잘 안 되어서, 사람이 눈으로 보는 것과는 위치가 좀 다르거든. 이건 며칠 안에 개선될 거야."

"흐음……."

신기해하며 마법의 눈을 보던 자이르가 물었다.

"그렇군. 그런데 무슨 일입니까? 왕자님이 직접 찾아오시다니."

"아, 그게 말이죠."

"그건 내가 설명하지."

루그와 세이람 말고 다른 이의 목소리가 울려 퍼졌다. 루그의 손에 들려 있던 유리판, 실시간 통신기에서였다. 자이르가 보니 붉은 드래고닉 리저드, 알더튼의 모습이 비춰지고 있었다.

루그가 기격으로 실시간 통신기를 허공에 띄웠다. 알더튼이 말했다.

"실은 자네에게 제안이 있어서 말일세."

"제안이라니, 뭐요?"

"자네도 이번 일로 기반을 통째로 다 날려먹었으니 앞으로가 좀 막막하겠지?"

"좀 그렇기는 하지."

자이르는 세이람의 눈치를 보며 말했다.

알더튼이 말했다.

"그래서 말인데, 자네 우리 조직의 협력자가 되지 않겠나?"

"응? 뭔 소리요, 그건?"

"우리 아쿠아 비타는 그 블레이즈 윈이라는 놈들 상대하자면 암흑가의 협력도 필요하거든. 자네에게 우리가 지원을 해

줄 테니, 암흑가에서 정보를 수집하는 역할을 해줬으면 좋겠네."

"뭐?"

생각지도 못한 제안이었다. 알더튼이 히죽 웃었다.

"원래는 적당히 자네가 암흑가에서 세력을 키우게 도와준 다음에 이용해 먹을 생각이었는데, 그보단 자네 수완을 생각하면 이 편이 나을 것 같아서 말이네. 고작 암흑가에서 다른 인간 등쳐먹으면서 살 궁리를 하지 말고, 세계평화에 이바지하는 정보 조직의 수장이 되게."

"살다 살다 이렇게 허무맹랑한 소리는 처음 들어보는군? 세계평화라니."

"왕도에서 그런 일을 겪고도 허무맹랑한 소리 같나?"

"으음……."

그 말에는 자이르도 할 말이 없었다. 그런 짓을 할 수 있는 놈들이라면 정말 세계를 멸망시킬 수도 있을 것 같다.

알더튼이 능글맞게 웃으며 말했다.

"원하는 게 부귀영화라면 충분히 누릴 수 있을 게야. 음지에서 자네 나라의 왕을 도우며, 블레이즈 원이 멸망할 때까지는 우리에게도 협력하게. 자네가 스스로의 수완으로 그런 조직을 만들겠다면 우리가 도와주겠다는 거야."

세이람이 겸연쩍어하며 말했다.

"저는… 자이르 씨가 제 기사가 되어줬으면 합니다."

"네? 기사?"

자이르뿐만 아니라 부하들도 다들 놀라서 술렁거렸다. 자기들끼리 반농담으로 그런 일이 일어났으면 좋겠다고 생각했지만, 직접 듣게 될 줄이야?

"제가 무사히 왕위에 오르게 된다면, 자이르 씨를 기사로 서임하고 봉토를 내려 드리겠습니다. 왕을 위한 정보 조직의 장이 되어주세요. 암흑가라는 곳이 필요악이라면, 그곳을 제어하고 이용할 수 있는 사람은 귀중하겠지요."

"아니, 잠깐… 솔직하게 말해주시죠. 그거 왕자님 생각 아니죠?"

"하하. 들켰나요? 사실은 루그 씨에게 제안 받은 겁니다. 물론 결정은 제가 내린 거지만."

세이람이 뒷머리를 긁적였다. 그 말에 자이르가 의외라는 듯 루그를 바라보았다.

"이게… 네가 생각한 거라고? 저 양반이 아니고?"

당연히 알더튼의 수작일 거라고 생각했는데 루그의 생각이라니 놀랐다. 루그가 피식 웃었다.

"왜? 내가 그런 생각하면 이상한가?"

"으음. 솔직히 별로 모사꾼 이미지는 아닌데?"

"당신의 교활함을 높이 산 것뿐이야. 당신도 산적질하다 암흑가로 가서 또 이 꼴을 당했는데, 또 같은 패턴을 반복하고 싶진 않지? 뭐, 하는 짓이 크게 다를 것 같진 않지만 그럴

싸한 신분에 든든한 배경 업고 떵떵거리며 살란 소리야."

"칭찬인지 아닌지 원. 너도 참 이상한 놈이군."

뒷머리를 긁적거린 자이르가 세이람을 바라보았다. 그리고 잠시 침묵했다가 말했다.

"좋습니다. 기왕 이렇게 된 거… 끝까지 가보죠."

"받아들여주시는 겁니까?"

"네. 어디 한번 왕자님 믿고 출세해 보렵니다."

그렇게 자이르는 세이람을 모시는 기사가 되었다.

7

일행이 아벤 자작령을 떠난 것은 왕도를 떠난 지 열흘째 되는 날이었다. 베사드 공작이 세이람을 만나보겠다고 청했기 때문이다.

"흠. 도착했군. 놀라는 얼굴이 눈에 선한데?"

루그가 음흉한 미소를 지으며 중얼거렸다.

일행은 채 반나절도 안 걸려서 베사드 공작령에 도착했다.

베사드 공작에게는 오늘 아벤 자작령에서 출발하겠다고 마법 통신을 보내두었다. 그러면 그는 대충 사나흘 정도는 걸릴 거라고 생각할 것이다.

하지만 루그 일행의 이동 속도는 질풍 그 자체다. 일행의 수가 많아져서 셋만 다닐 때에 비하면 느려지지만, 그래도 탈린 왕국 내라면 어디든지 한나절 안에 갈 수 있었다.

마빈이 물었다.

"근데 꼭 이럴 필요가 있었어? 그냥 오늘 도착한다고 말해주는 편이 낫지 않나? 아니면 좀 더 쉬다가 출발했어도 되고……."

요 며칠간 마빈은 루그에게 기격의 집중 교육을 받았다.

그 과정은 실로 지옥이 따로 없을 지경이었지만, 어쨌거나 마빈의 기격 자체는 일취월장했다. 게다가 마빈 스스로도 배우면 배울수록 무궁무진한 가능성을 보여주는 기격에 정신없이 빠져 있었다.

그런 만큼 굳이 일찍 떠난 것이 좀 불만이었다. 하지만 루그는 고개를 저었다.

"이건 내 판단과 알더튼의 견해가 일치하는데… 그쪽이 우리한테 유리하지."

"왜?"

"일단 심리적으로 허를 찌르니까. 어쨌거나 왕자님에게 어울리는 대접을 준비할 텐데, 그 전에 들어가면 허둥거리게 되겠지. 그리고 이 '대접'에는 무력이 들어갈 수도 있어. 무슨 의미인지 알겠지?"

"아, 그렇구나."

베사드 공작이 세이람을 만났을 때 어떤 태도를 보일지는 아직 알 수 없는 일이다. 세이람의 존재를 인정하지 않거나, 없애 버리려고 들 경우도 생각해야 한다.

루그가 말했다.

"그럼 다르칸, 미안하지만……."

"알겠소."

다르칸은 루그가 말을 마치기도 전에 그 뜻을 알아듣고 날개를 펼쳤다. 그때 에리체가 말했다.

"다르칸님."

"음?"

"혼자 위에 계시면 심심하실 텐데, 저도 데려가세요."

"으으음?"

이런 제안은 처음이었는지라 다르칸이 눈을 휘둥그레 떴다.

에리체가 말했다.

"전 어차피 가봤자 도움도 안 될 것 같아서요. 바리엔도 이제 제가 통역 안 해줘도 다른 사람이랑 편하게 이야기할 수 있으니까요."

바리엔에게는 그동안 메이즈와 다르칸이 볼카르의 지시에 따라 탈린 왕국어와 나샤 삼국어를 통역해서 의사소통이 가능해지는 마법 도구를 만들어주었다. 그래서 이제 바리엔도 다른 사람과 편하게 이야기를 나누고 있었다.

"정말 괜찮겠소? 계속 하늘 위에서 대기하는 게 그렇게 편하진 않을 텐데……."

"윽."

그 말에 루그가 뜨끔했다. 어쩔 수 없었다고는 하지만 지금까지 다르칸한테 참 못할 짓을 시켰다는 기분이 들었다.

에리체가 생긋 웃으며 말했다.

"괜찮아요. 마법이 있으면 큰 문제 안 될 것 같은데요?"

"그러면야……."

"그럼 루그님, 무슨 일이 있으면 바로 불러주세요. 다르칸 님이랑 같이 쌩 달려갈 테니까요."

에리체는 윙크를 해 보이고는 다르칸과 함께 하늘로 향했다.

그 직후 자이르가 말했다.

"아니, 근데 어차피 내 부하들도 떼어놔야 하는데… 그냥 같이 마차 안에 있지."

"……."

자이르의 오크 부하들도 베사드 공작성에는 데려갈 수 없는 처지였다. 그럴 거면 같이 있었으면 되는 것을…….

루그가 말했다.

"그건 좀 일찍 말할 것이지……."

"나도 지금 생각났어."

"으, 그럼 자이르 당신은 밖에 집이라도 하나 빌려서 부하들이랑 같이 있어. 혹시 험악한 일이 벌어질 경우엔 그 편이 빠져나가기 좋을 테니까. 만약 일이 잘 진행되면 안으로 부르도록 하지. 집을 빌리고 나면 에리체 양과 다르칸한테도 통신으로 연락 좀 해주고."

"그러도록 하지."

루그에게서 통신용 마법 도구를 받은 자이르는 고개를 끄덕였다. 아무래도 적이 될지도 모르는 높으신 분 앞에 나가기가 부담스러웠는데 오히려 잘 됐다.

그렇게 대충 인원을 정리한 루그 일행은 베사드 공작의 성으로 다가갔다. 그들을 발견한 경비병들이 창을 들었다.

"정지!"

"무슨 일이오?"

루그 일행이 워낙 눈에 띄는 모습이었기 때문에 경비병들의 태도는 조심스러웠다. 루그만 해도 선명한 붉은 코트 위에 어깨 보호대와 금속을 덧붙인 새카만 가죽장갑을 낀 특이한 차림새다. 메이즈는 그저 길을 가는 것만으로도 절로 시선을 집중시키는 미모의 소녀였고, 세이람은 백주대낮에 눈을 감고도 전혀 흔들림없는 걸음걸이에 옆에는 마법의 물건임이 틀림없는 금속질의 구체가 둥둥 떠 있었다.

루그가 나서서 말했다.

"베사드 공작 각하를 뵈러 왔다. 오늘 출발하겠다고 한 '귀하신 분'의 일행이라고 하면 아실 거다."

"공작 각하를? 실례지만 신분을 밝혀주실 수 있소?"

"이런 곳에서는 곤란하군. 다시 말하지. 내가 말한 대로 공작 각하께 전하면 아실 거다. 이미 약속이 되어 있다."

"어, 아, 알겠소. 잠시만."

루그의 태도가 워낙 당당한지라 경비병들은 더 캐묻지 못하고 일단 안에 기별을 전하러 갔다.

그리고 잠시 후, 안에서 중년의 집사가 하인을 대동하고 나와서 일행의 면면을 살펴보았다.

"실례지만 확인을 해야겠습니다. 혹시 '그분'의 일행이십니까?"

"맞소. 여기 이분이시지."

루그가 슬쩍 옆으로 비켜서며 세이람을 그에게 보여주었다. 집사는 베사드 공작에게 언질을 받은 용모파기와 세이람을 대조해 보고는, 곧 고개를 숙였다.

"실례했습니다. 여긴 장소가 적절치 않으니 예를 생략하겠습니다."

"상관없습니다."

세이람이 쓴웃음을 지었다. 얼굴을 본 적도 없는 대귀족의 수족에게 이런 말을 듣다니, 왠지 쑥스러웠다.

하지만 이 또한 왕이 되기 위해서는 익숙해져야 하는 일이리라. 세이람은 그리 생각하며 의젓한 태도를 보이기 위해 애썼다.

베사드 공작은 올해로 47세로, 대귀족다운 당당한 위엄을 갖춘 남자였다. 짙은 갈색 머리칼 아래로 깊이 있는 푸른 눈동자가 일행을 차분하게 바라보며 정체를 파악하려 한다.

그러나 그도 예상 밖의 상황에 당혹해하는 건 어쩔 수 없었다. 루그는 그의 눈에서 완전히 감추지 못한 동요를 눈치채고 속으로 웃었다.

'자, 과연 어떻게 나올까?'

베사드 공작과 만나는 것이 허락된 것은 세이람과 루그, 그리고 마빈 세 명뿐이었다.

나머지 인원들은 별실로 안내되었다. 할스는 중요한 자리이기에 자신이 가고 싶어했지만, 유사시에는 마빈이 더 도움이 될 거라고 판단하고 물러났다.

세이람과 마주 앉은 베사드 공작이 입을 열었다.

"베사드 공작, 가르잔 베사드입니다. 세이람 왕자 전하가 맞으십니까?"

상대가 왕의 정통한 혈통임을 자처했기에 베사드 공작의 말투는 정중했다. 세이람이 대답했다.

"그렇습니다. 내가 세이람 드가 람바스 탈라니오스입니다."

"이렇게 만나 뵙는 것은 처음이군요. 그런데 아벤 자작령에서 오늘 출발했다고 들었습니다만?"

"오늘 출발했습니다."

"그런데 어떻게 지금 도착하신 겁니까?"

그 의문에 대답한 것은 루그였다.

"저희 쪽은 마법으로 이동하는지라 그렇게 되었습니다. 시간을 끌 만큼 여유가 있는 상황이 아닌지라. 왕도에서 무슨 일이 일어났는지는 들으셨겠지요?"

그 말에 베사드 공작의 눈이 루그를 향했다.

'이 청년, 강하군.'

베사드 공작 자신도 한 사람의 기사로서 강체술을 연마해 왔다. 루그는 지금 은은한 기세를 흘리고 있었고, 그것만으로도 그가 빼어난 강체술사임을 알 수 있었다.

'이 거리에 두는 건 위험할지도 모르겠어. 하지만 이미 늦었군.'

청록색 눈동자로 무심하게 자신을 바라보는 루그는 아무리 봐도 바닥을 알 수 없었다. 베사드 공작은 살면서 이런 느낌을 받았던 적이 몇 번 있었다.

'하바크 경, 카지스 경이 이런 느낌이었지.'

둘 다 탈린 왕국에서는 손꼽히는 검호였으며, 기격의 경지에 오른 자들이었다.

그중 카지스는 현재 베사드 공작 진영에 있다. 그러나 하바

크는 어느 순간 실종되어서 종적이 묘연했다. 사실은 아레크스를 한 번 쓰러뜨린 후 샤디카에게 급습당해 목숨을 잃었지만 그 사실은 세상에 알려지지 않았다.

'아직은 어린놈이다. 기격의 경지에 올랐을 리는 없지. 하지만… 좀 더 주의했어야 했는데.'

예상보다 훨씬 빨리 도착하는 바람에 허를 찔렸다. 게다가 세이람에 대한 정보가 부족해서 대비를 못한 탓도 있다. 만반의 준비를 갖추고 맞이했어야 했는데…….

마음과는 달리 베사드는 태연한 기색으로 말했다.

"그렇군요. 저는 사흘 정도 후에나 도착하시리라 생각했습니다. 대접이 부족한 것을 사과드립니다."

"괜찮습니다. 괘념치 마시지요."

세이람이 대답했다.

베사드가 말했다.

"전 전하를 처음 뵙지만, 전에 부친께 들은 적이 있습니다. 왕실에는 눈이 보이지 않아서 왕궁 밖으로 보내진 왕손이 한 분 계시다고……."

베사드 공작은 탈린 왕국 굴지의 대귀족이다. 그런 만큼 왕실의 사정에도 밝았다.

하지만 가르잔 베사드가 베사드 공작이 된 것은 지금으로부터 6년 전의 일이다. 그렇기에 세이람에 대한 것은 부친으로부터 넌지시 들은 정도였다.

그가 세이람이 진짜인지 의심하는 것은 당연했다. 정통한 왕족의 혈통이 전멸했기에 그는 사생아인 드린자드 왕자에게 맞서 군병을 일으켰다. 그런데 이제 와서 왕의 적자가 나타나다니 이렇게 공교로울 수가 있나?

'나이는 얼추 맞아떨어지고, 눈이 안 보인다는 건… 그러고 보니?'

베사드 공작이 물었다.

"실례지만 전하, 눈이 보이십니까?"

"안 보입니다."

예상한 질문에 세이람이 고개를 저었다.

베사드 공작은 당혹스러웠다. 세이람은 그의 앞에 앉는 동안에 마치 눈이 보이는 사람처럼 자연스럽게 행동했다. 하지만 확실히 그동안 눈을 뜬 적은 한 번도 없었다.

세이람이 말했다.

"하지만 이 도구 덕분에 보이는 사람처럼 행세할 수 있지요. 여기 루그 경에게 받은 선물입니다."

"맹인의 눈을 대신해 주는 마법 도구란 말입니까? 그런 보물이……."

베사드 공작이 깜짝 놀랐다. 그도 대귀족인 만큼 많은 마법사를 만나보았고, 마법에 대해서도 일반적인 상식 이상은 알았다. 하지만 지금 세이람이 말한 도구는 전설 속에나 나올 법한 것이 아닌가?

게다가 그것을 많게 봐줘도 갓 스무 살이 넘은 것 같은 청년이 주었다고?

'정말 알 수가 없군. 이 일행의 정체는 대체……'

"갑자기 찾아왔으니, 제가 진짜인지 궁금하시겠지요. 나이나 신체적 특성, 외모만으로는 확신하시기 어려울 겁니다."

"아니, 그렇지는 않습니다만."

"그래서 이걸 준비했습니다."

세이람이 고개를 돌리자 옆에 서 있던 마빈이 상자를 건넸다. 세이람이 그것을 열자 금으로 만들고 갖가지 보석으로 장식된 왕관이 모습을 드러냈다.

그것을 알아본 베사드 공작이 눈을 크게 떴다.

"왕관!"

"그렇습니다. 알아보시는군요."

"몰라볼 수가 없지요. 죄송하지만 만져 봐도 되겠습니까?"

"얼마든지."

베사드 공작가 역시 왕가에서 갈라져 나온 방계의 가문이다. 그렇기에 사생아인 드린자드 왕자를 비난하며 스스로 왕이 되겠다고 일어날 수 있었던 것이다.

그러니 그는 왕관을 만질 수 있다. 왕관을 들어본 그는 이것이 진품임을 확신했다.

"하지만 이건 드린자드 그 사생아 놈이 갖고 있었을 텐데 어떻게 손에 넣으신 겁니까?"

"우리가 탈취했습니다."

"탈취하다니, 왕도에서… 아니, 왕궁에서 말입니까?"

"그렇습니다. 얼마 전에 있었던 소동은 들으셨겠지요?"

그 말에 베사드 공작이 흠칫했다.

왕도에서 일어난 참사는 그도 알고 있었다. 왕도에 밀정을 심어두기도 했고, 또 소문이 들불처럼 전국으로 번져 가고 있기도 하다.

왕도가 거대한 불길에 휩싸이고, 거대한 어둠의 해일이 사람들을 덮쳐 만 명도 넘는 사망자가 나왔다는 이야기는 믿기 어려울 정도로 충격적이었다. 하지만 실제로 밀정 중에서도 몇 명이 죽었고, 또 그 사건을 관측한 이들도 그렇게 보고했으니 부정할 수도 없었다.

사정을 정확히 파악할 수는 없었지만 베사드 공작은 발 빠르게 움직였다. 부하들에게 명령을 내려서 '왕도가 이해할 수 없는 참화를 당한 것은 자격 없는 드린자드 왕자가 왕좌를 차지하려고 욕심을 부리고 있기 때문이다'라는 소문을 퍼뜨렸다.

지금 이 시대에도 왕이 군림할 운명을 부여받은 존재임은 널리 받아들여지는 미신적인 인식이다. 상식적으로 이해할 수 없는 사태에 저러한 해석이 덧붙여지니, 드린자드 왕자에 대한 민심은 급격하게 흉흉해지고 있었다.

베사드 공작이 물었다.

"그 일과 관련이 있으신 겁니까?"

"바로 그날, 우리가 왕관을 탈취했습니다. 자세한 사정은 지금은 말씀드리기 어렵습니다만, 여기 루그 경과 마빈 경이 저를 도와주셨기에 가능했던 일이지요."

베사드 공작과 마주한 이래, 세이람은 모든 국면에서 여유 있게 말하고 있었지만 잘 보면 태도가 조금 어색했다. 하지만 베사드는 왕궁에서 자라지 않은, 아직 어린 소년이라 긴장한 모양이라고 생각하고 넘겨 버렸다.

'어렵군. 그저 남의 판단대로 연기하는 것뿐인데도.'

세이람은 속으로 쓴웃음을 지었다.

실은 이 자리에서의 대응은 그가 자의적으로 하는 게 아니었다.

─잘 하고 계십니다, 전하. 표정 관리만 좀 더 주의하시고.

통신 마법으로 머릿속에 알더튼의 목소리가 울리고 있었다.

세이람이 사용하는 마법의 눈으로 보는 영상을 메이즈가 실시간 통신기를 통해서 알더튼에게 전송한다. 알더튼이 상황을 파악하고 실시간 통신기로 지시를 내리면 메이즈가 통신 마법으로 중계해서 전달한다.

베사드 공작이 상상도 못하는 고도의 조치를 통해서 세이람은 익숙지 않은, 대귀족과의 대화를 적절하게 이어나가고 있었다. 아까 전에 선수 쳐서 왕관으로 자신을 증명한 것 역시 알더튼의 지시에 의한 것이다.

'이런 일에 익숙해져야 한단 말이지. 누구의 도움도 받지 않고도 자연스럽게 모든 상황을 넘을 수 있도록……'

여기까지 오는 동안 너무나도 많은 사람의 도움을 받았다. 그리고 왕위에 오를 때까지도 그럴 것이다.

스스로의 의지로 왕위에 오르기로 한 이상, 자신의 역할을 제대로 수행해야 한다. 세이람은 그런 마음가짐으로 베사드 공작을 마주하고 있었다.

베사드 공작이 물었다.

"이 두 사람은 전하를 도와서 큰일을 한 것 같군요. 소개해 주시면 감사하겠습니다."

"이쪽의 루그 경은 오더 시그마의 제자이며 얼마 전까지만 해도 머나먼 이국에서 많은 모험을 하던 분입니다. 그리고 이쪽은 아스탈 백작가의 후계자인 마빈 아스탈 경이지요."

루그가 아스탈 가문의 자식임을 밝히지 않은 것은 루그가 원하지 않았기 때문이다. 블레이즈 원을 배제하더라도 후계자인 마빈이 있는데 자기가 아스탈 백작가의 장자라고 알려지는 건 그리 좋지 않다고 판단했기 때문이다.

"아스탈?"

베사드 공작의 표정이 변했다. 그가 마빈을 바라보았다.

"설마 그 아스탈인가?"

"그 아스탈이 어느 아스탈인지는 모르겠습니다만, 당신이 본보기를 보이겠다고 보낸 군대를 비참한 꼴로 돌아가게 만든 아스탈 백작가라면 우리 가문이 맞습니다. 공작 각하."

마빈이 씩 웃으며 말했다.

베사드 공작이 눈살을 찌푸렸다.

"젊은이가 말투가 예의바르지 못하군."

"시골 촌놈이라서요. 불쾌하셨다면 사과드리죠. 하지만……."

스르룽!

그때 베사드 공작의 방 안에 있던 기사의 검이 저절로 뽑혀 나왔다. 모두가 깜짝 놀라는 순간, 마빈이 자신에게 날아온 검을 향해 손가락을 튕겼다.

투카!

검이 두 동강 나서 바닥에 떨어졌다.

마빈이 심드렁한 표정으로 말했다.

"전 어쨌거나 세이람 전하를 수행하는 몸입니다. 그런 제가 말실수 좀 했다고 검을 뽑는 건 안 좋은 것 같습니다만?"

마빈이 베사드 공작을 비아냥거리는 순간, 방 한구석에 있던 기사가 미미한 살기를 발하며 검자루에 손을 가져갔다. 마빈은 그것을 포착하고는 기격으로 검을 강탈해서 부러뜨려 버린 것이다.

베사드 공작이 믿을 수 없다는 눈으로 마빈을 바라보았다.

"기, 기격?"

공작도, 방 안의 기사들도 한눈에 알아보았다. 방금 전의 한 수가 기격에 의한 것임을!

마빈이 씩 웃었다.

"뭐, 전하를 보필하려면 이 정도 재간은 있어야지요."

―이야, 마빈. 너 아주 그냥 허세가 폭발하는구나. 기격 깨우친 지 얼마나 됐다고…….

―네가 시켜놓고 그러기야?

―아무리 그래도 그렇지. 이거 띄워줬다간 큰일 날 놈이구만. 너를 허세왕으로 임명하마.

루그와 마빈이 트랜스 메시지로 투닥거렸다. 그러자 볼카르가 한마디 했다.

〈과연 네 동생이다. 형제가 나란히 허세 하나만은 경천동지할 수준이군.〉

―…….

하지만 어쨌거나 겉으로는 둘 다 표정에 미동 하나 없었다. 마빈은 뻔뻔하게 허세를 관철하며 슬쩍 손가락을 들었다. 그러자 부러진 검이 허공으로 떠오르더니 검의 주인인 기사에게 날아가서 그 앞에 꽂힌다.

"검을 부러뜨려서 미안하군요."

"으……."

실로 절대강자만이 보일 수 있는 여유에 다들 기가 질려 버렸다. 검의 주인인 기사들조차도 얼굴이 시뻘개졌지만 한마디도 못하고 있었다.

세이람이 말했다.

"마빈 경, 좀 지나친 것 같습니다."

"죄송합니다. 요즘 살기에 민감해져서 그만."

"이해합니다. 하지만 베사드 공작에게는 사과하세요."

"예. 베사드 공작 각하, 사과드리겠습니다."

마빈은 우아하게 몸을 숙여 보였다.

베사드 공작은 눈살을 찌푸렸지만, 이렇게 나오면 사과를 받아주지 않을 수 없다.

"괜찮소. 전하가 계신데 검을 뽑으려 들다니, 내 부하가 결례를 저질렀군."

베사드 공작은 검을 부러뜨려 먹은 기사를 바깥으로 내보냈다. 그리고 몸을 일으키더니 한쪽 무릎을 꿇고 고개를 숙였다.

"다시 인사 올리겠습니다, 세이람 전하."

이 순간 베사드 공작은 세이람을 정통한 왕손으로 인정했다. 그는 왕이 될 자에게 예를 표하며 말했다.

"제게 와주셔서 감사합니다. 부디 제가 전하께서 이 혼란을 평정하고 왕위에 오르실 때까지 보필하도록 허락해 주시옵소서."

급격하게 변한 태도에 세이람은 당황했다. 심장이 쿵쾅거린다.

　—전하, 당황하셔서는 안 됩니다.

　하지만 알더튼의 목소리가 그를 진정시켜 주었다.

　—바로 대답하지 마십시오. 잠시 뜸을 들이시는 겁니다.
천천히 심호흡을 하면서 목소리가 떨리지 않도록 주의하세
요.

　왜 그래야 할까? 궁금하다. 하지만 일단은 그 말에 따라서
세이람은 무심함을 가장하며 베사드 공작을 굽어보았다. 항
상 눈을 감고 있는 습관 때문에 감정을 감추기는 쉬웠다.

　곧 세이람이 물었다.

　"공작, 당신은 스스로 왕이 되고자 하지 않았습니까?"

　"제 몸에 흐르는 피와 제 검에 걸고 맹세하겠습니다. 저는
이 나라에 닥쳐 올 혼란을 걱정하여 일어났을 뿐, 사리사욕으
로 왕위를 탐하지 않았습니다."

　왕이 되고자 한 것은 정명한 왕의 혈통이 아닌 자가 왕위에
오르려 하는 것을 막고, 나아가 이 나라의 혼란을 바로잡기
위해서다. 왕가를 향한 자신의 충심에는 변함이 없으며, 자신
보다 더 왕좌에 걸맞은 주인이 나타난다면 기꺼이 양보하고
그를 도울 것이다.

　베사드 공작은 그렇게 말했다.

　실로 이야기 속의 한 장면 같은 광경이었지만, 루그는 속으
로 실소를 머금고 있었다.

'품성이나 능력과는 상관없이 선택된 자, 혈통적으로 올바른 자만이 왕이 되어야 한다. 이놈의 혈통 지상주의란.'

오로지 자신들이 인정하는 '올바른 혈통'에게만 향하는 귀족들의 충심 역시 인간의 광기가 낳은 산물이다. 오랜 시간 동안 야인으로 떠돌았던 루그는 당당한 베사드 공작의 태도에 속으로 냉소했다.

하지만 지금은 그 광기에 감사한다. 왜냐하면 베사드 공작이 귀족적인 광기에 빠지지 않고 실리만을 좇는 야심가였다면, 탈린 왕국의 혼란을 정리하는 것은 더더욱 어려워졌을 테니까. 이것으로 상황은 가장 바라던 방향으로 흐르게 되었다.

세이람이 미소 지으며 말했다.

"그대의 협력을 기쁘게 받아들이겠습니다. 함께 이 나라의 혼란을 잠재웁시다, 베사드 공작."

그렇게 세이람은 탈린 왕국을 양분하고 있던 베사드 공작의 세력을 손에 넣었다.

그로부터 닷새 후, 루그에게 이웃나라인 아네르 왕국에서 내전이 발발했다는 소식이 들려왔다.

CHAPTER 63
황금사자

폭염의 용제

1

"허억, 허억……."

넓은 방 안에서 은발에 녹색 눈을 가진 청년이 숨을 몰아쉬고 있었다. 전신에 피를 뒤집어쓴 청년은 금세 숨을 고르고 주변을 둘러보았다.

그야말로 시체가 산을 이루고 피가 강을 이루었다. 수십의 인간이 숨이 끊어진 채 흘리는 피가 바닥을 붉게 적시고, 오로지 청년만이 그 자리에 서 있었다.

뚜버, 뚜벅…….

그 자리에 또 다른 인기척이 나타났다. 긴 검은 머리칼에 선명한 붉은 드레스를 입은, 놀라울 정도로 아름다운 소녀였다. 딱 피가 적시지 않은 곳까지만 다가온 그녀가 물었다.

"란티스, 왜 마검과 마갑을 쓰지 않았죠? 게다가 능력을 다 쓰지도 않고 치고받기만 하다니, 죽고 싶은 건가요?"

"글쎄."

은발의 청년, 란티스 펠드릭스가 피에 젖은 검을 바닥에 던져 버리며 말했다.

"그냥 한 번쯤은 내 운명을 시험해 보고 싶어서였을 거야. 하긴 그래 봤자 이 육체도 이 힘도 전부 티아나 당신에게 받은 거니 의미없나?"

"……"

흑발의 소녀, 티아나 아카라즈난은 말없이 란티스를 바라보았다.

피에 젖은 란티스는 키득거리며 걸었다. 자신이 참살한 시체들을 짓밟으며 나아가서 등 뒤에 칼을 맞고 쓰러진 한 명의 시체에게로 다가간다. 그리고 발끝으로 시체를 벌러덩 뒤집었다.

공포에 질린 표정으로 죽어간 청년의 시체였다. 란티스와 마찬가지로 은발에 녹색 눈을 가졌고 생김새도 닮았다.

"바보 같은 형님, 그냥 얌전히 주제파악을 했으면 좋았을 것을. 하다못해 날 건드리지만 않았어도 이렇게 죽지 않았어도 되잖아. 그랬으면 딱히 죽일 생각도 없었는데."

란티스가 키득거렸다. 하지만 전혀 즐거워 보이지 않는, 그저 지친 광기만이 엿보이는 웃음이었다.

시체는 란티스보다 세 살 많은 형 길로트 펠드릭스였다.

얼마 전, 왕도 아라로스에 머무르고 있던 펠드릭스 공작이
살해당하는 사건이 일어났다.

살해당한 것은 그만이 아니었다. 왕족과 여러 유력 귀족이
살해당하고, 동시에 왕가의 방계이며 재상이었던 리가드 공
작이 자신을 지지하는 세력을 이끌고 왕도를 점거했다.

그것이 아네르 왕국 내란의 시작이었다.

아네르 왕국은 세 조각으로 분열되었다.

광기에 젖은 리가드 공작 일파와 아타렐 후작 일파, 그리고
펠드릭스 공작가도 속해 있는 카사를 공작 일파.

이런 상황에서 가주를 잃은 펠드릭스 공작가는 혼란에 빠
졌다.

펠드릭스 공작은 아직 후계자를 명확히 정하지 않은 채 죽
었다. 입지만 보면 장자인 길로트가 뛰어나지만, 그는 요즘
들어서 큰 실수를 여러 번 했다. 그에 비해 란티스는 요 몇 년
간 경이로운 성장을 보여주고 있었다.

란티스의 무력은 실로 압도적이었으며 전국을 돌아다니
며 가문의 이름을 빛내는 업적들을 세웠고, 그뿐만 아니라
수하들을 부려서 이익이 될 만한 사업도 여럿 벌였다. 그러
다 보니 가문 내에 란티스의 지지세력이 점점 늘어나고 있
었다.

이런 상황이 되자 길로트는 극단적인 수단을 택했다. 란티스를 제거하기로 한 것이다.

지금까지도 길로트는 란티스를 제거하기 위해 암살자들을 여러 번 동원했다. 하지만 어디까지나 가문 밖에서, 증거가 남지 않을 정도에서 그쳤다.

이번에는 자신을 지지하는 수하들을 잔뜩 모은 뒤, 그곳으로 란티스를 불러들였다. 그리고 그 자리에서 란티스를 없애고자 했다.

하지만 그 결과는 길로트를 포함한 전원의 죽음이었다.

길로트가 모은 인원이 전원 강체술사라는 점을 감안하면, 그들을 상처 하나 없이 몰살시킨 란티스의 힘은 경이로운 것이다. 게다가 그는 티아나에게 받은 마검과 마갑조차 쓰지 않고 상대의 무기를 빼앗아서 오로지 검투로만 싸웠다.

"정말로 어쩔 수 없군. 이제는……."

길로트의 시체를 보며 중얼거린 란티스가 티아나를 돌아보았다.

"크로넬은 어떻게 됐지?"

란티스의 심복기사 크로넬, 그는 오늘 가문의 기사단 업무 문제로 저택에 없었다. 그러나 생각해 보면 그것은 란티스의 곁에서 그를 떼어놓기 위한 길로트의 수작이었을 것이다.

티아나가 대답했다.

"무사해요. 암살자들은 제 부하들이 미리 치워두었죠. 지금쯤 아마 사실은 기사단의 일 따위 없었다는 사실을 알고 돌아오고 있을 거예요."

"고마워."

란티스는 솔직하게 감사했다. 크로넬은 오랫동안 그에게 충성해 온 기사였다. 티아나와 알게 된 이후, 인간의 길을 벗어나 폭주해 온 란티스였지만 여전히 그를 심복으로 생각하고 있었다.

"수고스럽겠지만 여기 뒤처리도 부탁해. 증거는… 뭐, 형님이 나를 제거하려고 한 거야 당연하지만, 확실한 걸로 준비해 주고."

"알겠어요. 그리고……."

티아나가 마법을 사용했다. 그러자 란티스의 머리부터 발끝까지 적셨던 피가, 마치 액체가 아닌 것처럼 깨끗하게 분리되어서 바닥으로 떨어진다. 란티스는 한순간에 말끔한 모습으로 돌아왔다.

"피를 뒤집어쓴 채 나간다면 온갖 구설수에 시달리게 되겠지요."

"그렇군."

란티스는 그녀에게 다가가 볼에 키스하고는 그곳을 나섰다.

시체들 사이에 홀로 남은 티아나가 한숨을 쉬더니 방 한구석을 돌아보며 쏘아붙였다.

"그만 나오지 그래요? 숨어서 훔쳐 보다니, 여전히 저열하군요."

"난 일을 확실하게 하고 싶었을 뿐입니다."

그렇게 말하며 모습을 드러낸 것은 어두운 피부에 검은 머리칼을 가진 드래코니안, 엘토바스 바이에였다. 은신을 푼 그가 티아나에게 걸어오며 말했다.

"란티스 펠드릭스는 정말 놀랍도록 강해졌더군요. 저 정도면 상위 용족도 단신으로 쓰러뜨릴 수 있겠어요. 도대체 무슨 방법을 쓴 겁니까? 뭐랄까, 마치 이전과는 다른 생명체가 된 것 같던데."

"말해주고 싶지 않군요, 당신에게는."

티아나가 찬바람이 쌩쌩 부는 태도로 말했다. 엘토바스가 어깨를 으쓱했다.

"너무 미워하지 마시죠. 난 어디까지나 효율적인 수단을 선택하고 있을 뿐입니다."

"당신이 내 일에 끼는 것부터가 불쾌하군요. 왕도의 일에나 매진할 것이지."

"하하하. 하지만 그래서야 혼란이 가중되기 어려우니까요."

엘토바스는 웃으면서 길로트의 시체에 다가갔다.

국왕의 죽음, 그리고 그 후에 내전을 촉발시킨 참극은 모두 엘토바스의 작품이었다.

길로트 펠드릭스가 극단적인 행동에 나선 것 역시 마찬가지다. 그는 그의 수하들을 조종해 그를 불안하게 할 거짓 정보를 유입시켰고, 종종 모습을 감춘 채 용마안으로 그의 마음속의 어두운 감정들을 증폭시켰다. 그 결과 길로트는 란티스를 제거하지 않으면 안 된다는 강박관념에 휩싸여 행동을 일으킨 것이다.

"불카누스님께서 직접 진행하시던 탈린 왕국의 일이 실패했습니다. 여기까지 실패하면 안 되지 않겠습니까?"

"그렇다 해도 당신까지 올 필요는 없었어요. 나 혼자로 충분해요."

블레이즈 원은 현재 열 곳도 넘는 지역에서 혼란을 야기하고 있다.

탈린 왕국이나 아네르 왕국의 계획이 실패한다 해도 다른 지역은 파국을 향해 질주할 것이다. 그런데 굳이 티아나에게만 맡겨둬서는 안 되겠다고 엘토바스가 왔으니 불쾌하다.

엘토바스가 미소 지었다.

"이런. 당신의 능력을 무시하는 건 아닙니다. 당신이 진행해 둔 일들 덕분에 이렇게 쉽게 내전을 촉발시킬 수 있었으니까요."

엘토바스의 용마안은 인간들 사이에 분쟁을 만드는 데 최적화된 능력이다. 하지만 그렇다고 해도 최소한 불화의 씨앗이 있어야 하는데, 그 밑작업을 티아나는 사업적인 수완, 사교관계, 그리고 흑마법의 저주까지 활용해서 아주 훌륭하게 수행해 놓았다.

엘토바스가 말을 이었다.

"다만 전 루그라는 인간이 이곳에 올 경우를 걱정하는 것 뿐입니다. 그 전에 손쓸 수 없을 정도로 일을 진행시켜 두는 게 좋겠지요."

그들의 목적은 인간 사회에 혼란을 일으켜 그들의 힘을 약화시키는 것이다. 즉, 혼란 그 자체가 그들의 작전 목표였으니, 루그가 그들을 쓰러뜨리러 온다고 해도 수습하기 어려울 정도로 일을 진행시켜 놓고 빠지면 그만인 것이다.

실제로 루그는 불카누스와 지아볼을 쓰러뜨리고도 탈린 왕국의 상황을 정리하기 위해 발이 묶였다. 대국적인 차원에서 볼 때, 인류 전체를 테러 대상으로 보는 블레이즈 원은 그 모두를 지켜야 하는 루그와 아쿠아 비타보다 유리한 입장에 있다.

엘토바스가 말했다.

"뭐, 안심하셔도 됩니다. 당신이 저 란티스 펠드릭스라는 인간을 아끼는 건 잘 알고 있으니까. 당신의 소중한 장난감을 빼앗을 정도로 전 예의를 모르진 않아요."

"그렇다면 앞으로 이런 식으로 그와 관련되는 일은 피해주시죠. 나한테 일언반구도 없이 이런 일을 벌이다니, 한 번만 더 이러면 그냥 넘어가지 않겠어요."

"여부가 있겠습니까. 이번 일은 사과하지요."

엘토바스는 우아하게 몸을 숙여 보였다. 그런 그를 보던 티아나는 흥 하고 코웃음을 치고는 몸을 돌렸다.

란티스는 공허한 표정으로 아무도 없는 복도를 걷고 있었다.

부친인 펠드릭스 공작이 죽었을 때, 란티스의 충격은 대단했다.

하지만 그게 아버지를 사랑해서는 아니었다. 란티스가 처음 아버지의 부고를 듣고 떠올린 생각은 이랬다.

'아버지가? 아, 이런. 너무 일찍 가셨군. 이러면 후계자 되기가 번거롭겠는데. 형님을 어쩌지? 동생 놈들이야 별로 문제가 안 되지만… 젠장, 지금은 저런 일 신경 쓰기도 귀찮은데 왜 갑자기 돌아가셔서 일거리를 던져 주시나.'

아버지가 예기치 못하게 죽었는데 저런 생각부터 떠올리고 있었던 것이다.

그 직후 그는 자신이 그렇게 반응했다는 데 충격을 받았다. 비록 대귀족다운 가풍 때문에 살갑게 지내진 않았지만, 예전의 란티스는 아버지를 존경하고 있었다. 자신의 혈통에 자부심이 대단한 만큼 가주로서 칭송 받는 아버지를 경애했다.

하지만 어느 순간부터인가 그런 감정이 메말라 버렸다.

스스스스…….

복도를 걷는 란티스의 몸에서 새하얀 한기가 뿜어져 나오기 시작했다.

쏴아아아아아!

그 한기가 격화되면서 주변이 한순간에 얼어붙는다.

그의 육체는 자기도 모르는 새 계속 괴물로 변하고 있었다. 어느 순간부터는 이렇게 냉기를 지배할 수 있는 속성력까지 생겼다.

한순간에 복도를 얼음투성이로 만든 란티스가 웃기 시작했다.

"하하하……."

그래. 이 힘 때문이다.

티아나와 만나 인간을 초월한 힘을 부여받았을 때부터, 그는 급격하게 변했다.

아버지를 볼 때도 예전처럼 경애의 눈으로 보는 것이 아니라, 잘나봤자 평범한 인간일 뿐이라고 여기게 되었다. 이 세상 모든 것이 하찮고 연약해 보여서 조금만 힘을 쓰면 부서져 버릴 것만 같았다.

그런데도 만족할 수가 없다.

예전에 갖고 싶었던 것들이 모두 빛이 바래서 쓰레기처럼 버릴 수 있을 것 같은데, 그래도 가슴속에는 커다란 구멍이 뚫려서 끝없는 갈증이 느껴졌다.

그 갈증을 해소하기 위해서 노력도 많이 했다.

티아나에게 받은 힘에 휘둘리기만 하는 것이 아니라, 그것을 바탕으로 진정한 강자가 되고 싶었다.

하지만 의미없었다. 그도 모르는 새 점점 더 육체는 괴물로 변해 갔다. 이제는 그 변화가 무서울 정도다.

원인도, 과정도 이해할 수 없고 통제할 수도 없다. 그저 강해질 뿐이다.

하루하루를 숨 쉬며 살아가는 것만으로도 그는 강해진다. 아무리 노력해도 스스로의 변화를 따라갈 수가 없다.

"하하하하하하!"

란티스는 웃었다. 미친 듯이 웃는 그의 눈가로 이유 모를 눈물이 흘러 내렸다.

2

"여긴 괜찮아."

요르드는 실시간 통신기 너머로 루그에게 말했다. 루그가 눈살을 찌푸리자 그가 말을 이었다.

"정말 걱정하지 않아도 돼. 왕도에서도 무사히 탈출했고… 우리 가문이야 외진 곳에 있어서 한동안은 혼란에 휘말리지 않을 거야."

요르드는 왕도의 참극이 벌어졌을 때, 다행히 리가드 공작 일파에게 붙잡히지 않고 탈출할 수 있었다. 지금은 아쿠아 비타의 도움을 받아서 시레크 백작령에 무사히 도착했다.

루그가 물었다.

"하지만 너희 아버지는 이미 아타렐 후작을 지지하고 나서셨던데? 괜찮겠어? 너희 가문이 화살받이로 쓰일 수도 있다고."

아타렐 후작 역시 왕가의 방계이며, 그의 부인은 이엘라 공주였다. 그렇기에 그의 장자는 현재 높은 왕위 계승권을 가졌다.

왕도에 있던 왕족이 모두 살해당한 지금, 많은 귀족들이 아타렐 후작을 지지하고 나섰고 시레크 백작 역시 그 중 하나였다.

"정보가 빠르네. 뭐, 그래도 이쪽에 아쿠아 비타 여러분이 와주셨으니까……."

"하라자드 공과 에반스 경이 가셨다고는 들었는데."

"연락은 받았어. 며칠 내로 이 나라에 당도하신다더라."

아네르 왕국에는 블레이즈 원의 상위 용족 간부인 티아나 아카라즈난이 있다.

그렇기에 좀처럼 로멜라 왕국을 떠나지 않던 크로커다이드 하라자드가 직접 움직였다. 블레이즈 원의 상위 용족 간부를 상대하려면 최소한 이쪽에서도 상위 용족이 나서야 한다고 판단했기 때문이다.

사실 로멜라 왕국의 왕도 라무니아를 수호하던 그가 움직이는 것은 위험부담이 큰 일이다. 하지만 로멜라 왕국에는 그레이슨에게 패하고 돌아간 발타르가 있고, 알로키나를 비롯한 다른 상위 용족들도 여럿 있다. 그들에게 뒤를 맡기고 하라자드는 최전선에서 싸우고자 나왔다.

"하지만 에반스 경이 나서다니 의외로군."

시공 회귀 전, 수많은 수수께끼를 품고 있었던 대마법사 에반스 리가르테.

지금의 그는 하라자드의 제자이며 로멜라 왕국의 궁정 마법사였다. 아무리 스승인 하라자드가 움직인다고 해도 궁정 마법사가 왕궁을 비우다니.

알더튼의 말로는 에반스는 제이언과 친분이 있었고, 그래서 그의 부고를 전해 듣고는 블레이즈 원과의 싸움에서 한몫 거들겠다며 하라자드를 따라나섰다고 한다. 납득이 가는 이유지만 왠지 석연치 않았다.

'왠지 모르겠지만.'

생각에 잠긴 루그에게 요르드가 물었다.

"듣자 하니 그 하라자드 공이라는 분은 블레이즈 원의 간부들에게도 뒤지지 않는 대단한 마법사라며?"

"뭐 확실히 그렇지."

객관적으로 하라자드의 실력을 평가해 본다면, 티아나 아카라즈난 정도는 쉽게 제압할 수 있을 것이다. 그녀도 루그에게 호되게 당했으니 그 후로 놀고 있지는 않았겠지만, 그래 봤자 근본적인 격차가 너무 컸다.

요르드가 말했다.

"그러니까 너무 걱정하지 마. 나도 이제 기격의 경지에 오르기도 했고, 장비도 더 개선됐으니까. 너무 그러면 나도 자존심 상한다고."

라나의 숲에 머무르는 동안 요르드는 기격의 경지에 올랐고, 그의 마검과 마갑 역시 드워프 장인들에 의해 개량되었다. 그의 전투 능력은 루그가 기억하고 있는 것과는 비교를 불허하는 수준일 것이다.

루그가 사과했다.

"으음. 미안. 그런 생각으로 한 말은 아니었어."

"넌 일단 그쪽 일을 정리하는 데 힘쓰라고. 정말 필요하면 바로 부를 테니까."

"알겠어."

"그럼 또 일 있으면 연락할게."

요르드는 그 말을 끝으로 통신을 끊었다.

투명한 유리판으로 돌아간 통신기를 보며 루그가 한숨을 쉬웠다.

"후우."

"주인님, 요르드 경한테 혼났구나?"

뒤에서 보고 있던 메이즈가 웃으면서 말했다. 루그가 투덜거렸다.

"혼나긴 무슨."

"주인님은 다른 사람들을 너무 애 보듯이 한다니까. 너무 그러면 요르드 경이 화나는 것도 당연해."

"확실히… 이젠 좀 신경 써야겠어."

"요르드 경이라면 괜찮을 거야."

"응. 어쩌면 지금의 요르드라면, 예전의 요르드와 거의 동등할지도 모르고."

물론 요르드는 기격의 경지에 오른 지 얼마 안 되었으니 강체술사로서는 시공 회귀 전보다 못할 것이다.

하지만 요르드는 혼돈의 비약을 먹어서 강체력만으로 보면 예전의 그를 뛰어넘었다. 게다가 루그와 그레이슨이라는, 강력한 강체술사들과 함께 훈련해서 6단계의 경지도 어떤 것인지 체감하고 기격의 활용 면에서도 충분한 훈련을 쌓았다. 스승도, 경험을 통해 배울 대상도 없어서 기격을 연마하기에도 힘들었던 이전과는 발전 속도 면에서 비교를 불허한다.

거기에 강력한 마검과 마갑까지 더해졌으니 총체적인 전투 능력 면에서는 어쩌면 그 이상이지 않을까?

'한 번쯤 붙어보고 싶은데.'

시공 회귀 후, 요르드는 루그에게 있어서 가르쳐서 강하게 만들어야 하는 대상이었다.

하지만 예전에는 단 하나뿐인 라이벌이었으며 존경하던 목표였다. 그렇기에 요르드가 예전 이상으로 강해진다면 그것은 기쁜 일이다.

문득 메이즈가 물었다.

"그러고 보니 마빈 씨랑 요르드 경이랑은 누가 더 세?"

"응? 거기서 왜 마빈이 나와?"

"하지만 비교해 볼 만한 대상이잖아? 주인님하고는 너무 격차가 크고. 마빈 씨랑 요르드 경이랑 둘 다 기격의 경지에 오른 지 얼마 안 됐고, 장비의 성능도 비슷하고."

"으음. 그렇기는 한데⋯⋯."

루그가 눈살을 찌푸렸다.

묘하게 기분이 나쁘다. 어쨌거나 요르드는 루그가 인정하는 천재였다. 그런데 아직 풋내가 풀풀 나는 마빈과 비교당하다니?

'근데 맞는 말이긴 하지. 둘이 싸우면⋯ 음, 확실히 마빈한 테도 승산이 있겠는데.'

마빈은 기격의 경지에 오른 후 급격하게 강해지고 있었다. 천재적인 재능으로 루그의 가르침을 흡수해서 어제와 오늘의 실력이 확연히 다를 지경이다. 게다가 주변에서 왕자의 신뢰를 받는 강자로 존중받으니 콧대가 높아지고 있었다.

"음. 이놈이 기고만장해하는 걸 보고만 있긴 좀 그렇고. 한 번쯤 눌러줄 필요가 있겠는데."

"마빈 씨가? 별로 기고만장해 있진 않잖아? 주인님 보면서 자긴 아직 멀었다고 투덜거리던데."

"기고만장했어. 요즘 잔뜩 폼 잡고 돌아다니는 거 못 봤어?"

베사드 공작이 세이람의 밑으로 들어온 지 열흘, 그동안 마빈은 '불세출의 천재 기사' 소리를 듣고 있었다.

특히 다소 겉늙어 보이는 외모와 달리 실은 16세라는 것이 알려지자 다들 기절할 듯이 놀라서 탈린 왕국의 복이라며 그 재능을 칭송했다. 베사드 공작 세력 중에 최고의 강자인 기격의 강체술사 카지스가 소문을 듣고는 꼭 마빈을 만나보고 싶다고 말했을 정도였다.

그러다 보니 마빈은 일거수일투족을 조심했다. 항상 분위기를 잡고 다니면서 사람들에게 그럴싸한 이미지를 심어주었다.

현재 베사드 공작성에 있는 소녀들 중에서 마빈에게 뜨거운 시선을 보내는 이들이 한둘이 아니었다.

"내가 좀 띄워주니까 아주 콧대가 하늘을 찔러서 구멍을 낼 기세지. 허세왕이라니까, 허세왕. 가증스럽게 과묵하고 분위기 있는 척하면서 자기 이름값 높이고 다니는 거 봐. 은근히 사람들 보이는 데서 기격을 쓰고, 상대도 안 되는 기사들 대련 형식으로 지도해 주면서 잘난 척하고 말야."

루그의 투덜거림에 메이즈가 고개를 갸웃했다.

"그거 주인님도 만날 하던 짓이잖아?"

"……."

"10대에 기격을 깨우치고 6단계의 경지까지 오른 불세출의 천재, 그리고 상위 용족 둘을 거느린 채 사람들을 돕는 영웅의 이미지를 동네방네 광고하고 다녀서 폭염의 용제라는 별명까지 얻었으면서."

"으윽……."

그 말에 루그는 할 말이 없어졌다. 로멜라 왕국에서 칼리아를 만날 만한 명성을 쌓기 위해서 한 짓들을 잘 생각해 보니 다를 게 없긴 하다.

"그, 그건 필요해서 한 일이고……."

"마빈 씨가 명성을 얻는 것도 똑같지 뭘. 필요한 일이잖아? 그래서 주인님이 자기를 감추고 마빈 씨를 내세운 거 아니었어?"

"으……."

"동생이 너무 잘 나가니 질투하는 거야? 주인님도 참. 이런 때 보면 은근히 귀엽다니까."

"그럴 리가 없잖아. 에이, 하여튼 마빈 그놈 한 번쯤 정신을 차려야 해. 저렇게 어릴 때 너무 잘 나가면 인간이 비뚤어진다고."

루그는 고집스럽게 말하고는 방을 나섰다.

3

에리체는 눈을 휘둥그레 뜬 채 물었다.

"루그님이 저, 저를요?"

"네."

루그가 고개를 끄덕였다. 에리체가 믿을 수 없다는 듯 물었다.

"정말로 루그님이 직접 저를?"

"네. 그렇습니다. 물론 에리체 양이 받아들이신다면……."

루그가 재차 대답했다.

에리체가 루그의 말을 자르며 두 주먹을 불끈 쥐었다.

"저야 물론 받아들이지요! 아니, 제발 가르쳐 주세요!"

에리체의 눈이 반짝반짝 빛났다.

루그는 에리체에게 한 가지 제안을 했다. 그것은 바로…….

"루그님한테 강체술을 배운다니, 꿈만 같아요!"

자신에게 강체술을 배우지 않겠냐는 제안이었다.

에리체는 모든 면에서 천재적인 재능을 타고난 강체술사다. 넘치는 재능 때문에 메이달라 후작가에서 감히 그녀에게 대적할 상대가 없을 정도가 아니었던가?

하지만 그런 에리체도 아직 기격의 경지에는 닿지 못하고 있었다. 에리체 자신이 무예에만 정진해 온 것도 아니었고, 또 메이달라 후작가에 기격의 경지에 오른 이가 없는지라 더 높은 경지로 이끌어줄 스승도 없었기 때문이다.

루그는 그녀의 재능을 눈여겨보고 있었다. 앞으로 더 위험한 싸움이 기다리고 있을 테니 조금이라도 일행의 전력을 향상시켜 두어야 했다.

에리체가 흥분된 기색을 감추지 못하고 물었다.

"그런데 저는 문파외인인데 정말 괜찮은 건가요? 기초도 아니고……."

강체술의 비전은 귀중한 것이다. 그렇기에 무가들은 가문의 강체술 요체를 절대 외부로 유출하지 않는다. 이것은 모든 유파가 마찬가지라서, 도장을 열고 배움의 기회를 제공하는 유파라 할지라도 진정한 비전은 충분한 신뢰와 자격을 얻은 자만이 배울 수 있었다.

그런데 루그는 그런 귀중한 비전을 에리체에게 가르치겠다고 하고 있는 것이다.

"괜찮습니다. 우린 같이 싸우는 전우잖아요. 에리체 양이 강해지는 게 모두에게 이득이지요."

"그렇긴 하지만… 루그님은 그런 쪽으로는 정말 욕심이 없으시네요? 동생 분을 가르치시는 것도 그렇고."

에리체가 흘끔 옆을 바라보며 말했다.

그곳에는 마빈이 주저앉아서 헉헉거리고 있었다. 조금 전까지 루그와 격렬하게 대련을 벌이면서 기력을 한계까지 쥐어짜냈던 것이다.

루그가 말했다.

"미우나 고우나 동생이니까요. 약한 채로 내버려 뒀다가 어디 가서 덜컥 죽어버리기라도 하면 찝찝하잖아요."

"하지만 동생 분이라고 해도 문파외인이잖아요? 오더 시그마의 기술 그 자체는 아니라고 해도 기격의 기술 정도면 이미 문파의 비전일 텐데……."

"오더 시그마는 그런 거에는 좀 덜 까다로운 편이거든요. 그리고 그런 것에만 집착해서는 절대로 블레이즈 원을 이길 수 없습니다. 지금은 한 사람이라도 더 강한 전력이 필요하니까요."

루그는 시공 회귀 전에 한 번 불카누스에게 모든 것을 잃는 경험을 했다. 그렇기에 이런 쪽으로는 사고가 열려 있었다.

루그가 말했다.

"에리체 양도, 그리고 바리엔 양도… 두 분 다 원하신다면 기격의 기술 같은 거야 얼마든지 가르쳐 드리겠습니다."

"아, 제가 기격을 배운다니, 꿈만 같아요!"

뛸 듯이 기뻐하던 에리체가 문득 생각난 것이 있다는 듯 루그를 바라보았다.

"아, 루그님, 저 부탁드릴 게 하나 있어요."

"뭔가요?"

"제가 루그님한테 강체술을 배운다면 이제… 루그님과 저는 일종의 스승과 제자 관계 같은 거잖아요?"

"그렇게 딱딱하게 생각하실 것까진 없는데요?"

"제가 부탁드리려는 것도 그리 딱딱한 건 아니에요. 루그님이 저를 그냥 에리체라고 불러주시면 안 될까요?"

"네?"

뜻밖의 제안에 루그가 눈을 크게 떴다. 스승과 제자 관계를 이야기하길래 뭔가 딱딱한 예절이라도 차리려나 싶었는데 그게 아니었단 말인가?

에리체가 하얀 머리카락 끝을 손가락으로 배배 꼬면서 얼굴을 붉혔다.

"루그님이 제 스승이 되시는데 언제까지 에리체 양, 에리체 양 하는 것도 조금……. 제가 지금까지 대해도 된다면 루그님이 저를 그냥 그렇게 불러주셨으면 좋겠어요."

슬쩍 시선을 피하면서 부끄러워하는 에리체를 본 바리엔은 기가 막혔다.

'우와, 저 왕내숭……!'

평소의 무지막지한 저돌성은 어디다 갖다 버리고 부끄러워하는 귀여운 소녀를 저리도 뻔뻔하게 연기한단 말인가? 가공할 내숭이다. 루그도 살짝 얼굴을 붉히고 있는 걸 보니 아주 남자를 녹여 버릴 것 같은 귀여움이 발휘되고 있었다.

"아, 뭐, 그걸 바라신다면야… 괜찮겠죠, 이름 정도야."

결국 루그도 슬쩍 시선을 피하면서 볼을 긁적였다. 에리체가 눈을 반짝였다.

"정말요?"

"네."

"그럼 불러봐 주세요."

"음… 에리체?"

"네."

에리체는 눈을 반짝반짝 빛내며 기뻐했다. 정말로 사소하기 짝이 없는 일인데 그렇게 좋을까?

루그는 에리체의 시선이 부담스러워서 바리엔에게 말을 걸었다.

"바리엔 양은 어찌시겠습니까?"

"아, 그게……."

에리체의 내숭에 몸을 부르르 떨던 바리엔은 이야기가 자신에게 돌아오자 당황했다.

"에리체는 몰라도 저는 아직 강체술사로서는 멀었는데, 루그님의 가르침을 받아도 소화할 수 있을까요?"

"괜찮습니다. 기격이 아니더라도 가르쳐 드릴 만한 건 많으니까요."

"그렇다면 저도 부탁드릴게요."

바리엔이 고개를 끄덕였다. 무가의 여식으로 태어나 어려서부터 꾸준히 무예를 연마해 온 그녀다. 6단계의 강체술사인 루그의 가르침을 받을 수 있다는 사실에 흥분되는 마음은 어쩔 수 없었다.

루그가 웃으면서 말했다.

"그럼 시작해 볼까요? 마빈이 회복할 때까지 간단하게 대련을 통해서 두 분의 실력을 파악해 보죠."

4

루그가 에리체와 바리엔을 가르치는 동안, 볼카르는 드워프 장인들에게 새로운 마법 도구의 제작을 제안했다.

"별의 눈?"

낮이라서 천사 같은 사내아이의 모습을 하고 있는 리누스와 워즈니악이 눈을 휘둥그레 떴다. 통신기 너머로 보고 있자면 그들이 수천 살 먹은 노인네들이라는 걸 도저히 믿을 수 없을, 아니, 믿고 싶지 않을 지경이다.

루그가 볼카르의 말을 전했다.

"응. 지난번에 스승님과 발타르 그 양반이 싸울 때, 볼카르가 통신기를 이용해서 내 의식을 그 앞으로 전송했었거든? 그때부터 고심한 모양이던데. 일단 '별의 눈'이라고 이름 붙인 모양이야."

루그는 볼카르의 제안을 전달했다.

〈별의 눈이라는 것은 까마득한 고도에 위치해서 멀리보기 마법으로 지상을 굽어보는 마법 도구다. 일단 원하는 위치까지 올려놓기만 하면 에너지를 크게 소모하지 않을 테니 솔라듐을 탑재하고 그걸 중심으로 내가 설계한 마력 반응로를 내장하면 태양빛만으로도 반영구적으로 동작할 거다.〉

멀리보기 마법뿐만 아니라 갖가지 정보 수집용 마법을 내장해서 지상을 굽어본다. 그러면 원하는 곳이라면 어디든지 볼 수 있고, 그렇게 수집한 정보를 실시간 통신기를 이용해서 전달받을 수 있다. 지금까지와는 차원이 다른 정보 수집력을 갖추게 되는 것이다.

실시간 통신기만 해도 이 시대에는 정보의 혁명이었다. 실시간 통신기를 가진 자가 알게 된 정보를 실시간으로 전달한다. 이것은 종래의 통신 방법으로는 도저히 상상도 할 수 없었던 일이다.

그런데 이 '별의 눈'이 더해진다면?

"잘하면 블레이즈 원의 움직임을 손바닥 들여다보듯이 알 수 있게 될 거야. 놈들이 눈치채지도 못하는 사이에 타격하는 것도 가능해지겠지."

전략 면에서 아쿠아 비타가 블레이즈 원에 대해 압도적인 우위를 거머쥐게 된다.

그 구상을 들은 리누스와 워즈니악이 혀를 내둘렀다.

"으윽, 대, 대단하군!"

"제엔장! 이건 실시간 통신기를 만든 우리가 생각했어야 할 활용법인데! 드래곤한테 선수를 빼앗기다니!"

둘 다 볼카르에게 경쟁의식을 갖고 있었기 때문에 대단히 분해하고 있었다. 볼카르가 우쭐거렸다.

〈후후후. 다리도 짧은 것들이 감히. 너희들이 마법 도구 창조의 종주라고 불릴 수 있었던 것은 여태까지 내가 그럴 필요성을 느끼지 못했기 때문이었다. 이제부터 너희들은 내 뒤를 따라오면서 열등감을 폭발시키는 일만 남았지!〉

'하여튼 볼카르 이 녀석도 드워프들하고 경쟁하는 일만 얽히면 인격이 변하는 것 같단 말이지?'

루그가 피식 웃었다.

마법 수준으로만 따지면 아예 비교할 수도 없을 정도지만, 그것을 활용해서 뭔가를 만드는 발상 면에서 드워프들은 볼카르조차 놀라게 하는 일이 많았다. 그러다 보니 볼카르도 묘하게 경쟁심이 타올라서 그들의 분야에서 성과를 내고자 했던 것이다.

사실 드래곤들은 마법 도구에 대한 필요성이 그리 절실하지 않았다. 본신의 마법으로 못하는 일이 없었기 때문이다. 정보 수집이라는 측면에서 보면 스포르카트의 '전지적 관찰자 시점' 같은 터무니없는 마법까지 쓸 수 있지 않은가?

머리를 쥐어뜯으며 분해하던 리누스가 문득 눈을 반짝였다.

"아, 그렇지. 이번 일에는 브린도 끼워야겠군!"

"브린을?"

리누스가 눈을 크게 떴다.

브린.

그는 전설의 일곱 드워프 장인 중에 정보를 저장하고 검색하는 마법 도구를 만들어냈다고 알려진 존재다.

워즈니악이 고개를 끄덕였다.

"별의 눈이라는 걸로 수집한 정보를 실시간으로 다 살펴보고 있을 수도 없는 노릇이니, 이참에 실시간 통신망으로 수집되는 모든 정보를 저장해서 관리하면서 필요한 정보를 검색할 수 있는 시스템을 구축할 수 있는 게 좋겠지. 안 그런가?"

"그렇군. 어떻게 생각하는가, 루그?"

리누스가 워즈니악의 의견에 동의하며 물었다.

루그가 말했다.

"그런 시스템이 있다면 정말 좋겠지만… 만들 수 있는 거야?"

"불가능하진 않을 걸세. 모토로라도 흥미로워 할 거고."

"그놈이야 성지를 떠나려고 안 하니 이번에도 원거리 통신으로 해결하겠지만. 어차피 실시간 통신망을 구축하는 것도 거의 그녀석이 했으니."

워즈니악이 툴툴거렸다.

실시간 통신기를 만드는 데는 통신 마법을 비롯한 원거리 마법 운용의 창시자, 모토로라가 크게 한몫 거들었다. 하지만 그는 다른 드워프들과는 달리 벌써 수천 년간 성지를 떠나지 않고 스노우화이트의 곁에만 머물렀다.

〈으윽…….〉

그 말에 의기양양해하던 볼카르가 신음했다.

루그가 물었다.

"왜? 저거까진 생각 못했나 봐, 볼카르?"

〈…….〉

그렇다. 그는 '별의 눈'을 만들어서 압도적인 정보 수집력을 갖추는 것만 생각했지, 그 정보를 어떻게 관리할 것인지에 대해서는 전혀 생각하지 않았던 것이다. 드래곤인 그의 입장에서 보면 이 문제는…….

'그거야 그냥 다 기억했다가 떠올리면 되잖아?'

…라고 넘어갈 문제였다. 드래곤이 아니고서야 도저히 빠질 수 없는 함정이다.

루그의 말에 두 드워프 장인의 얼굴에 승리감이 떠올랐다.

"훗. 역시 드래곤은 대단하지만 허술하단 말이지!"

"마법 수준이 높은 거야 인정하겠지만, 도구라는 것은 사용자를 배려해야 하는 법! 사용자의 입장이 되어 생각하지 못하면 그저 성능 높은 깡통일 뿐이다!"

〈제, 제기랄! 내가 저런 다리 짧은 놈들한테! 두고 보자! 이 대로는 안 끝난다!〉

볼카르가 분통을 터뜨리며 심상공간으로 사라졌다. 루그는 그의 기척이 멀어져 가는 것을 느끼며 중얼거렸다.

"볼카르, 너 지금 무지 3류 악당 같았어……."

물론 심상공간으로 사라진 볼카르는 그 말을 들을 수 없었다.

5

베사드 공작이 세이람을 지지하기 시작한 후로는 모든 일이 순조롭게 풀려 나갔다.

세이람은 단 하나뿐인 정통 왕위 계승자였으며, 왕관과 옥새를 모두 갖고 있었다. 정통성 면에서 사생아인 드린자드 왕자는 전혀 상대가 되지 못하는데 두 개의 왕보까지 모두 가지게 되었다. 그러다 보니 중립을 표방했던 귀족들이 속속 세이람 왕자에게 충성을 맹세하고 나섰고, 드린자드 왕자 진영에서도 이탈하는 이들이 생겼다.

'우리가 드린자드 왕자를 지지했던 것은 정통한 왕위 계승자가 모두 죽었다고 믿었기 때문이다. 베사드 공작이 왕위에 오르는 것보다는 사생아라도 선왕의 피를 이은 드린자드 왕자가 왕위에 오르는 것이 옳다. 하지만 정통한 왕위

계승자인 세이람 전하가 있으니 그분을 지지하는 것이 당연하다.'

드린자드 왕자파였던 귀족들은 이렇게 뻔뻔스러운 주장을 하면서 세이람 진영에 합류했다.

왕도의 참극 이후로 민심은 급격하게 드린자드 왕자에게 불리해졌고, 명분과 군사력 모두에서 밀리니 상황이 빠르게 정리되어 가는 것도 당연하다.

또한 그 이면에서는 루그 일행과 아쿠아 비타의 활약이 이루어지고 있었다.

쿠르릉… 콰광!

왕도에서 얼마 떨어지지 않은 뤼젠 후작령.

뤼젠 후작성의 동쪽 성벽 가까운 곳에 있던 건물 몇 채가 한 번에 주저앉았다. 지반이 통째로 가라앉으며 모든 것을 매몰시킨다.

그리고 놀랍게도 자욱하게 일어 오른 흙먼지 한복판에서 한 사람이 걸어나왔다.

"흠. 결단력이 보통이 아니군. 같은 편이고 나발이고 한 번에 깔아버리다니."

그렇게 중얼거린 것은 루그였다. 그는 선명한 붉은 코트 자락을 휘날리며 거리 반대편을 바라보았다. 그곳에는 블레이즈 원의 마법사가 있었다.

"어, 어떻게 살아나온 거지?"

눈을 휘둥그레 뜨고 경악한 것은 검은 비늘의 드래고닉 리저드였다.

루그의 뒤를 따라서 보이드 아머를 입은 메이즈도 모습을 드러내고 있었다. 드래고닉 리저드는 두 사람을 지하 2층에다 두고 곳곳에 설치해 두었던 마법을 점화, 폭발시켜서 아지트를 통째로 붕괴시켰다. 아무리 날고기는 재주를 가진 놈이라고 해도 건물이 통째로 무너지는 데서 살아남을 재주는 없으리라 생각했다.

그런데 루그와 메이즈는 털끝 하나 다치지 않고 여유 있게 걸어나왔다.

메이즈가 혀를 내둘렀다.

"늘 생각하는 거지만 이 공간 왜곡장이라는 거 정말 말도 안 되는 것 같아, 주인님."

그녀가 꼬리를 들어서 주변에 둘러쳐진 공간 왜곡장의 끝단을 찔러보았다. 그러자 그녀의 꼬리가 마치 물속에 들어가서 휘어 보이는 것처럼 옆으로 크게 휘어져서 보였다.

반경 5미터 내의 공간 그 자체가 루그의 뜻대로 왜곡되어 있다. 그렇기에 건물이 무너지든, 화살이 날아들든 결코 루그에게 닿지 못하고 주변을 흘러갈 뿐이다.

루그가 씩 웃으며 대꾸했다.

"그렇지? 자, 그럼 저놈들만 처리하면 여기의 블레이즈 원은 끝인가?"

루그는 그렇게 말하며 한 발 앞으로 나섰다. 드래고닉 리저드가 흠칫했다.

"그나저나……."

갑자기 루그가 시큰둥한 표정으로 말했다.

"또 꽝이네."

"그러게."

메이즈도 고개를 끄덕였다. 둘은 드래고닉 리저드를 빤히 바라보았다. 그 시선에 검은 드래고닉 리저드가 당황했다.

"무, 무슨 꿍꿍이냐? 왜 나를 그렇게 보는 거지?"

루그와 메이즈는 한숨을 푹 쉬었다.

"또 남자야."

"저놈의 종족에는 정말 여자가 없나……."

검은 드래고닉 리저드는 남자였다. 그리고 루그와 메이즈는 그 사실에 대단히 실망하고 있었다.

왠지 오싹함을 느끼며 몸을 떠는 검은 드래고닉 리저드 앞에서 루그가 투덜거렸다.

"그런 주제에 또 왜 이렇게 수는 많은 거야? 이 동네 와서 벌써 드래고닉 리저드만 세 놈째네."

얼마 전까지 불카누스가 직접 와 있었기 때문인지 탈린 왕국의 블레이즈 원 지부에는 다수의 용족 간부들이 투입되어 있었다. 그동안 찾아서 붙잡은 것만 네 명이었는데 그 중 세

명이 드래고닉 리저드였다.

그리고 그들은 모두 남자였다.

"알더튼은 총각으로 늙어죽을 팔자인가?"

"주인님, 그렇게 꿈도 희망도 없는 말을 하면 안 돼. 언젠가는 반드시 알더튼의 앞에도 근사한 드래고닉 리저드 아가씨가 나타날 거라고 믿어야지."

"그러고는 싶은데……."

블레이즈 원의 '남자' 드래고닉 리저드가 사로잡혔다는 말을 들을 때마다 알더튼은 눈에 띄게 상심했다. 이젠 안쓰러워서 이런 소식 전하지도 못하겠다.

루그가 의욕없는 목소리로 말했다.

"에휴. 어쨌든 또 하나 잡아야겠군."

"음. 미리 말해둘게. 우리 주인님은 무서운 사람이니까 반항했다가는 아주 아픈 꼴을 당할 거야. 하지만 알아서 투항해서 정보를 제공해 준다면 선처할 의향도 있는데?"

메이즈가 쓴웃음을 지으며 경고했다. 그러자 드래고닉 리저드 마법사가 노성을 질렀다.

"웃기지 마라! 나는 드래곤 불카누스의 은총을 받은 몸! 쉽게는 당하지 않는다!"

우우우우우웅!

검은 드래고닉 리저드의 주변에 강철로 만들어진 정육면체 두 개가 떠올랐다. 마법 연산을 보조하고, 마력을 증폭시키는 효과가 있는 강력한 마법 도구였다.

루그가 혀를 내둘렀다.

"이것 참. 요즘 이놈들 마법사라면 개나 소나 저런 마법 도구 들고 나오네? 비요텐이라는 간부가 보통이 아닌가 본데."

"응. 마법 도구 제작 능력으로만 보면 나도 한 수 접어줘야겠어."

메이즈도 심각한 얼굴로 고개를 끄덕였다.

블레이즈 원의 지부들을 박살 내면서 그들은 많은 포로를 잡았다. 특히 용족들은 루그가 회유해서 그들에게 걸린 저주를 해결해 주기도 했다. 아무리 루그라도 그들을 전부 거느릴 수는 없었기 때문에 일단 구속해 두고 처우를 논의하고 있는 상황이긴 했지만.

그 과정에서 루그는 한 번도 만나본 적이 없는 상위 용족 간부, 비요텐의 존재를 알았다.

남방에서는 신으로 숭상 받는 나가의 왕족이며 천 년 이상을 살아온 존재.

그녀는 전선에 직접 나서는 대신 자신의 부하들과 후방지원에 주력하고 있었다. 덕분에 블레이즈 원의 마법 도구 보유량은 굉장히 풍족해졌다.

루그가 말했다.

"그럼 또 하나 잡아볼까?"

"얕보다가는 큰코다칠 거다!"

검은 드래고닉 리저드가 노성을 지르며 마법을 발현시켰다. 허공에서 두터운 불꽃의 고리가 형성되어서 날아들었다.

루그가 피식 웃으며 앞으로 걸어나갔다. 그러자 정면에서 날아들던 불꽃의 고리가 온 길을 그대로 되돌아갔다.

"이럴 수가?!"

검은 드래고닉 리저드가 경악했다. 상대는 아무것도 안 했는데 자신의 마법이 그대로 되돌아왔다?

콰과과광!

그는 아슬아슬하게 또 다른 마법을 발현시켜서 그것을 받아쳤다. 그리고 그 충격을 이용해서 뒤로 날았다.

정면으로 붙어서는 승산이 없으니 달아나야 한다. 처음부터 그럴 심산으로 마법을 날린 것이었는데, 너무 놀라서 행동이 한 박자 늦었다.

그 앞에서 루그가 폭염을 뚫고 걸어나왔다. 너무나도 여유 있는 걸음걸이다. 동시에 보이지 않는 힘이 검은 드래고닉 리저드를 후려갈겼다.

쾅!

"크악!"

분명 방어막으로 막았거늘, 방어막을 이루는 에너지 그 자체를 매질로 삼아서 충격이 전달된다. 강체술의 고등기술 패싱 임펄스였다.

검은 드래고닉 리저드가 그 자리에 주저앉았다. 그 앞으로 루그가 걸어온다.

"이익!"

검은 드래고닉 리저드는 루그를 향해 마구 마법을 퍼부었다. 불꽃이, 뇌전이, 섬광이 폭풍처럼 날아들어서 근거리를 난타한다. 인간이 상대였다면 수십 명을 박살 냈을 공격이었다.

그러나 루그를 상대로는 아무런 의미도 없다. 모든 공격이 막히지도, 상쇄되지도 않고 그의 주변을 흘러서 하늘로 날아가 버린다.

"설마… 공간 왜곡?"

"정답이야."

루그는 씩 웃으며 허공에다 대고 주먹을 내질렀다.

퍼억!

격공이 발동, 둔탁한 소리가 울리면서 검은 드래고닉 리저드의 의식이 끊어졌다. 루그는 기격으로 그를 허공에 띄우고 구속 마법을 걸었다.

"자, 그럼 여긴 끝났군. 볼카르, 다른 놈들의 기척은 없지?"

〈없다. 이놈들이 마지막이었군.〉

"그럼 우리 일은 끝났군. 다르칸은 끝났을라나?"

"연결해 볼게."

메이즈가 통신기를 꺼내서 다르칸과 연결했다. 멀리 떨어져 있는 곳에서 다르칸이 응답했다.

—이쪽도 상황 종료요.

"그쪽에 용족은 없었나?"

—없었소. 이쪽의 간부는 트롤 마법사더군.

"그래? 에리체랑 바리엔 양은?"

—대활약이었소. 바리엔 양이 휘말려들 뻔한 사람들을 대피시키고, 적은 에리체 양이 거의 혼자서 해치웠지. 내가 할 일이 거의 없을 지경이었다오.

"좋아. 그럼 두 사람을 부탁해. 난 이쪽 상황 끝나는 거 보고 갈게."

—알겠소.

그것으로 통신이 끊겼다. 루그가 메이즈에게 물었다.

"성벽 쪽 상황은 어때, 메이즈?"

"계획대로 잘 되고 있네. 마침 마빈 씨가 성벽 앞에서 활약 중이야."

메이즈가 멀리보기 마법으로 먼 곳을 보며 대답했다.

"마빈이? 흠. 그럼 일단 우리도 가자."

"응."

두 사람은 의식을 잃은 검은 드래고닉 리저드를 구속용 마법 상자에다 넣은 뒤, 그것을 짊어지고 하늘로 날아올랐다.

6

뤼젠 후작성 한쪽에서 일어난 건물 붕괴는 평소 같으면 사람들이 경악해서 몰려들 만한 사건이었다. 그러나 지금 뤼젠 후작령 사람들은 그럴 여유가 없었다.

왜냐하면 이곳은 한참 쳐들어온 적과 전쟁을 치르고 있었기 때문이다!

쿠구궁! 쿠르르릉⋯⋯!

성벽 쪽에서 함성이 울려 퍼지고, 성벽 밖에서 투석기로 쏘아낸 돌들이 도시 곳곳에 내리꽂히며 흙먼지가 피어오른다.

뤼젠 후작군이 상대하고 있는 것은 세이람 왕자군이었다. 두 시간 전에 모습을 드러낸 그들은 압도적인 기세로 성벽을 공격했다.

"차앗!"

그 선두에는 세이람 왕자가 총애하는 소년 기사, 마빈 아스탈이 있었다.

마빈은 덤벼드는 적들을 닥치는 대로 베어 넘기고는 적이 떨군 창을 집어 들었다. 그리고 말 등을 박차고 하늘 높이 뛰어오르며 성벽 위를 향해 집어 던졌다.

콰아앙!

인간의 투창이 아니라 발리스타로 발사한 것 같은 위력이
나왔다. 단 일격에 성벽 난간이 부서지면서 그 주변에 있던
병사들이 날아가 버렸다.

"오오, 마빈 아스탈!"

"아스탈의 황금사자!"

세이람 왕자군이 마빈을 칭송했다.

요 근래 벌어진 전투에서 마빈은 압도적인 활약을 보여주
고 있었다. 루그가 전쟁의 이면에서 블레이즈 원과의 싸움에
주력하는 데 비해 그는 전장에서 태양처럼 빛나며 '아스탈의
황금사자' 라는 별명을 얻었다.

검호로 이름난 적의 기사들을 차례차례 베어 넘기는 것은
물론, 매번 앞장서서 성벽을 오르는 그의 실력을 인정하지 않
는 이는 아무도 없었다.

"자, 그럼 간다!"

마빈이 단독으로 성문을 향해 질주했다. 그곳에는 이미
아군의 병력이 달라붙어서 공성차로 성문을 두들기고 있었
다.

쉬리리리릭!

마빈이 검을 허공에 두고 양손을 펼치자 전장 여기저기에
널브러져 있던, 주인 없는 창들이 일거에 그의 곁으로 날아
왔다. 마치 마법 같은 광경이 보고 있던 이들이 모두 숨을
삼킨다.

마빈이 아군에게 외쳤다.

"공성차를 물려줘요!"

"아니, 그게 무슨 소립니까, 마빈 겨어… 으어억?"

어이없어하던 기사가 기겁했다. 성벽 위에서 적군이 끓는 기름을 부었기 때문이다. 하지만 그것이 공성차를 끄는 이들을 덮치기 직전, 마빈이 기격으로 방어막을 펼쳐 그들을 보호했다.

"오오!"

"역시 마빈 경!"

감탄하는 그들에게 마빈이 말했다.

"비켜요! 성벽이 튼튼해서 그렇게 열려면 한참 걸립니다."

"하지만……."

"아, 일단 맡겨보라니까요!"

마빈이 버럭 소리를 지르자 기사가 주눅 들어서 그 말에 따랐다. 지휘관의 명령도 없이 공성차를 물리다니, 경을 칠 노릇이지만 요즘 명성이 최고조로 치솟은 데다가 방금 전에 자기들을 구해주기까지 한 마빈의 말을 거스르기는 쉽지 않았다.

마빈이 심호흡을 했다. 그의 머릿속으로 루그가 통신 마법으로 말을 걸고 있었다.

―준비됐냐?

"응. 근데 정말 부서질까?"

―걱정 마. 투창 좀 한 뒤에 전력으로 후려갈겨. 그럼 '단신으로 성문을 부순 마빈' 타이틀을 획득하게 될 거다.

"뭐야, 그 바보 같지만 멋있는 타이틀은?"

마빈이 피식 웃으며 투창을 준비했다.

뤼젠 후작성의 성문에는 수호의 마법이 걸려 있었다. 그래서 웬만한 충격으로 성문을 부수는 건 어림도 없는 일이다.

하지만 루그는 보이지 않는 곳에 숨어서 그 마법을 해제해 버렸다. 아무리 강력한 수호의 마법이라도 결국은 인간 마법사들이 걸어둔 것, 루그와 메이즈 앞에서는 자물쇠도 없이 빗장만 채워둔 격이라 쉽게 해제할 수 있었다.

"그럼 간다!"

마빈이 전력으로 성문을 향해 투창했다.

콰아앙!

폭음과 함께 날아간 창이 성문에 꽂히며 주변이 뒤흔들렸다.

쾅! 쾅! 콰아앙!

마빈이 연달아 투창하자 성벽 위가 지진이라도 난 듯 흔들린다.

기격을 개화하고, 루그에게 지도 받으면서 그 실력이 눈부시게 발전한 마빈의 투창은 이전과는 격이 달랐다. 일격 일격이 마법 이상의 파괴력을 내고 있었다.

　그것을 본 적 지휘관들이 공포에 질려서 악을 썼다.

　"궁병들! 전부 저놈을 쏴! 마법사들은 뭘 하는 거냐?"

　궁병들이 마빈을 향해 집중포화를 퍼부었다. 수십 발의 화살이 한 사람을 노리고 날아드는 것은 그야말로 공포다.

　게다가 마빈을 노리는 것은 궁병들만이 아니었다. 마법사들도 잠시 전장에서 손을 떼고 마빈을 향해 공격을 퍼부었다.

　콰과과광! 퍼버버벙!

　화살이 내리꽂히고 이어 마법이 연달아 폭발하자 반경 30미터가 초토화되면서 흙먼지가 자욱하게 치솟았다.

　"마빈 경!"

　세이람 왕자군이 비명을 질렀다. 아무리 마빈이라고 해도 수십 발의 화살과 마법의 집중포화를 받는다면…….

　그러나 다음 순간, 폭발로 인해 치솟은 흙먼지를 검은 그림자가 관통했다.

　콰아앙!

　폭음이 울리며 성문이 뒤흔들린다. 그것을 본 이들이 다 경악했다.

　"설마……!"

　쾅! 콰아앙! 쾅!

　투창이었다. 흙먼지 너머에서 마빈이 계속 성문을 향해 창을 던지고 있었다. 그리고!

"이 정도면 됐겠지! 간다!"

우렁찬 외침과 함께 마빈이 흙먼지를 뚫고 뛰쳐나왔다. 그것을 본 중년의 기사 카지스, 세이람 왕자군에 속한 또 한 명의 기격의 강체술사가 경악했다.

"그걸 다 기격으로 막았단 말인가?"

기격의 경지에 오른 지 10년 가까운 그도 흉내 낼 수 없는 재주였다. 그라면 제자리에서 그걸 다 받아내지 않고 움직이면서 비껴낼 수 있는 건 비껴내고, 받아칠 수 있는 것은 받아쳤을 것이다.

"불과 열여섯 살에 저런 경지에……."

그 나이에 기격의 경지에 오른 것만으로도 정말 불세출의 천재라는 수식어가 아깝지 않다. 그런데 저런 기량을 가졌다니, 정말로 하늘의 선택을 받은 자란 말인가?

성문으로 돌격하던 마빈은 아군의 시선을 느끼며 혀를 내둘렀다.

'이것 참. 이러다 나 무슨 전설의 검호니 하는 소리 들으면서 역사에 남는 거 아니야?'

방금 전에는 마빈도 화살과 마법을 움직이면서 피해내려고 했다. 하지만 그 직후 날아든 루그의 목소리가 그를 멈췄다.

―움직이지 마! 그대로 투창을 계속해!

마빈은 그 지시를 의심하지 않았다. 화살비와 폭염, 그리고 뇌격이 날아드는 걸 뻔히 보면서도 창을 들었다.

그 직후 하늘에서 날아든 루그의 기격이 방어막을 형성, 그 모든 것을 막아내었다. 찰나에 불과한 순간이었지만, 마빈은 황홀할 정도로 세련된 기격의 운용을 보았다.

수십 미터나 떨어진 거리에서, 그것도 기격의 강체술사인 카지스가 눈치채지도 못하도록 은밀하게 구현된 기격이 수십 발의 화살을 죄다 살짝 궤도를 틀어서 비껴내고, 마법조차도 그 방향성을 흩어뜨려서 위력을 죽여 버린다.

그것은 루그가 그레이슨과 발타르의 대결을 되새기면서, 몽상 세계 속에서 아득할 정도의 시간 동안 훈련한 끝에 도달한 경지.

비기 격공을 이용, 공간을 격해서 구현되는 기격의 흐름은 설령 기격의 경지에 오른 자라 할지라도 구현되기 전까지는 눈치챌 수 없다. 그렇기에 카지스조차 마빈을 보호한 것이 원거리에서 루그가 구현한 것임을 알아차리지 못한 것이다.

'괴물 같으니!'

자신이 저 경지에 도달하려면 도대체 얼마나 오랜 시간이 필요할까?

마빈은 그 황홀한 찰나를 되새기며 성벽으로 뛰어들었다. 수호의 마법이 풀린 성문은 마빈의 연속적인 투창 공격을 받고 너덜너덜해져 있었다. 여기에 최대의 위력을 발휘하는 비기를 때려 넣어 길을 연다!

"대지의 모루!"

마빈이 외침과 함께 검을 연달아 뿌려내기 시작했다. 육중한 동작으로 허공을 베니 그로부터 둔중한 검광이 뻗어나가 성문을 때렸다.

투두두두둥!

그 검광에는 물체를 베어내는 예기가 없었다. 둔중한 타격음이 울리면서 검광이 성문에 둥근 파문을 그리며 달라붙었다.

그것은 궁극의 파괴력을 발휘하는 일격을 내기 위한 준비 단계. 마빈은 강체력을 극한까지 끌어올리며 외쳤다.

"폭풍신의 일격!"

꽈아아아앙!

검을 뻗는 마빈에게서 격렬한 빛의 파랑이 퍼져 나가서 성문에 직격했다. 폭음이 울려 퍼지며 육중한 성문이 그대로 튕겨 나간다. 공격의 작렬지점을 중심으로 움푹 함몰되어 버린 성문이 그대로 안쪽으로 날아가 쓰러지면서 부러졌다.

"으아아악!"

"도망쳐!"

쿠구구… 쿠궁!

안쪽에서 적들이 비명을 지르고, 그 직후 굉음이 울려 퍼졌다.

"……."

그리고 시간이 멈춰 버린 듯한 정적이 찾아들었다. 적아를 막론하고 전장에 있는 모든 이들이 숨 쉬는 것조차 잊고 믿을 수 없다는 눈으로 마빈을 바라보고 있었다.

"세상에……."

"말도 안 돼……. 인간이 검으로 성문을 부수다니……!"

수천 명의 시선이 집중된 가운데, 마빈은 검을 번쩍 들어 올렸다. 그러자 정신을 차린 아군이 함성을 질렀다.

와아아아아아아!

뤼센 후작성 공략전이 사실상 종결되는 순간이었다.

"후우."

마빈은 고개를 들어 투구 너머로 하늘을 바라보았다. 보이지는 않았지만, 지금까지 느껴지지 않았던 존재감이 느껴진다. 루그가 그에게 스스로의 존재를 알려주고 있었다.

마빈은 그를 얄밉다는 듯 바라보고는 부서진 성문 안으로 걸어 들어갔다. 감히 아무도 그를 막지 못했다.

하늘에서 모습을 감춘 채 그 모습을 보던 루그가 투덜거렸다.

"쳇. 너무 띄워줬나?"

루그는 자기가 연출한 무대에서 마빈이 영웅이 되는 것을 보면서 투덜거렸다. 메이즈가 그의 볼을 쿡쿡 찌르면서 말했다.

"주인님도 참, 마빈 씨한테는 삐딱하다니까?"

"안 그래. 난 그냥 저놈이 남의 힘으로 너무 명성을 얻으면 자만에 빠질까 봐 걱정했을 뿐이라고."

루그는 고집스럽게 말하며 고개를 돌려 버렸다.

7

세이람 왕자의 존재가 드러난 후, 급속도로 정리된 탈린 왕국의 내전 속에서 아스탈 백작가의 장남 마빈 아스탈은 찬란한 명성을 얻었다.

탈린 왕국의 이름난 검호이며 기격의 강체술사이기도 한 카지스는 마빈을 가리켜 '우리 왕국이 대대손손 자랑할 수 있는 검성이 될 인재' 라고 칭송했다.

"이건 말도 안 돼······."

불세출의 천재라 불리는 소년 기사, 마빈 아스탈은 망연한 표정을 짓고 있었다. 대외적으로는 항상 무심하고 여유 넘치는 모습으로 유명한 그가 이런 얼빠진 표정을 짓고 있는 걸 안다면 다들 놀랄 것이다.

마빈의 시선은 앞쪽에 있는 에리체에게 못 박혀 있었다.

에리체는 책상다리를 한 채 허공에 떠 있었다.

그리고 마빈은 그녀 앞에 무릎을 꿇었다. 방금 전, 둘 사이에서 벌어진 보이지 않는 공방의 결과였다.

"아, 저기······."

에리체가 다리를 내려서 착지하며 볼을 붉혔였다. 망연자실해 있는 마빈을 보니 조금 미안한 기분이 들었던 것이다.

루그가 피식 웃었다.

"벌써 이 정도라니 대단하군요. 역시 외부의 에너지를 다루는 데 익숙해서 그런가요?"

"으음. 그런 것 같아요. 기격 쪽이 오히려 빛의 속성력보다는 다루기 쉬워요. 기격은 생각한 이미지대로 빚어내는 게 용이하거든요."

에리체가 고개를 끄덕였다.

일주일 전, 그녀는 루그의 가르침에 따라 기격의 경지에 오르는 데 성공했다.

기격의 경지에 오르기 위해서는 일반적으로 말하는 무재와는 별개의 재능이 필요하다. 기격은 철저한 감각의 세계다. 기감을 갖지 못한 자가 기감을 가진 자의 감각을 결코 이해할 수 없듯이, 기격을 모르는 자는 결코 기격을 아는 자의 감각을 이해할 수 없다.

지금까지 에리체는 기격을 몰랐다. 그리고 그저 몰랐을 뿐이었다.

루그가 기격을 경험시켜 주고, 그 힘을 일깨우는 감각을 전이법을 응용해서 가르치기 시작하니 에리체는 순식간에 그 감각을 이해했다.

그 이해력은 그저 '재능이 뛰어나다'는 말로 형용할 수 있는 수준이 아니었다.

'순간예지력, 정말 무서운 능력이다.'

제어되지 않는 예지력은 인간의 인식을 현재와 어긋나게 하여 그 정신을 부순다.

그러나 에리체는 그것을 제어할 수 있는 존재로 만들어졌다. 이 세상에 존재하는 모든 정보를 한순간에 수집하고 처리하는 능력을 가진 그녀는, 어처구니없을 정도로 쉽게 기격의 본질을 이해해 버렸다. 에리체가 지금껏 기격을 터득하지 못한 이유는 가르칠 사람이 없었다는 것 하나뿐이었다.

물론 루그의 지도 방식이 뛰어난 것도 사실이다. 날개 없는 인간에게 날개 달린 새의 감각을 이해하라고 하는 것이 무리이듯, 기격을 모르는 자에게 단기간에 기격을 알려주는 것은 힘들다. 그저 기격을 다채롭게 경험시키며 서서히 그 본질을 이해하게 하는 것이 기격의 경지에 오른 이들이 제자를 가르치는 방식이었다.

그러나 루그에게는 전이법이 있었다. 루그는 기격을 사용하는 자의 감각 그 자체를 에리체에게 경험시켜 주었다. 비록 자신의 개인적인 감각이 에리체의 감각을 뒤틀어놓을 것을 두려워해 맛보기만 보여준 정도지만, 에리체에게는 그것만으로도 충분했다.

'집중적으로 가르쳤으면 한 일주일 만에도 가능했을지도……'

에리체는 불과 한 달 만에 기격을 터득했다.

그것은 내전이 진행되는 동안 정신없이 바쁜 일정 속에서 짬짬이 지도한 결과였다. 만약 여유를 갖고 집중적으로 지도했다면 더 빨랐을지도 모른다.

각성 후 열흘 가량이 지난 지금, 루그는 시험 삼아 에리체와 마빈을 기격공방으로 대결시켜보았다. 그 결과는 에리체의 완승이었다.

마빈이 울상을 지었다.

"으, 어떻게 이럴 수가 있지?"

"그야… 너도 실질적으로 기격을 터득한 지는 얼마 안 됐잖아. 고작 두 달 정도 차이 나는데 그 정도 차이는 얼마든지 뒤집어질 수 있지. 나도 설마 이렇게 될 줄은 몰랐는데."

루그가 능글맞게 웃었다. 볼카르가 혀를 찼다.

〈처음부터 이런 결과를 노렸던 주제에. 악마 같군.〉

―훗. 아니 뭐, 그래도 이렇게 격차가 클 줄은 몰랐는데.

객관적으로 볼 때, 에리체는 아직 기격을 제어하는 기술 면에서 마빈보다 뒤떨어진다..

마빈 역시 천재였고, 루그에게 온갖 기술을 전수 받으면서 단련해 왔다. 지난 두 달 반 동안 마빈의 성장세는 무서울 정도였다.

그에 비해 에리체는 아직 기격에 눈을 뜬 지 열흘이 지났을 뿐이다. 그런데도 마빈이 완패한 이유는 간단했다.

에리체가 겸양했다.

"제가 기격공방에서 우위를 점한 것은 어디까지나 순간예지력 때문이에요. 아직 실력으로는 멀었어요."

두 사람의 대련은 오로지 기격공방으로만 이루어졌다. 이렇게 조건을 제약해 두면 그것은 오로지 수읽기 싸움이 되는데 이러면 순간예지력은 반칙이나 다름없었다.

이 상황에서 승리를 거두려면 압도적인 속도로 기격을 변화시키는 기술과, 필요할 때는 상대를 우격다짐으로 누를 수 있는 힘이 필요하다. 하지만 마빈의 기술은 그 정도로 우월하지 않았고, 강체력은 오히려 에리체가 위였다.

마빈이 어깨를 축 늘어뜨렸다.

"그래도 그렇지… 에리체 누나, 정말 대단하시네요. 저 완전히 자신감을 잃었어요."

그래도 요즘 들어서 전장에서 활약하고, 사람들에게 칭송도 받으면서 자신감을 얻었다. 그런데 그게 한 번에 박살 나버렸다.

마빈이 너무 침울해하자 분위기가 무거워졌다.

메이즈가 팔꿈치로 루그의 옆구리를 푹 찌르면서 구박했다.

—주인님, 너무 심했어.

—음? 아니, 이 정도로 뭘…….

루그는 반박하려고 했지만, 침울해져서 한숨을 푹푹 쉬는 마빈을 보니 찔리긴 한다.

메이즈가 째려보았다.

—어떻게 좀 해봐.

—뭐, 뭘?

—자기가 띄워줘 놓고 자만할 거라면서 자존심을 박살 내면 어떡해? 마빈 씨 기분을 상상이나 해봤어? 이 분위기 어쩔 거야?

—그, 그게…….

루그가 식은땀을 흘렸다. 자기가 다 연출한 주제에 요즘 마빈이 잘 나가서 어깨에 힘주고 다니는 게 못마땅해서 이런 일을 벌였는데, 해놓고 보니 확실히 너무 심했다.

"으음. 마빈. 있잖아……."

"응. 난 아직 멀었어. 새삼 느꼈어."

마빈이 땅이 꺼져라 한숨을 쉬었다. 루그는 뒤에서 메이즈의 비난하는 시선을 느끼고 몸을 떨었다.

"아니, 그런 이야기를 하려는 게 아니고. 일어나 봐. 다시한 번 에리체랑 겨뤄보라고."

"또 하라고? 아냐. 이길 수 없어. 격차가 너무 크다고. 그 정도는 알아."

"그렇지는 않아. 에리체, 이번에는 순간예지력을 봉하고 할 수 있겠어요?"

"그야 물론……."

루그가 필사적으로 눈짓을 보내자 에리체도 고개를 끄덕였다. 루그가 트랜스 메시지로 덧붙였다.

—에리체, 그렇다고 져 주면 안 됩니다. 순간예지력을 봉하고 최선을 다해서 싸우세요.

그 말에 에리체가 눈을 동그랗게 떴다. 그녀는 당연히 져 줘야겠다고 생각하고 있었던 것이다.

하지만 루그는 빙긋 웃으며 뒤로 물러났다.

에리체가 마빈을 보며 말했다.

"그럼 다시 시작할게요."

"네. 언제라도."

마빈도 다시 마음을 다잡고 고개를 끄덕였다. 비록 밉살스럽기는 해도 루그를 스승으로서는 신뢰하고 있다. 그가 시킨다면 분명히 이유가 있을 것이다. 지금까지 그래 왔듯이.

순진한 마빈은 진짜 속사정은 생각도 못하고 그렇게 생각했다.

에리체가 순간예지력을 봉한 상태로 기격공방을 벌이니 조금 전과는 완전히 양상이 달라졌다. 순식간에 마빈이 제압당했던 아까 전과는 달리, 치열하게 공방이 전환되면서 겨루기 시작했다.

"호오."

메이즈가 탄성을 질렀다.

그녀는 그동안 헌드레드 아이즈를 분석해서 만들어낸 복제품을 허공에 띄워두고 이 공방을 관전하고 있었다. 이렇게 하면 기격을 모르는 그녀도 기격의 에너지 파동을 관찰하는 게 가능해지는 것이다.

"내가 보기엔 마빈 씨가 조금 우위인 것 같은데? 주인님이 보기에는?"

"맞아. 에리체의 방어가 어지러워지기 시작하는데?"

루그가 고개를 끄덕였다.

그 말대로 시간이 지날수록 에리체가 수세에 몰리더니 결국 시작한 지 20분쯤 지나서 마빈이 승리했다.

마빈은 잠시 동안 얼빠진 표정으로 서 있었다. 자신이 이겼다는 것을 믿을 수 없는 것 같았다.

"…그렇구나."

곧 그가 미소 지으며 중얼거렸다. 루그가 의아해하며 물었다.

"뭐가?"

"루그, 네가 나한테 뭘 가르쳐 주려고 했는지… 알 것 같아."

"응?"

"실전에서는 그저 실력이 뛰어나다고 해서 이길 수 있는
게 아니다. 어떤 변수가 나타날지 모르니 항상 그걸 염두에
두고 싸워야 하며, 어떤 상황에 직면하더라도 바로 포기하지
말고 대응법을 찾으라고… 그런 마음가짐을 알려주고 싶었던
거지?"

"아, 그게……."

"나 확실히 요즘 들어서 좀 자만하고 있었어. 너는 도저히
못 따라가지만 이 정도면 충분히 쓸 만하지 않나, 하고. 그런
데 에리체 누나랑 대련해 보니 세상 참 넓다는 걸 알 것 같아.
더 열심히 정진할 거야."

"그, 그렇지? 알았으면 됐어. 하하하."

상상도 못할 정도로 순진하기 짝이 없는 소리에 루그가 어
색하게 웃었다. 하지만 마빈은 전혀 눈치채지 못하고 에리체
에게 부탁했다.

"에리체 누나, 한 번 더 겨뤄 주시겠어요? 이번에는 순간에
지력을 쓴 상태로요. 얼마나 버틸 수 있을지 다시 한 번 시험
해 보고 싶어요."

"좋아요."

에리체가 고개를 끄덕였다.

두 사람이 다시 기격공방을 시작하자 메이즈가 뚱한 눈으
로 루그를 바라보며 물었다.

"주인님."

"응?"

"마빈 씨는 참 훌륭하고 성실한 인격의 소유자인 것 같아. 누구랑은 다르게. 그렇지?"

"……."

루그는 입이 열 개라도 할 말이 없었다.

8

대륙력 680년 11월 말.

가을이 끝나가고 겨울이 다가오는 시기에 마침내 세이람 왕자군은 드린자드 왕자군을 격퇴하고 왕도 바탈리스에 입성했다.

이로써 탈린 왕국의 내전은 사실상 종결되었다.

드린자드 왕자는 사로잡혔고, 며칠 내로 공개 처형이 이루어질 예정이었다.

이때 루그는 세이람 왕자에게 자신이 일행을 데리고 떠나겠다고 알렸다.

"그동안 감사했습니다."

곧 대관식을 치를 세이람은 루그의 손을 잡으며 인사했다.

루그와 아쿠아 비타에게는 몇 번을 감사해도 부족하다. 그들이 없었다면 일찌감치 목숨을 잃었으리라. 그리고…….

"혹시 눈에 이상이 생긴다면 언제든지 마빈을 통해서 연락해 주세요."

맹인인 그는 평생 동안 세상의 생김새를 상상만 하며 살았어야 하리라.

세이람이 웃었다.

"그러겠습니다."

"이젠 왕자님이라고 부르면 안 되겠군요. 폐하, 부디 좋은 왕이 되시기 바랍니다."

"노력하겠습니다. 하하. 왕이라, 반년 전까지만 해도 왕이 되기는커녕 왕궁으로 돌아오는 것도 상상 못하고 살았는데… 정말 되고 말았군요. 사람의 앞날이라는 건 정말 알 수 없는 것 같아요."

세이람은 허공을 올려다보며 감개에 젖었다.

그는 왕이 되기보다는 그저 예전처럼 조용히, 평안하게 살고 싶었다. 그 마음은 지금도 변함이 없다.

하지만 운명은 그가 그렇게 사는 것을 허락지 않았다. 그리고 세이람은 그 운명을 받아들여 스스로의 의지로 여기까지 왔다.

이제는 왕이 되어야 한다. 그를 믿어준 사람들, 그를 위해 목숨까지 희생한 사람들을 위해.

그것은 그가 바라던 것과는 동떨어진 삶이리라. 평생 동안 괴로워하며 살아야 할지도 모른다. 막연히 상상만 해왔던 예전과는 달리, 이제는 왕으로서 사는 것이 어떤 것인지 안다. 베사드 공작의 충성을 받아들이고 나서 여기에 오기까지, 세이람은 왕이 어떤 존재인지 충분히 알았다.

"언젠가……."

세이람이 말했다.

"저를 제이언 공의 묘에 데려가 주실 수 있겠습니까?"

"약속하겠습니다. 모든 것이 끝나고 나면 반드시."

루그가 미소 지으며 대답했다.

루그는 세이람과 작별하고는 알현실에서 물러났다. 동료들과 복도를 걷고 있는 그에게 마빈이 따라붙었다.

"정말 난 안 가도 되겠어?"

아네르 왕국에 가는 일행은 루그, 메이즈, 다르칸, 에리체, 바리엔 다섯 명뿐이었다. 마빈은 세이람의 곁에 남기로 했다.

루그가 마빈의 머리를 한 대 쥐어박았다.

"야, 네가 지금 우리 따라가겠다고 할 처지냐?"

"으… 그런다고 때릴 것까진 없잖아."

마빈이 투덜거렸다.

이번 내전을 통해 마빈은 일약 영웅으로 부상했다. 이미 세이람 왕권의 상징 중에 하나라고 해도 과언이 아니다. 그런데 그가 막 세이람이 대관식을 치르려고 하는 이때 사라진다면 어떻게 되겠는가?

루그가 피식 웃었다.

"마음만은 고맙게 받아두마. 넌 여기서 네 할 일이나 잘 하고 있어. 아버지한테도 안부 전해 드리고."

"쳇. 네가 잔소리 안 해도 잘할 거야."

마빈이 입을 삐죽거렸다. 루그는 그런 그의 어깨를 잡고 끌어안았다. 지금껏 한 번도 한 적이 없는 루그의 포옹에 마빈이 당황했다.

"넌 잘할 수 있을 거야. 걱정 마라."

"……."

"뒷일은 맡긴다, 동생. 또 보자."

루그는 마빈의 등을 두드려 주고는 놓아주었다. 다른 일행에게도 한마디씩 인사를 받은 뒤 홀로 복도에 남겨진 마빈은, 멀어져 가는 일행의 뒷모습을 보고 투덜거렸다.

"누가 동생이야, 동생은……. 만날 잘난 척만 하고."

하지만 그의 입가에는 멋쩍어하는 미소가 걸려 있었다.

9

탈린 왕국의 내전이 정리되는 국면으로 접어든 데 비해, 아네르 왕국의 내전은 격화되어 가고 있었다.

왕도를 장악한 리가드 공작 일파는 처음에는 유리한 듯 보였다. 하지만 아타렐 후작 일파와 카사를 공작 일파가 그들을 공동의 적으로 선언한 뒤 손을 잡고 몰아치기 시작하자 순식간에 수세에 몰렸다.

그러나 이 둘의 동맹도 계속해서 잘 되지는 않았다. 어느 시점부터 서로 충돌하기 시작하다가, 한 달 전에 일어난 사건으로 전면전을 벌이고 갈라서고 말았다.

그 사건은 바로 카사를 공작의 죽음이었다.

카사를 공작은 물론이고, 그의 혈육들이 모조리 독살당하는 사건이 벌어졌다.

이 참극의 배후로는 아타렐 후작 일파가 의심되었다. 물론 아타렐 후작 측은 부정했지만 이미 엎질러진 물이다. 두 세력은 이미 불구대천의 원수가 되고 말았다.

이 과정에서 카사를 공작 일파의 중심이 두 번째로 강성한 세력을 자랑하는 펠드릭스 공작가에게로 넘어갔고, 새로운 펠드릭스 공작 란티스 펠드릭스는 아타렐 후작 일파를 적대할 것을 선언했다.

이러는 사이 형세가 불리해진 리가드 후작 일파는 외세와 손을 잡는, 최악의 한 수를 두었다. 이웃의 아제트 왕국의 병력이 국내에 들어오면서 혼란이 가중되어 갔다.

이 모든 것이 블레이즈 원의 암약에 의한 것이었다.

아쿠아 비타는 이런 혼란을 정리하기 위해 안간힘을 썼다. 하지만 용마안으로 인간의 욕망을 폭주시키는 엘토바스 바이에가 일으키는 혼란을 막기에는 힘이 부쳤다.

아네르 왕국 북부에 위치한 시레크 백작령.

시레크 백작가의 별장 중 하나에는 아쿠아 비타의 일원들이 머무르고 있었다. 아쿠아 비타는 아네르 왕국에 일곱 개의 거점을 설치했는데 이곳에는 가장 중요한 전력이 머무르는 중이었다.

밤색 머리칼의 중년 남자, 로멜라 왕국의 궁정 마법사 에반스 리가르테가 중얼거렸다.

"그래도 여기도 날씨가 좀 쌀쌀해지는군."

"그러게요. 뭐, 우리나라만큼은 아니지만."

부하가 대답했다. 벌써 11월 말이라 슬슬 여기저기 얼음이 얼어붙어 있는 걸 볼 수 있었다. 하지만 여기보다 훨씬 북방에 있는 나샤 삼국의 사람들에게는 그리 춥게 느껴지지 않는다.

에반스가 물었다.

"폭염의 용제께서는 언제 도착한다고 하시나?"

"정오쯤이라고 하셨습니다. 이제 곧이지요."

"그렇군."

고개를 끄덕이는 그는 무척이나 피로해 보였다. 사실 워낙 잠이 부족한 상태라서 오늘은 하루 종일 쓰러져 있고 싶었지만, 중요한 인물이 오는데 그럴 수는 없다.

에반스가 물었다.

"스승님께서는?"

"아직 주무시고 계십니다."

"으음. 어제 기력을 많이 소모하셨던 모양이군."

"어제뿐만이 아니라 요즘은 한숨도 못 주무셨으니까요. 용
제님께서도 이해하실 겁니다. 그냥 주무시게 놔두는 게……."

"그럴 생각일세."

에반스가 고개를 끄덕였다.

간밤에 아쿠아 비타는 격전을 치렀다. 신출귀몰하게 그들
을 농락하던 엘토바스 바이에의 움직임을 포착하고 그와 전
투를 벌였던 것이다.

그것을 위해 하라자드는 엘토바스의 예상 출현 지점에서
나흘간이나 잠도 자지 않고 탐지 마법을 펼치고 있었다. 그리
고 마침내 엘토바스 바이에와 맞붙었다.

결과는 아쿠아 비타의 승리였다.

하지만 정작 엘토바스 바이에는 교묘하게 빠져나가고 그
부하들만을 전멸시켰을 뿐이었다. 그 과정에서 아쿠아 비타
도 큰 희생을 치렀다.

에반스가 한숨을 쉬었다.

"후우. 엘토바스 바이에라는 놈을 어떻게든 하지 않으
면……."

아네르 왕국에서 포착된 블레이즈 원의 상위 용족 간부는

두 명, 티아나 아카라즈난과 엘토바스 바이에다.

티아나 아카라즈난은 배후에서 강력한 흑마법의 저주를 이용해서 혼란을 일으키는 무서운 존재였다. 하지만 일단 나섰다 하면 그 어떤 인간이라도 욕망이 폭주하게 만드는 엘토바스 바이에는 더욱더 무서웠다.

"용제님께서 오시면 해결될 겁니다. 그분은 무적이잖습니까?"

부하는 루그에 대한 전폭적인 신뢰를 드러냈다.

루그의 존재는 이미 로멜라 왕국 사람들에게는 전설이 되어 있었다. 적이 강대하고 상황이 어렵기는 하지만 루그가 합류한다면 해결될 것이다. 다들 그런 희망을 품고 있었다.

문득 바깥이 소란스러워졌다. 에반스가 몸을 일으켰다.

"오셨나 보군."

"나가보겠습니다."

부하가 밖으로 나가보았다.

이제는 그의 상징처럼 알려진 선명한 붉은 코트를 입은 루그가 일행과 함께 별장 안으로 들어오고 있었다. 에반스가 미소 지으며 고개를 숙였다.

"먼 길 오느라 수고하셨습니다."

"뭘요. 다시 만나서 반갑습니다, 리가르테 백작님."

루그가 그와 손잡고 악수했다.

일행 모두가 인사를 나눈 에반스는 직접 그들을 2층으로 안내했다.

"여러분 방은 전부 2층에 준비해 두었습니다. 시레크 백작께서 하인들도 보내주셨으니 지내시는 데 불편함이 있으시면 얼마든지 말해주시죠."

"감사합니다."

〈루그.〉

문득 심상공간에 들어가 있던 볼카르의 의식이 표면으로 떠올랐다. 루그가 물었다.

―왜? 조금 있다 말해.

〈지금 말해야 할 문제다.〉

―뭔데? 근처에 블레이즈 원이라도 나타났나?

루그가 물었다. 볼카르가 갑자기 진지해지는 걸 보니 중요한 문제라고 생각되었다.

〈그건 아니다. 다만…….〉

루그는 볼카르의 의식이 에반스에게 향하고 있는 것을 느꼈다. 그래서 아주 자연스럽게 에반스를 바라보고는, 흠칫했다.

에반스의 분위기가 달라져 있었다.

"이런. 들켰네."

말투가 싹 달라진 에반스는, 방금 전까지 루그가 알고 있던 활달하고 예의 바른 중년 마법사가 아니었다. 분명히 같은 얼굴인데도 한없이 여유로운 눈빛과 장난스럽게 미소 짓는 표정만으로도 전혀 다른 인물처럼 보인다.

"설마 지금도 이 정도 눈썰미를 발휘할 줄은 몰랐는데……. 놀라운걸? 충분히 조심했는데 한 번에 알아보다니."

"넌 누구지?"

루그가 긴장하며 물었다.

어느새 주변이 고요해져 있었다.

방금 전까지만 해도 바깥에서는 새소리가 울려 퍼지고 사람들이 오가는 기척이 있었다. 그리고 뒤쪽에서는 메이즈와 에리체, 바리엔이 이 별장에 대해서 이야기를 나누고 다르칸이 걸을 때마다 바닥이 조금씩 삐걱거리는 소리가 울렸다.

그런데 그 모든 소리가 사라졌다. 창밖에서 바람에 나뭇가지가 흔들리는 소리가 들려오지 않았다면 시간이 멈춰 버린 게 아닌지 의심했을 것이다.

에반스, 아니, 에반스의 모습을 한 무언가가 난간에 걸터앉으며 말했다.

"걱정 마. 잠깐만 다들 활동을 정지시켜 뒀을 뿐이니까."

루그를 제외한 모든 이들이 멈춰 있었다.

정말로 시간이 정지해 버린 것 같다. 그들은 자신들이 하던 행동을 중간에 멈춘 채 돌처럼 굳어 있었다.

볼카르가 말했다.

〈오랜만이다, 디르커스.〉

"그래. 보고 싶었어, 볼카르."

외유의 법을 만들어 모든 드래곤에게 전파한 드래곤 디르커스.

중년 마법사 에반스의 모습을 한 그가 루그와 볼카르 앞에서 눈을 빛냈다.

『폭염의 용제』 제15권에 계속…

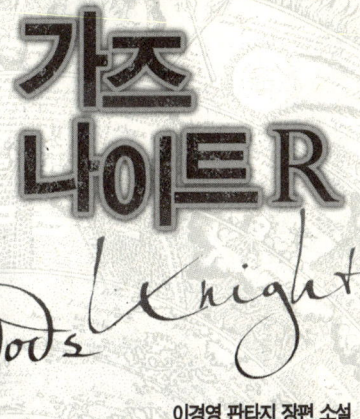

蒼龍魂
창룡혼
매은 新무협 판타지 소설
"살아라… 살아야 이기는 것이니라."
알 수 없는 스승의 유언.
그 후로… 그저 살아야만 했던 남자, 이극.
서신 하나 없이 사라진 오라버니를 찾아
홀로 무림맹에 대항하려는 소녀, 유서현.
어느 날.
두 사람이 운명으로 얽혔을 때,
메마른 무사의 혼이 다시금 불타오른다!
『창룡혼』
어둠으로 물든 하늘을 뚫고 솟아오를
위대한 창룡의 혼이여!
위선을 찢어발기고 천하를 밝히리라!
CHUNGEORAM
유행이 아닌 자유추구
WWW.chungeoram.com

斷月劍帝

단월검제

강태훈 新무협 판타지 소설

"나 좀 도와주면
내가 제자가 되어줄게."

당돌한 제자 상천과 그저 그런 사부 종삼의 황당한 만남!

철석같이 신검이라 믿고 익힌 단월검을
진짜 신검으로 발전시킨 검제의 이야기!

**달조차 베어버릴
거대한 검의 신화가 열린다!**

Book Publishing CHUNGEORAM

유행이 아닌 자유추구
WWW.chungeoram.com

태클 걸지 마!

무람 장편 소설

우리가 기다려 왔던 신개념 소설!

말년 병장 김성호!
"어이, 김 병장. 놀면 뭐하나?"

떨어지는 낙엽도 피해야 하는 시기에 삽 한 자루 꼬나 쥐고
녀석을 캐는 꼬인 군 생활의 참주인!

『태클 걸지 마!』

낡은 서책과 반지의 기적으로 지금껏 모르던 새로운 힘을 깨달아간다!

불운한 삶은 이제 바뀔 것이다. 내 인생에 더 이상 태클은 없다!

Book Publishing CHUNGEORAM

유행이 아닌 자유추구
WWW.chungeoram.com